世纪小说馆
纯美笔触 悲悯情怀 叩问人性 直面现实

U0931491

如果说白天属于熙熙攘攘的喧嚣，夜晚则属于守口如瓶的秘密。月光倾听秘密，乔叶解析秘密……她深情地赋予风尘扑面的琐碎人生以朴实真切的诗意美善。

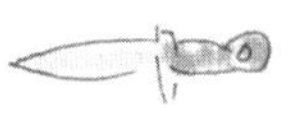

被月光听见

Bei Yueguang Tingjian

乔叶/著

二十一世纪出版社
21st Century Publishing House
全国百佳出版社

图书在版编目（CIP）数据

被月光听见 / 乔叶著 . -- 南昌 : 二十一世纪出版社 , 2011.11（2022.4重印）

（21 世纪小说馆）

ISBN 978-7-5391-7037-4

Ⅰ . ①被… Ⅱ . ①乔… Ⅲ . ①长篇小说 – 中国 – 当代

Ⅳ . ① I247.5

中国版本图书馆 CIP 数据核字 (2011) 第 227702 号

被月光听见 乔叶 / 著

策　　划 张　明
责任编辑 敖登格日乐
出版发行 二十一世纪出版社
（江西省南昌市子安路 75 号　330009）
www.21cccc.com　cc21@163.net
出 版 人 张秋林
经　　销 新华书店
印　　刷 北京金康利印刷有限公司
版　　次 2012 年 4 月第 1 版　2022 年 4 月第 3 次印刷
开　　本 700mm × 1000mm　1/16
印　　张 20
字　　数 240 千
书　　号 ISBN 978-7-5391-7037-4
定　　价 30.00 元

赣版权登字—04—2011—697

如发现印装质量问题，请寄本社图书发行公司调换 0791-86524997

出版前言

这是一个令人激动、亢奋又无奈、伤感，一个“神马都是浮云”、令人无法把握和逆料的信息娱乐化时代；一个挟带着无以伦比的超能力量，真正以迅雷不及掩耳之势便能瞬间瓦解和改变所需要的一切，令人百感交集却又身不由己，连真实的人生都能被摇晃的前所未有的浮躁时代。

所幸还有小说——这个文学门类中最坚不可摧的艺术形式，依然用它对人生悲悯的宽容和抚慰，让人的心灵还能保有一丝清澈和真诚。虽然文学板块在信息浪潮的强烈冲击下，不可遏制地发生着巨大的变化，但文学的真正重心和意义却是无法逆转的。

小说是叙事的艺术，要有真实的情感和人生感悟。它所要传达的永远是应该直达内心的深刻的思想性，只有这样，小说才会具有永恒的生命力。

新世纪的文学发展至今，已整整是第十个年头。面对纷繁复杂、剧烈变化的当下时代，小说家们无疑遭遇了前所未有的文学创作挑战。怎样挖掘和表现当下社会情状下的真实生活和思想，是他们所面临和思考的。带着这样的使命和情感，我们策划出版“21世纪小说馆”系列。

启动“小说馆”，力图囊括当下具有广泛影响力及切合当下市场因素的新锐作家和重要作家的代表作品，以当下风格、当下气派和文学价值观上的当下立场，来展示历史进程、社会变迁、当下生存与现实画景，尤其是表现思想的表情、真实的人性、人民对生活的自己的理解和安排。

挂一漏万，偏颇缺失也在所难免。但在当下的市场经济和社会转型下，这项文学工程将尤其警惕审美趣味的走低、语言的粗陋及想象力、原创力的匮乏，而特别倡导当代作家对社会责任的承担，对现实敏锐大胆的把握、对人精神深处犀利而透彻的挖掘、对当下国人复杂而多彩生活的表现、对未来乐观而坚韧的希望、以及对优美汉语言的精心重铸、传承启后。

如此，这方“馆”将会是欣欣向荣的中国文学事业的一个缩影，是生机勃勃的转型期中国小说界的一件雅事盛事，其文学价值和社会意义，相信只会随时间的推移而日益彰显。

静下心来，用一颗善感的心去阅读它们，去感受当下世相人生的脉动，则每颗心灵必多一份丰沛润泽。观照别人的人生心性，享受不可多得的愉悦，这或许是生命发酵的催化剂，生命便得以多出了酿造人生的时间。

是为前言。

目录

指甲花开

一

小春就是不服气：为什么在整个村子里，小英家，小芳家，小秋家，小香家，只要有女孩子的家，就可以种指甲花，偏偏自己家就不可以？

指甲花多好啊。泼皮，结实，春天撒下种，风风雨雨的就不用再操心，不几天就出了两牙儿嫩嫩的翠苗儿，出了苗儿，就一天一个样儿，像女孩子的身子一般，葱葱茏茏，苗苗条条地，就长起来了。等到了初夏，叶子就抽得细细的，长长的，叶子根儿那里就打起了绿色的小苞，这时候，就该开花了。一开就是一个长夏，开起花时，白的，粉的，黄的，紫的，大红的……对了，还有两样儿女孩子们叫它们花花儿——花的花儿，有点儿绕口，开的是白底儿红晕和红底儿白晕的花，是最名副其实的花。这些花都是好看的。当然，更好看的，是这些个指甲花开到了女孩子们的指甲上。说来奇怪，无论什么颜色的指甲花，染到了女孩子的指甲上，都是一样的红。

好像是自打有女孩子以来，在这乡村里，染指甲就成了她们的必修课。课上了一代又一代，染法倒没什么大变。先把开苞的花儿摘了，在太阳下晒晒，去去水，然后放到碗里，加上点儿白矾，用蒜锤子捣碎了，一直碎成花泥，这就成了染料。至于包指甲的叶子，都说还是用指甲花的叶子最好，原叶配原花，染出的指甲最是漂亮，可是用它来包的人却少之又少。因用它包需要两样铁板钉钉的功夫：一是包的功夫。它的叶子只比柳叶大一圈，用来包指甲显得过于窄怯，容易让花泥跑出来，滴滴答答地蔓延一手。二是睡觉的功夫。即使好不容易用这叶子包好了指甲，睡觉时要是不老实，胡抓乱挠的，半夜里也很容易脱落，末了还是祖国江山一片红。因此，若是这两样功夫都平常的女孩子，是绝不敢用这叶子包的。通常用的都是豆角叶。豆角叶是圆圆的桃子型，叶面阔大厚实，韧性好，包起来最是趁手合适。包的时候，只需将花泥在指甲上按瓷实，然后将两张豆角叶交错叠放在指肚下面，自下而上，将指甲轻轻包裹起来，再将指尖外多出的那点儿豆叶尖儿朝里折下，最后用白棉线不松不紧地缠好，就算停当了。第二天早上，解开白棉线，摘下绿叶套，那鲜红的指甲出现在指端的一瞬间，如同一个小小的绚丽的魔术。

这是女孩子们特有的魔术，所有的女孩子都可以玩，小春就是不明白，为什么自己家就不可以?

“妈，种点儿指甲花吧?”

“不种。”

“为什么?”

“不为什么。哪儿来得那么多为什么。”柴枝淡淡地说，“你为什么生在这个家里?生在这个家里，就是不准种指甲花。记着，以后不准再提这个事儿了。”

不准提，心就痒痒，于是小春就一年一年提，一直提到九岁那年。那一年，姨夫老蔡死了，姨妈柴禾带着女儿小青回了娘家。她们来的第二天，小春就悄悄地央告小青："能不能让姨妈给说说情，在家里种些指甲花。"

"我妈最讨厌的就是指甲花。"小青说，"你就死了这个心吧。"

后来小春才懂得，自己的妈妈，也就是柴枝，是招了养老女婿的。这养老女婿，就是爸爸。按常理，招养老女婿的往往都是家里最小的女儿，前面的姐姐嫁了，留下一个小女儿，招个女婿过日子，一根斜叉也没有，一个人影也不多，清清静静，安安稳稳。姥姥这一辈子没有男孩，就是两个女儿，大的是姨妈柴禾，小的是妈妈柴枝，招个养老女婿是最自然不过的事了。

平常日子里，柴家就四个人。如今虽然多了姨妈柴禾和表姐小青，添了些热闹，也没什么不好。现在，家里就爸爸一个男人，其他的都是女人：姥姥，柴枝，柴禾，小青，小春。可是——五个女人在家，每个人的手指都素白素白的，像什么样子呢？小春纳闷。她真是越想越不服气啊。

又一年夏天来临。村子里大大小小的女人们都开始染指甲了。小春只有看的份儿。她东家钻，西家跑，北街逛，南街瞧，去的最多的，是错对门的小芳家。她和小芳一般大，从不会说话的时候就认识，上了学又是同桌，老交情了。

每年夏天，小芳都要染指甲，雷打不动。给小芳染指甲的，是小芳的妈妈，柴枝叫她五嫂，小春叫她五娘。五娘是村子里头一个利落能干的媳妇，会编方方正正的大苇席，也会吆喝着三四匹大骡子犁地，会在红白事上当迎来送往的女知客，也会织各式各样的毛裤毛衣。当过生产队长，也当过妇女主任，农闲的时候，还是个有名的媒婆子，吃着男家和女家送的双份礼。她跟前三个小子，就小芳一个姑娘，就把俏心思都给小芳留着了。每年到了指甲花开的时候，她就把给小芳染指甲当成了一件正经事。不仅给小芳染，她自己也染，还给小芳的奶奶染。于是她们老少三个女人一出门，手脚就都是红彤彤的，和柴家形成了鲜明的对比。

吃过晚饭，写过作业，小春就跑到了五娘家，来看五娘染指甲。五娘这时候也已经刷完锅，洗过碗，将灶台收拾干净，也给小芳、自己和婆婆都冲了凉，抹了澡。手边再没有什么杂务，染指甲就成了睡前最后一件事。她先给婆婆染过，再给小芳染。五娘一边染着，小春一边问，口里的话川流不息：

“五娘，为什么不用布包？布不是更软和？”

“布吸花汁儿，不中用的。”

“五娘，这线是不是太松了？”

“太紧了不中用。血不顺畅，明儿指头就肿起来了。”

“五娘，半夜里想挠痒痒了怎么办？”

“那就痒呗。”

“那花泥要是跑了呢？指甲不就染不红了？”

“那就第二天接着染呗。”

“五娘，怎么不染食指？”

“染食指嫁得远。”

“谁说的？”

“老辈人说的。”

“怎么不染中指？”

“染中指找不到好人家。”

“也是老辈人说的？”

“嗯。”

“为什么脚趾头就不论这个？”

“哪有那么多为什么。”五娘笑了，“真是话怕挖根，事怕掘蔓。”

“还有，我姨嫁得那么远，还嫁得那么不好，”小春仍旧自顾自地问下去，“是不是就是因为染过食指和中指呢？”

五娘不说话了，住了手，看了看小春。

“这孩子。”她道，“这孩子。”

“那你妈嫁得这么近，又嫁得这么好，不是也不染指甲？”小芳道，“女人嫁，和染指甲有什么关系！”

五娘呵呵地笑起来。又把脸朝向小芳：“这孩子。”她的口气里显然多了几分得意，“说得也倒是在理儿。早知三日事，富贵三千年。不过是人们嘴里闲了，拿花说个玩意儿话解闷，哪能这么当真啊。都这么当真起来，可还了得呢。”

二

日子是有脚的。在人身上有脚，在花身上也有。过了立秋，指甲花明明还艳艳地开着，那红却成了空的，染到指甲上怎么都不上色了。然后，花样子也渐渐地空了，开得渐少，渐败。秋分之后就开始打籽儿，霜降之前，籽儿就一个个结牢实了。

指甲花的籽儿也很有趣：如果不动它们，它们就严严地裹在一个绿色的圆团籽苞里，这个籽苞嫩绿嫩绿的，看起来像没开的花苞。采的时候，要格外小心地从籽苞根儿处下手，连带整个籽苞都采下来，这样就省事了。如果稍一粗鲁，触到了苞身，那可就难收拾了。籽苞在你触到的一瞬间便会爆裂开来，如一枚小小的炮弹，炸出了无数的籽儿。有的籽儿落到地上，有的籽儿落到花枝上，有的籽儿则落到你的手里和衣服上，而那张包着籽儿的嫩绿皮儿呢，也顿时蜷缩起来，如同一颗瘪了气的心。

那年，最后去小芳家看指甲花的时候，小春成功地采下了几个籽苞。她把这些籽苞在掌心里捻裂，看它们一粒粒地卧好，然后把它们包在一张作业本的纸里。

“你要籽儿干什么？你家又不让种。”小芳说她。

小春笑笑，没说话。她知道不让种，可她总能放在自己的枕头芯里吧？要是放在自己枕头芯里的话，这些指甲花在梦中也会发芽，开花，香到她的梦里来吧？

这些籽儿果然在她的梦里开了一冬天的花。第二年春天，她去菜地里帮妈妈搭黄瓜架子的时候，想起了那包籽儿，就悄悄地撒在了地边儿上。

后来小春才渐渐明白：自己这一家五个女人之间状态是有些奇异的。都是母亲和女儿好，姊妹之间却不怎么好。也就是说，柴禾和柴枝都跟姥姥好，每天早上，姊妹两个都要到姥姥床前问安，听她老人家安排一天三顿吃些什么，上午下午做些什么活计。姥姥要是换下了衣服，两个人都连忙拿去洗。远远听见街上传来卖豆腐卖豌豆糕的叫卖声，就赶快拿盆往外奔。姥姥牙齿不好，最喜欢这些软吃食……而姥姥呢，和天下的父母一样，虽说对姊妹两个都是亲，却还是五个指头不一般齐，多少要偏疼一个。偏疼的，自然是过得最不如意的那个，也就是柴禾了。这是应当的。自从柴禾回了娘家，不要说当娘的偏疼，就是村里人碰着了她，都要格外怜惜地议论两句：

“今儿看见她去菜地了。说是种豆角。”

“我也见了，那脸色比刚来时好多了。唉，受罪呢。”

“那天见她去小卖部买酱油，穿了件白底儿红花的褂子，看着胖了些似的，就是见人没话。”

“她当姑娘的时候就这样。话金贵。”

…………

说是偏疼，其实姥姥也没让柴禾多吃多喝，不过是每当有媒婆上门时，她把紧的两句话。姥姥总是说：“不成呢，让她再养养。”或者说，“一步错不能两步错，得细细法法的，挑个合适的人家。不急，不急。”这话说得都在理。一朝被蛇咬，十年怕井绳。对于守了寡的女儿，养养总是应该的。想再挑个好人家也是应该的。可是这些话，怎么说呢？听起来又像是推辞。已经这么大的女儿了，要养到什么时候？什么样的人家才是合适的人家？谁也不能打这个包票啊。于是，听多了就明白了：这是娘疼女儿的一种说辞，是怜惜女儿所受的苦，要多留女儿几日的意思。

其他的两对母女，柴枝跟小春好，柴禾跟小青好，都是不必说的。而姊妹之间呢，柴枝和柴禾之间却是淡淡的。小青和小春倒不淡淡，只是整天热辣辣地吵着架。架多半是小青提的头儿，自从跟着妈妈回了柴家，小青就处处摆出姐姐的架势来，时不时地就要欺负一下小春。似乎不欺负小春就会被小春欺负，似乎不强硬在这个家就住不长。

“我家的枣树开花了……”放学路上，小春和同学们闲聊。

“是你家么？那是姥姥家！”小青火急火燎地打断她。小春明白她的心思：如果说是姥姥家，那小青就和她的地位平等了。

“是我家！”小春说，“就是我家！收音机，录音机，台灯，电扇，哪一样不是我爸爸妈妈买的？”

“这些东西是你们的，房子却是姥姥的。所以还是姥姥家！”

要说，小青争辩得似乎也有几分道理，可小青自卫自护的神情还是让小春反感：住就住吧，又没谁要撵她们母女，这么整天拿话往外扛，不是心虚又是什么？

“姥姥跟我爸爸妈妈过，是我家！”

“姥姥也跟我妈过，是我家！”

“我家有爸爸，爸爸是男人，男人才有力气养家！”小春的嘴巴很溜，“你没了爸爸才回来的，自己都养不了自己，还怎么养姥姥！”

这下子小青没什么说的了，呜呜地哭着，先跑回家告状。小春一挨到家门口，就被柴枝摁着，一五一十地打了一顿屁股。

晚上，小春没吃饭。吃什么饭？气都气饱了。她跟姥姥打了个招呼，说去五娘家和小芳一起做作业，晚上就在那里睡，不回来了。柴枝知道她还在怄气，含笑看着她小小的背影消失在大门后面。

一进五娘家的院子，小春就看见东厢房的窗台子上放着一个小小的白瓷碗，碗上盖着一叠鲜碧鲜碧的豆角叶，她知道：这一年的头茬指甲花又开了。她正赶上今年的头染——都说头茬的花染出来的指甲颜色最纯正，像母亲怀的头胎孩子最聪明漂亮。小春掀开豆角叶看了一眼，可真不少，小半碗呢。

果然用不完。小芳和小芳奶奶都包过了，花泥还有那么一大块。

“小春，我给你包了吧。”五娘说，“放到明儿就得扔了，可惜哩。”

“五娘，”小春眼巴巴地看着那浓浓的花汁儿说，“你还是自己包吧。”

“那还用你说？我自然是要包的。只是我一个人也包不完。”五娘不由分说抓过小春的手，“我来给你包吧。”

“不敢。”小春说，“妈不让。”往后拽着胳膊，手指头却不听话地卧在了五娘的掌心里。

“你妈不让，我让。”

“那我妈要是打我呢？”

“我去跟她说。”五娘说，“不就是给妞妞染个指甲么？我就不信我这张脸连这个都说不动。”

五娘开始给小春包了。知道是小春第一次包指甲，五娘就包得用心。她仔仔细细，精精腻腻。先是把花泥敷在指甲上，一点儿也不多，一点儿也不少。那感觉，润润的，凉凉的，真好。然后是豆角叶，像一个小小的绿色怀抱，稳稳妥妥地把指甲包住。再然后是细细的白棉线，一道道一圈圈，像绿裙子系上了白腰带。脚上十个，手上六个，一共一十六。小春看看自己的脚，再看看自己的手，这样子是有些奇怪的，然而也是好看的——还没有等到明天早上，光想就能想出这份儿好看来了。

晚上，小春住在了五娘家。她和小芳、五娘一起睡在了平房顶。她几乎没有睡着。不是怕掉下来，而是因为红指甲。她生怕豆角叶子会脱落，染出一身红。

乡村的夜晚真静啊。天空是深蓝色的大布衫，上面的小星斗是黄灿灿的玉米粒，蛐蛐儿啾啾地唱着，青蛙也呱呱地配着乐。东院的猪在打鼾，西院的老母鸡不时发出一声声轻微的“嗤啦”响。这间平房下面垛着干草，冬天的时候，村里的人都要在床上铺一层厚厚的干草。这些干草洗三遍，晒三遍，躺在上面，身子一动，就会有一股清香汩汩地管涌出来……在小春无边的漫想中，露水悄悄地下来了，是一种无声无息地滋润，在这滋润里躺着，感觉自己一点一点地变成了一株庄稼……小春还是不知不觉地睡着了。早上一激灵醒来，小春连忙看看自己的手脚，还好，豆角叶都好好地在上面呢。

几个人都把手指凑到一起，比了起来，五娘的掉了两个，小芳的掉了四个。小芳奶奶和小春的一个都没掉。五娘拿起小春的手仔细打量，连连赞叹：“好看，是好看。我猜小春的指甲染出来就会好看。不是我说，娘，”她把脸转向婆婆，“咱们上年纪的人，就是包得再服帖也不中。人老了，指甲也老了，不上色了。再涂胭脂再抹粉也是枉然啊。”——枉然。有时候，五娘就会用这些文绉绉的词。小春不由得笑起来。她也入迷地看着自己的指甲。红得不是很深，却是那么纯正，那么润亮，既照人的眼，又养人的眼。这红指甲红得多么俊！像课文说得那样：红得像宝石——不，小春没见过宝石，那就像刚洗过的红樱桃吧，或者是秋天成熟的枸杞子。

“我的也红呢。”小芳酸溜溜地说。

“你那染的也叫红？颜色都吃到指头肚儿上了。”五娘说，“你那指甲，叫屁红！”

几个人一起哈哈大笑起来。

三

第二天是星期天，不用上学。小春磨磨蹭蹭的，半上午才回到家，小青一眼就看见了她的红指甲，转脸就告了柴枝。她告状的时候，很知道该往哪里告。

“刮掉。”柴枝二话没说，就给小春递来一把小刀。

小春不接。小青伸过手，把刀子接过来，塞到小春手里。

“你要是不刮，我就替你刮。”柴枝说，“到时候，你可别嫌疼。”

小春拿着刀子，搬了个凳子，来到了大门底下。坐在这儿，她自然是有打算的：她希望五娘能从门前路过，路过了，看见她可怜巴巴的样子，就会问她在干什么。问明白了，就会去替她向妈妈求情，那她就能保住自己的红指甲了。

小刀子放在指甲盖上，小春舍不得往下刮。红指甲的光映到刀刃上，闪出一片惨惨的血痕，看着就心惊。小春的眼眶发涨，泪已经开始打旋了，手却突然被一双大手捉住：柴枝来了。她把小春的手按到自己手里，开始给她刮。小刀片很薄，被柴枝使在手里却是那样的重。

嗤！嗤！小春的左手大拇指指甲上，落下了两道白印儿。

“妈！疼！”小春叫着。其实不怎么疼。最让小春疼的，还是这刚刚染上的红指甲。

“妈，让我自己刮吧。”小春说，“我求求你。”

柴枝的手住了。“好好刮。刮干净。”她声音不高，却神情凛然。

柴枝进了堂屋，小春眼睁睁地看着柴枝进了堂屋，她放下小刀，一溜烟儿跑到了五娘家里。

“五娘，五娘！”小春喊。小芳说五娘不在家，去地里了。小春出来就往地里跑。柴枝已经追了过来，却追不上小春的小脚。小春拼命地跑啊，跑啊，直到看见五娘，一头撞在五娘怀里。

中午，五娘带着小春回了柴家，说事来了。她让小春在屋外躲着，小春哪里按得住？悄悄站在门边偷听。

“自古以来，哪家女孩子不染个红指甲？染个红指甲就犯法了？婶，”五娘叫着姥姥说，“你倒是说说看！”

“五嫂，我们家的事，你又不是不知道。”柴枝说。

“我知道。不就是为柴禾么？”五娘扬起了声音，“柴禾——”

小春看见，姨妈从里间出来了。

“柴禾看不得红指甲，我知道。她为这个遭了罪，我知道。可怎么能这么死抱葫芦不开瓢？还祖祖辈辈不准染指甲了？还成了家规了？”

三个女人都沉默着。

“叫孩子染了吧。”柴禾终于说。

“这就对了。有些事，忌讳不如不忌讳。啥时候忌讳着，就说明啥时候还在心里熬煎着。啥时候不忌讳了，才是忘了。”五娘拍拍屁股站起来，“该忘就得忘。不忘就是跟自己过不去。”

小春的红指甲就这么留了下来，一留就留了一夏天。白指甲根儿每长出一点儿，她就连忙去找五娘，让五娘给她续上。——

好不容易得到了染指甲的权利，她可得尽情尽兴地染一染，不能浪费了。五娘给她染过了，她还会再挑一点花汁儿，放在食指上。食指慢慢地也红起来了。

“这傻丫头，莫非想嫁得远？”五娘笑。

小春不说话。她是想嫁得远。嫁得百里远千里远，到时候想染多少次红指甲就染多少次，想种多少指甲花就种多少指甲花，看妈妈还怎么管她？看姨妈还怎么嫌弃！

可是，姨妈究竟为什么嫌弃染指甲呢？这似乎是一个秘密。不过，既然五娘知道这个秘密，那这秘密肯定又算不上什么秘密了，只能算是一件事情，一件不想让小孩子们知道的事情。其实小孩子知道又怎么了？什么都不能当家做主，小孩子是最没用的，干吗这么防备小孩子？小春不明白。然而小孩子最旺盛的就是好奇心。有时候，瞅着了时机，小春就会拐弯抹角地打听。看见柴枝在剥花生，她慌慌张张地放下作业，蹲过来一起剥。

“妈，你和爸最开始是怎么认识的？”

“怎么想起问这个了？”

“说说吧。”小春说，“说说。”

柴枝说，村挨村的，又一起在镇上读过书，哪有不认识的。就像大麦认识小麦，棉花认识大豆，自然而然就认识了。

“爸比你大几岁？”

“三岁。”

“那和姨妈一样大？”

“嗯。”

“和姨妈同过学？”

“嗯。”

“那，当时为什么姨妈不嫁给他？”

柴枝停住手，仔细地看着小春的脸，在小春黑漆漆清亮亮的瞳仁光里，她微微笑了。

“要是姨妈嫁了你爸，生出来的就不是你了。”

“那，我就是小青？”

柴枝摇摇头，拍了一下小春的脑袋。小春忽然觉得自己的脑子有些漾，把原本想打听的话题都漾没了。没错，如果姨妈和爸结婚，生出来的孩子肯定不是她，也不是小青，想必是另外一个孩子吧。那会是谁？是男是女？会叫什么？莫非会把她和小青的名字合起来，叫青春？

后来，小青也跟着小春去五娘家串门，串着串着，就也染了指甲。她的指甲，染出来也是好看的，只是小春想起她当初告状的那个快捷劲儿，就看着不顺眼。

“你也染？”小春说，“我还以为你不喜欢呢。”

“喜欢倒是喜欢。”小青说，“就是我妈不喜欢，所以我不敢说喜欢。”

听她这么老实地招认着，小春倒心软了。

“哎，你知道你妈为什么那么讨厌染指甲么？”

“不知道。”小青说，“她只说她一看见指甲花就恶心。”

“怎么会恶心？这么好看的指甲花，这么好看的红指甲，怎么会恶心？”

“恶心就恶心呗。哪儿来得那么多为什么。”小青说。小春发现，她说话的口气像极了妈妈柴枝。

在自家人这里是打探不出什么来的。小春明白了：要讨话，还是得从五娘口里去引。

“五娘，听说指甲花可以防蚊蝇，是么？”

“嗯。还能治眼病呢。小芳小的时候，有一次被马蜂蜇了，我就用指甲花，加上白矾，黑炭，和青核桃皮，用擀面杖捣碎，包到指甲上，一夜就好了。”

“非得用擀面杖？”

“嗯。”

“为啥？”

“又来了，你这孩子又来了。”

“你知道得多我才问呢。”小春说。

“这嘴甜的。”五娘笑了，“有些老方子，祖祖辈辈传下来，不知道为啥，也不想为啥。山楂能开胃，桔子皮能消食，连翘能败毒，薄荷能清火，谁知道为个啥？”

“听说蛇也怕指甲花？”

“嗯。这个我倒是听过缘故。”五娘说。她说她也是听老辈人说的。“蛇们最先的老祖宗是有爪子的，爪子上都留有指甲，指甲可长，可毒，比蛇的牙还毒。玉皇大帝就想把它的指甲给掐了。它听说了，就赶快把指甲埋到土里，不想让玉皇大帝看见。可它哪里能斗得过玉皇大帝啊。玉皇大帝就让那块土变了性，把它的指甲给吃了，变成了指甲花。蛇躲过了天兵天将，把手一伸出来，却看见自己的指甲都没有了。藏爪子的地方长出了水灵灵的指甲花，它就知道，那就是它前世的指甲。后来，蛇就不能看见指甲花了，一看见就觉得浑身疼……”

“五娘，”小春赞美道，“你说得跟真的似的。我的鸡皮疙瘩都起来了。”她把小脸凑到五娘面前，“那你说说，我姨妈到底是为什么不能看见指甲花？”

五娘沉默了。

“我哪儿知道。”她说。

“你肯定知道。全村人都说你是个百事知。”小春道，“你跟我说，我决不跟别人说的，五娘。”

“我叫你好说。我叫你好说。”小芳奶奶在一边笑了，“嘴皮乱翻，越说越宽。”

“说就说。迟知早不知，早知迟不知。早种一日，早熟七天。我不说给她，她这一辈子就不知道了？孩子懂人道，明事理，不都是从这桩桩件件的事上来的？话语一阵风，传传到东京。与其叫她长大了去东京听这话，不如我当下跟她说了，省得转样儿。”

五娘是从自由这个词，开始对小春讲的。

“知道不知道啥叫自由？一男一女，不经媒人，不经父母，看对眼儿了，喜欢上了，自己做主要成夫妻，就叫自由。”她叹口气，“你姨妈就是闹过自由的人。”她突然放轻了声音，小心翼翼地看了小春一眼，“你姨妈当年自由的人，就是你爸。”

四

最开始知道他们“自由”的，是两家的地。村和村邻着，地也跟地邻着。两人回乡之后，在紧邻的地里干着活儿，抬头不见低头见，面越来越熟，话越来越多，就“自由”了。后来被两家人知道了，柴家这边没什么，男方家里却不同意，死活不同意。

“为什么？我姨妈长得又俊，脾气又好。”

“唉，你奶奶说，会‘自由’的女子都不安分。还说，你姥姥这边的家世和他家做亲不配。”

“怎么不配？都是乡下人。”

“这个，不好说……”五娘看了婆婆一眼，道：“不知道。”

一年小，两年大。姐姐不出门，妹妹就跟着白耽搁。这边姥姥等了三年，看着没了指望，就不让柴禾再熬，想给她另说一家。周边村里却都知道了柴禾“自由”的事，名声传了出去，近处就难找，于是折腾了一场，在三十里远的蔡庄给柴禾另说了门亲，就是小春叫过姨夫的那个人，老蔡。订了婚，柴禾却拖着不嫁，意思还是要等“自由”的这个。订婚之后，老蔡经常过来帮忙干农活，按规矩，这是未婚女婿应该干的。那天他又过来帮着给玉米上肥料，晚上就住在了家里。当晚柴禾和柴枝都染了指甲，柴禾讲究，是用指甲花的叶子包的，说怕睡觉功夫不好，手乱动，柴枝就出了主意，把柴禾的手捆在了床栏杆上。没想到，半夜里，老蔡摸上了柴禾的床，轻轻易易地把她给睡了。

柴禾寻死觅活，不成。又口口声声说要告，传出去却让村里人笑倒了牙。乡里人土，他们的见识和白纸黑字的法自然有着黑黑白白的差别。在他们的意思里，老蔡没结婚就睡了柴禾，是不对。不过，怎么说呢？既然已经定了媒约，好像也没有什么大不了的不对。反正迟早是人家的菜，就让人家先尝尝呗。大家背地里说起来，是一边叹，一边笑的：“这个老蔡，霸王硬上弓，还真射着了。”于是劝柴禾的时候，也是一边骂老蔡，一边夸老蔡的：“他是可恨，猪狗不如，做出这等事来。不过，再想，迟早是他的人，也没给别人，给的是正主儿呢。生气是生气，骂是骂，打也该打，可真要告就真成了笑话。因此呢，一头儿恨着，一头儿还得想想他的好处。他虽然一时糊涂，却也是站有站相，坐有坐相，标标致致的一个孩子。家世也好。再说了，这事也看出了老蔡的心，他要不是心里真有你，怎么会去冒险做这进牢的事？虽是亏欠了你，以后让他一准儿对你好，就齐了。要说，老蔡也是良苦用心，断了你的旧念想，才好开始过新日子。”

怕柴禾还想着“自由”的这一头，就又送了些话出来：“你的身子给了老蔡，谁还肯戴这绿帽子？就是那个人不嫌弃你，想要娶你，你能忍心让他落得一世界人耻笑？”

柴禾无话可说。无话可说的柴禾就认了命，嫁到了蔡家，和老蔡过起了日子。过起日子来她才知道他心里的气憋了那么多，那么久，那么毒。他早就听说了她“自由”的事，若不是那天晚上他试出了她的初红，他是不会要她的。不过要了初红还远不够，他还要她的心。他三番两次要她给他晾心，要她把那个人翻出来，他要她朝他发誓：她心里再也没有那个人了。

她不说。她死活不说。她知道她就是说了他也不信。干脆就不说。——反正她就是说了，她自己也不信。

她不说，老蔡就打。她不让老蔡上她的身，老蔡更打。老蔡说：“人是苦虫，不打不成。”“娶来的媳妇买来的马，不让骑就是找打。”她就是找打。老蔡不仅打她，连带着也打孩子。因为打她她能忍，连泪都不落一滴。能忍就不解气。打孩子孩子哭她就也跟着哭，看着还畅快些。

开始柴禾还三天两头回娘家诉苦，后来柴枝招的养老女婿——就是“自由”的那个人进了门，也许是怕留话柄，也许是不好意思给妹妹妹夫看笑话，她反而很少回去了。她像死在了蔡庄一样，成月成月没个消息。姥姥不放心，就派柴枝过去看看她的光景。看见柴禾，柴枝惊呆了：瘦骨嶙峋，浑身是伤，眼看就活不下去了。

柴枝让柴禾跟着自己回去，柴禾高低不肯。就这么煎熬了一年又一年，直到那年夏天，老蔡在房顶睡觉的时候摔下了房，死了。柴禾回来守寡，大家才都跟着长长地出一口气。

“五娘，”小春沉默了半晌，“我奶奶不是说我姥姥家和她家做亲不配么？怎么又答应了？还让我爸来当养老女婿？”

“你姨妈出嫁的第二年，你奶奶就死了。”五娘说。

这事是有些复杂。小春再寻思也是糊涂：似乎是妈妈从姨妈那里抢走了爸爸，又似乎是妈妈替姨妈嫁了爸爸。似乎是老蔡从爸爸那里抢走了姨妈，又似乎是爸爸从老蔡那里收回了姨妈……有些头疼了。好在有一个事实是清楚的。老蔡死了就不说了，妈妈、姨妈和爸爸这三个人里，最可怜的就是姨妈。她嫁前受罪，嫁后受罪，老蔡不死是受罪，老蔡死了还是受罪。

小春的小鼻子有些酸酸的了。她想要把红指甲刮了，又实在是舍不得。于是开始格外注意不让柴禾看到自己的红指甲。见了柴禾就有些内疚，像欠了柴禾什么似的。没有法子，只得用别的方式来补救。头锅饺子二锅面，滋味最好。中午吃饺子。头锅饺子下出了两碗，她把一碗端给姥姥，另一碗分成两半，一半给爸爸，一半给柴禾。

“小春今儿这是怎么了？对我特别亲。”柴禾笑。

“你该和我爸一起吃头锅的。”小春说，“我爸还管你叫姐呢。”

柴禾不笑了，她轻轻地摸了一下小春的脸，眼睛变得很怪，幽深莫测。

五

因着在五娘家格外乖巧懂事，小春就得了五娘许多夸奖。去得多了，小芳渐渐地就有些吃醋，和小春不太对路起来。在家里自然不会怎么样，在学校里就开始找小春的茬，时不时借她的铅笔，把笔尖给她掐折，借她的橡皮，又把橡皮弄黑。事情不大，小春就都忍了。可是那天美术课上，小春正画着一只漂亮的小鸡，小芳一个胳膊肘撞过来，小鸡嘴变成了小鸭嘴，小春就受不住，恼了。两个人啷當地吵了起来。

“以后不准你再来我家！我不准我妈再给你染指甲！”小芳很解气地下了拒客令。

“不去就不去！”

“不去就中了？把你以前染的指甲花都还给我！”

小春简直要哭了。哪有这个道理？可话赶到了这里，要是不接也太没骨气。

“还就还！”

“什么时候还？拿什么还？”小芳咄咄逼人，“谁不知道你家不种！”

“那你不用管。我还你就是。这两天就还！”

放了学，小春再也没地方可去。拖着书包回到家，一面做作业一面发愁：说出去的话，泼出去的水，这指甲花是一定得还了。可怎么还呢？去挨家挨户借？有点儿太麻烦，也抹不开面子。到处借花，丢人败兴的，算什么事？可不借还真不行，五娘常说的那句话是什么来着？借债要忍，还债要狠。不仅还她，还要多多还呢。

正愁着，柴枝叫应了她，让她去菜地摘两个茄子回来。她磨磨蹭蹭地出了门，从一户户人家的门前过着，想着去哪一家借花——突然间，小春跑了起来。她甩开两只小胳膊，飞快地跑啊，跑啊，马不停蹄地朝村外跑去。

菜地并不远，离村口半里地的样子。那块地种的是玉米，在地头儿留了一块，种了菜。村里人的菜地都是这样，在离村子最近的那块地里选个地头儿。菜娇气，这么着是为了方便管理，也是为了方便吃。这边锅里正倒着油，那边去地里摘把菜，吃鲜吃现，是一点儿都不耽误的。

——小春想起了种在菜地里的指甲花。怎么就把那些花给忘了呢？她们都开了么？妈和柴禾去地里会不会看见？看见了会不会给薅了？……想着想着，小春就没了劲儿，脚步慢下来。然而，此时，菜地也已经到了。

她一眼就看见了地边儿那些指甲花。

没想到，她们开得这么好。

一菜地的菜，长的豆角，尖的辣椒，紫的茄子，绿的黄瓜。她的指甲花种在地边儿，一色的红。或许是因为种在地里，气儿足，这些指甲花长得格外得高，花开得格外得盛。在田园淡淡的风里，这些花儿扬着笑脸，绰绰约约地晃着身子，妖妖娆娆地舞着胳膊。她们是不怕晃，不怕舞。看看她们的枝干，多么结实！多么粗壮！有些地方还暴出了一根根的红筋儿呢。

小春的心，一下子便被这些花涨满了。多好的花儿啊。一共十八株呢。而她居然把她们都给忘了！真是该死！她蹑手蹑脚地在花中间走着，一株一株地看着这些花儿，又是惭愧，又是欣慰，又是难过，又是得意，看了这个看那个，看了那个再看这个，哪一个都看不够，哪一朵都看不够。看到后来都不知道该怎么办好了。

她小心翼翼地在花中间坐下来。现在，她可舍不得摘这些花了。把这些花还给小芳？才不呢。她又不缺，还了她她也不过是白糟踏。那可要把自己给心疼死了。她承认自己小气。就让小芳骂自己小气去吧。为了这些个花，她认了。

夕阳的霞光映着小春的瞳仁，然后慢慢地从玉米苗的顶端湮没了踪迹。天越来越暗了，坐在花中间的小春，却不觉得害怕。渐渐地，她觉得自己也成了一朵花。常听姥姥说：风有风神，雨有雨神，雷有雷神，电有电神，河有河神，井有井神，树有树神。那这些指甲花，也该有个花神吧？指甲花的花神，该是什么样的呢？会有一副什么样的眉眼？穿着一身什么样的衣裳？她的指甲上，会不会也染着纯红纯红的红指甲？她要是说话，该是什么样的声音？

——哦，似乎有女人细细的声音从哪里传来了。小春打了个激灵：莫非是指甲花神听见了她的念叨，来见她了？她连忙抿了抿头发，想要站起来。转而又笑了：自己真是痴了呢。不过，似乎真的有女人的声音，这声音很熟悉，有些像妈，又有些像柴禾。妈在家做饭，那么肯定是柴禾了。小春想起来了：柴禾这几天和爸爸在玉米地里上肥料。

果然，又传来一个男人低低的声音，是爸爸。

小春站起来，想要出其不意地吓他们一下。她走进了玉米地。玉米地的光线已经很暗了，蚂蚱在脚边欢欢地蹦着，牵牛花的软蔓不时牵绊一下她的衣裳。小春轻轻地，高抬腿，低放脚。近了，近了，这声音越来越近了。

小春看见了爸爸和柴禾。

她没有吓他们。

小春一动不动，站了很久。直到爸爸和柴禾离开，小春还是站着，一动不动。

她被他们吓着了。

小春很晚才回到家里。回家后，小春就病了。她手脚上满是红疙瘩，浑身滚烫。谁问她什么，她的牙齿都咬得咯咯响，却是不说话。柴枝也叫来了五娘，请她再看看，五娘来了，后面跟着怯怯的小芳。五娘摸了摸小春的头，看了半晌，说是怕冲撞了什么神，让柴枝到了半夜的时候，在村子十字口烧些纸钱。柴枝应了。爸爸请来了卫生所的赤脚医生，给她查了体温，说是着了风寒，吃两天药就好了。又打着手电筒看了看她的喉咙，说她扁桃体发了炎，红得像开了花似的。

“像什么花？”小芳连忙问。

“指甲花！”五娘说。探身刮了一下小春的鼻子。

大家都笑了。

半夜时分，柴枝烧纸回来，小春还没有睡。她一把抓住柴枝的手，叫了一声“妈”，便呜呜地哭了起来。孩子终于有了声，柴枝这才把悬在嗓子眼儿的心放进了肚子里。

那天晚上，小春就在柴枝的怀里睡了一夜。睡出了一身的汗。

那天晚上，下了很大很大的雨。

六

小春一看就是有了心事，走路不再像小兔子一样蹦蹦跳跳了，也不怎么动不动就笑。话也少了。说话的时候，也不再像一架小机关枪，一梭子一梭子，吭吭锵锵地就把子弹打了出来，顾头不顾尾地乱说一气儿。她有些大姑娘的神情了，似乎比小青看着还要老成些。小青说她有些装，她不还嘴，没听见似的。这份不计较，更显得有了些大样。放了学，她也不再往五娘家里去，只是和柴枝腻在一起，递针拿线，嘘寒问暖，活脱脱一件小棉袄的质地。

她的乖，让柴枝倒是有些不放心。

“怎么了？”柴枝偶尔会问，“春这是怎么了？”

“不怎么。”

“没事儿？”

“没事儿。”

然而，这不是没事的样子。小春对柴禾前些时的亲，很明显地又淡了下去。对爸爸倒比以往上心。爸爸出门的时候，她一定要问清楚去哪里。爸爸和柴禾要去地里，她如果在家，一定会跟去。如果得去上学，她就会央求柴禾留在家里，给她做最拿手的千层饼，蒸面条。对于她的这些小枝杈，大人们都是一副不着意的样子，该怎么还怎么。那天，小春中午回家，知道柴禾和爸爸又一起上地的时候，绷起了小脸，对柴枝道："为什么不听我的话？你为什么不和爸爸一起去？"

"我脚上长了个疔，疼。等消了再上地。"

"脚再疼也得去！"

"十七还想管十八？我就不去。"柴枝道，"怎么了？"

"你不知道么？"小春道，"你不知道爸爸和妈妈应该在一起么？"

小春的眼泪在眼眶里打转转了。

通常，柴枝夫妇都睡在东厢房，柴禾睡西厢房。姥姥睡堂屋东里间，小青和小春睡的是西里间。后来，姥姥的手脚没有以前便利了，夜里要喝口水解个手什么的，就需要人照顾。柴枝和柴禾就在姥姥身边加了一张床，轮流值夜。以前轮到柴枝值夜的时候，小春总是会从西里间跑过来，粘着柴枝睡。现在，只要轮到柴枝值夜，她就跑过来，撵柴枝走。

"妈，我替你。"小春说，"姥姥待我亲，我要伺候姥姥。"

"你太小。"柴枝瞪大了眼睛，"等你大了，有你伺候的日子。"

"我要是大了，还不知道有没有姥姥了呢。"

"什么话！"柴枝喝道。姥姥却在一边呵呵地笑了起来。

"大人嘴里没真话，孩子口里讨实言。"她一边咳嗽一边拍着小春的头，"叫她说。孩子大了。叫她说。"

"春，你还要上课，晚上睡不好，明儿就没精神了。"

"让我试试。"小春推着柴枝往外走，"让我试试。"

"孩子大了。"姥姥道，"是大了。"

睡了几晚，小春居然伺候得不错。渐渐地，小青和小春就开始轮班伺候姥姥。两个小女孩子都中了用，这倒是让大人们没想到的。

姥姥瘦弱，白净。头发在脑后梳成了一个光光的圆髻，用一个黑色的网罩网住，周周正正。夏天穿着的确良斜襟衫，春秋天穿着斜纹布夹衣，冬天是盘扣对襟棉袄。每天早上都要漱口，吃茶。茶渣子倒在屋角的大缸里，说是存放到一定时日，就成了性寒的药，可以治烫伤。有一次，小青的手背被开水烫了个大泡，抹上去，泡果然立刻就小了。连五娘都说，姥姥话虽然不多，却是个很有见识的女人呢。

姥姥话不多，柴枝和柴禾却都听她的话听得紧。她说一是一，说二是二，姊妹两个从不敢违拗。上行下效，小青和小春在各自妈妈面前无论怎么撒泼耍蛮，在姥姥面前却是不敢的。姥姥却也不使她们害怕，她们说了什么不得体的话，姥姥也总是那句："叫她说。孩子么，叫她说。"

开始值夜伺候姥姥之后，小春和姥姥的话渐渐地就多了起来。然而姥姥也还是不同于五娘，小春总多了几分小心。她问姥姥：为什么男人都要娶女人？女人都要嫁男人？姥姥说天地万物都有个阴阳。落到人身上，女人是阴，男人就是阳。自然要男娶女嫁。小春又问姥姥：姥爷什么样？姨妈和妈都记不得姥爷的样子呢。姥姥说姥爷死得早，他的模样连她都已经忘了。想了想，又说"左不过是男人样儿"。这回答小春不满意，又不好说什么。小春又问姥姥和姥爷是怎么认识的，姥姥说她小时候兵荒马乱地出去逃难，半路上碰见的，就过起了日子。小春道："那你和姥爷不也是自由的么？"姥姥道："这个小闺女，连这个词都知道。啥自由不自由？不过是在一起搭个伴儿过日子罢了。"

"姥姥，你为什么不染红指甲？"小春终于问了她久已想问的问题。

"你不是知道了么。我想着五娘都告诉你了呢。"姥姥说，"为了你姨。"

“我五娘说，我姨没出事的时候，你也不染。”

“年轻的时候染得太多了。”姥姥说，“染烦了。”

“骗人。”小春忽地坐了起来，“你年轻的时候不是在逃难么？逃难还染指甲啊？”

“那有什么稀奇。”姥姥说，“有女孩子的地方就有指甲花。有指甲花的地方女孩子就要染指甲。”

那天晚上，是小青值夜。小春混混沌沌睡着了，喝多了水，她半夜起来想要小解。院子里很静。她没有开灯，拖拉着鞋出了门，想到院子里撒尿。从窗玻璃那里她似乎看见一个身影，由东厢房走向西厢房。肯定是爸爸。她知道。她打开门，走到院子里，看见西厢房的灯亮了起来，窗帘没拉严，在窗帘缝里，她清清楚楚地看见：爸爸和柴禾躺在了一起。

小春含着眼泪把脸转向东厢房。妈妈睡了。她想：妈妈什么都不知道。可她惊讶地看见：东厢房的灯也开着，柴枝正在走动，她拿起暖壶，正往玻璃杯子里倒着开水。

小春慢慢地退回到堂屋，在西里间躺下来。她数着姥姥的咳嗽声，一下，两下。而小青仍然沉沉地睡着。

“姥姥。”小春喊，“你要喝水么？”

“不喝。”

“要解手么？”

“不解。”姥姥说，“春，乖，睡吧。”

小春不说话了。她的眼睛盯着黑黝黝的屋顶。突然间，她嚎啕大哭起来。

七

过了几天，五娘来家里借簸箕，姥姥和五娘打了招呼，要她给柴禾说个媒。姥姥是在大门口和五娘打这个招呼的。声音不大，路过的人全都听见了。姥姥要放媒婆来提亲了。都知道这是个信号。这个信号一发出，就等于告诉人：这家女儿搁不住了，禁不住搁了，要打发出门了。

此后两天，柴禾的眼睛肿得像初开的桃花。

第三天晚上，该是小青值夜，姥姥却早早打发她和小春到西里间睡去了，说让柴禾陪她睡。她说她肚子受了凉，有些不舒服，怕起夜次数多，小青睡不好，耽误她明天上学。话是这么说，小春却有些疑惑：姥姥这一天哪一顿都没有少吃，肚子也没有咕噜咕噜叫，连屁都没有放一个，怎么就是受了凉呢？

小青睡得很沉了，小春还没有睡。现在她对夜晚的感觉很微妙了。她知道有些事要发生了，就在今晚。

钟敲过了十一点，堂屋正中的灯亮了起来，东厢房和西厢房的门依次打开，三个人的脚步朝这边响来。小青轻轻地在门帘边掀开一条细缝，看见姥姥神一样端坐在堂屋正中的太师椅上，柴枝柴禾和爸爸进了屋之后，都像犯了错误的学生一样低着头站在姥姥身边。

“跪下。”姥姥威严地说。

三个人就都跪下了。爸爸跪中间，柴枝和柴禾各跪一边。

“你们都知道，我不是你们的亲娘。可从把你们姊妹两个捡回来开始，我就把你们当亲生待了。除了那层皮肉疼没受，当娘的该操的心，我都操了。我是什么都见过，都好说。”姥姥说，“你们的事，我早知道了。你们也知道我早知道了。”

小春屏住呼吸，眼睛一眨不眨。

“原想睁只眼闭只眼就这么过，可现在孩子们都大了，恐怕也都有知觉了。瞒不住了。该有个说法了。”姥姥说，“你们的事，你们自己说说该怎么办。手心手背都是肉。哪个我都想让过得好点儿。平日里手心看不见手背，手背看不见手心。今天手心手背都说说，把话说到明里。”

“娘，”柴枝说，“你说。”

“我说，按正理，该柴禾出门，再走一家。”

三人沉默。

“要是，要是我们俩都愿意呢？”小春看见妈妈柴枝抬起了头。

“你不委屈？”

“不委屈。”柴枝说，“姐姐当初的事，也是我的错。若不是我出主意绑了她的手，她或许就不会跟了老蔡……我也是有私心，怕她耽误了我……我没想到，姐会过得那么苦。现在的日子，是我该补给姐的。我愿意。”

“你不委屈？”姥姥又问柴禾。

“不委屈。”柴禾说，“我只是觉得妹妹委屈。”

“这么说，你们俩都愿意？”

“都愿意。”

一片静谧。只有时钟的秒针在一下一下地走着。嘀嗒。嘀嗒。

“你呢？”姥姥问跪在中间的爸爸，“两个人的命都在你身上。你是什么心？”

“我，也愿意。”

“那，你，”姥姥对爸爸说，“谁都不能亏待。”

许久，小春听见爸爸说了一个字：

“是。”

“那好。就这么过吧。”姥姥长长地叹了口气，“都是孽啊。”

姥姥仍旧那么郑重地坐着，一动不动。跪着的三个人也都一动不动。都如雕像一般。

不知道什么时候，小春感觉到了耳朵边有咻咻的鼻息声。她捂住嘴，转过脸。是小青。

当然是小青。她也醒来了，看着这一切。

两人都没有说话。

多年以后，长大成人的小春才明白过来：那个晚上，姥姥知道她们会偷看。她是故意要她们偷看的。

爸爸的话从来就是不多的。他下地锄草的时候就拎起了锄头，上房补瓦的时候就搬起了梯子。他该干什么就干什么，似乎是这个家的一道布景，一堵砖墙，沉默寡言，无声无息。即使面对两个小女孩，他的笑纹多了许多，话也是不多的。每天晚上，吃过晚饭，他就去外面走一会儿，回到屋里再看一会儿电视，然后就睡了。

他去赶集，买衣服，一定要买两件。柴禾瘦弱，衣服要小一号。柴枝胖一些，就比柴禾大一号。柴禾喜欢素的，就买净面儿的。柴枝喜欢艳的，就买花的。给两个大女人买完，再给两个小女孩子买。两个女孩子爱比较，所以一定要买一模一式的，让她们没个挑拣。——他是哪个女人都爱的。柴禾爱他爱得硬，是他的骨。柴枝爱他爱得软，是他的肉。开始时，骨头重，肉轻。随着日子的营养，肉也丰满起来了。骨上面就是肉，肉下面就是骨。骨肉不分。分不清，就都爱了。

这样一个男人，厚重，沉闷。似乎是最不懂风情的，然而两个女人都愿意跟他过，都愿意把一辈子的日子给他，小春再想不出他有什么好，能让妈和姨妈都死心塌地。但是，这个六口之家里唯一的男人，他确实是这个家的半边天——不，他是这个家的地。一屋子的女人，老老小小，都是云朵，他是结结实实的大地，擎着这些云朵。对她们来说，他和任何男人的意义都不一样。

当然，她的姨妈，她的妈妈，她的姥姥，也都和一般的女人不一样。家里的这些大人，个个都和别人不一样。使得她和小青这两个原本和别的女孩子们没有什么不一样的姊妹，也都有些不一样起来了。

几个人的心都是苦的，却也都是甜的。几个人的心都是薄的，生怕什么东西什么时候就塌了。却也都是厚的，知道有些东西什么时候都塌不了。几个人的心都是浑的，总有些东西看不清楚。却也都是清的，有些东西总是明镜一般。几个人的心啊，都是凉的，秋天一样的凉。却也都是暖的，春天一样的暖。

这是大人们的事，小春知道自己没资格发言，也发不出什么言。现在，在这个家里，她不知道该体恤谁了。谁都值得体恤，谁都值得可怜。可似乎又是谁都不值得体恤，谁又都不值得可怜。小春为每一个人难受，也为自己难受。她总算明白：有些事情还是不知道得好。但是，只要知道了，就再也不能装作不知道。

不过，话说回来，这样一家人生活在一起，看起来却又是一点儿也不低下。两个小孩子，三个成年人，一个长辈，怎么看都是平平整整齐齐顺顺的一家人。庄稼长得黑油油的，家里也拾掇得干干净净。一对大姊妹和一对小姊妹都相处得好好的，没什么可让人挑剔的。

然而这些都驱除不了小春心里的闷。这个家让她闷。于是当又一年夏天来临的时候，她就又把心思放到了染指甲上。放了学，小春就带小青去地里看自己种的指甲花。就在地里，不用白矾，也不用盐，更不用豆角叶，她们只是把花瓣揉碎，揉成花泥，然后按在指甲上，指甲居然也慢慢红了。染指甲的时候，小春把食指染了一遍又一遍。两个食指也慢慢红了。

她是真的想嫁得远。

八

那天一大早，柴禾就开始吐酸水，吐得黑天昏地，吐得很寡。吐过了，她就干活。又要吐的时候，她就住手。看得小青和小春都不忍心起来，跑过去问姥姥和柴枝。

“没事儿。”她们的嘴角都含着笑，“是有喜了。”

“什么是有喜？”

“就是怀了孩子了。”柴枝道，“你们给估摸估摸，是男孩还是女孩？”

“不是男就是女，反正就这两样。”小春对这个谜语没兴趣。然而她的回答还是让大人们哈哈大笑。

“为什么有的女人会生孩子，”小春倒是想起了这个问题，“有的女人却不会？”

“不为什么。”柴枝看了姥姥一眼，说，“有些花儿能结果，有些花儿不能。老天爷安排下的。”

转眼间，柴禾怀孕已经五个月了。“怀胎五，捂不住。”她出身子了，越来越显。她是不怎么出门，可是总有别人进家。因此是难躲人的，于是后来干脆也就不躲了。她大大方方地和人打着招呼，倒让那些人都没了话说。偶尔，她也去小卖部买个油盐酱醋，坐在门口吃爸爸从集上买回来的桔子和苹果，到卫生所让医生给她听个胎音。做这些的时候，她是很自然的。柴家的几个大人也都是很自然的，让人不好问什么，于是就有人去问小青和小春。

“你姨肚子里，是谁的孩子？”

“当然是她的孩子。”小春很厌烦这些打探者的神情。

“孩子的爸爸是谁？”

“等他长大了你们自己去问！”姊妹两个一起说。

讨了没趣，也就不再问了。都知道左不过是柴家的孩子。没了好奇心，见了柴禾就更加平和地说几句寻常话。

“几个月了？”

“小褥子预备下了没有？”

乡里人的眼睛就是这样。看着是明晃晃的针，这些针却都是虚的，不带线，只是那么亮亮地闪一闪。你若是不管它，它其实也就是扎一个小眼儿就过去了，不会让你疼。时间久了，这些针的光也就暗了下来。说到底，是各人过各人的日子，再说到底，柴家这几个人平日也都没有什么不好。人家家里的事，谁犯得着端起来砸到人家脸上？

乡里管计划生育的人也在村子里看到了柴禾，听说是个寡妇，就不知道该怎么处理好了。后来说去商议商议，到底也没见商议出个什么结果来。

怀了孕的人，肠胃是比素日有些娇贵的。柴禾有时候想吃烙馍，有时候想吃油食，有时候想吃饺子，有时候又想吃碱放得多的发面馍。她想吃什么，柴枝都随时给她做。包子的几样：豆包、肉包、菜包、糖包都做过，烙馍的几样：葱油饼、馅饼、煎饼也都做过，油食的几样：油条、油饼、菜角也都炸过，面条有手擀的，也有机器压的，做过捞面、炒面、卤面。喝的汤类也是五味俱全：豆腐汤、糊辣汤、牛肉羹、醪糟汤、八宝粥、绿豆汤。有一次，她想吃柿子醋。柴枝特意进了一趟山，去给她买了回来。

日子是在吃食中过的。吃食过着人，人也过着吃食。就这么，一天天过了下来，预产期是腊月。离年不过十几天的样子。小春听见爸爸和柴枝商量着，说无论男女，就叫小新。

这一年的第一场雪是在小雪那天下的，下得特别得早，也特别地大。大得出乎人们的预料。下了两天之后，地面都冻得硬梆梆了。

其实，那天，从小卖部回家的路上，柴禾走得很小心。但她还是摔倒了。

孩子没保住。都说“七成八不成”。这个孩子七个月了，按俗例是该成的，却没成。

“到底还是在蔡家吃了亏。”姥姥说，“地薄，不好存苗儿。”

都知道小月子该是和大月子一样看待的。对柴禾自然也都没有含糊。街坊邻居们都拿着鸡蛋红糖来瞧看，说着“有地有种，不愁不长庄稼”。一拨一拨的人来瞧看过，柴禾的脸色渐渐地红润起来了。

日子还是要往前过。正月十五元宵节，家家吃元宵。元宵是城里人的称呼，乡下还是称“汤圆”的多。有玫瑰的，枣泥的，山楂的，果仁的。“二月二炸麻花”，二月以后，蝎子、蜈蚣都出来了，二月二这天就吃油炸麻花，意思是咬掉了蝎子和蜈蚣尾巴，这样它们就不会蛰人了。二月初五，家家要吃凉粉，叫溜光。这时候已经有了春躁，天渐渐热了，吃一碗凉粉，神清气爽。三月三这天要吃煮鸡蛋，在这天吃一些煮鲜鸡蛋，孩子们就会心明眼亮。五月五吃粽子。八月十五吃月饼。十月一日是鬼节，吃饺子。——第二天，柴枝生了个男孩。

孩子的名字，还是叫小新。

添人进口，是喜事，生男孩是大喜，生女孩是小喜。报大喜拿的是油条，报小喜拿的是油饼。因是养老女婿，报喜也只能是自家报自家。爸爸就买了油条送到姥姥跟前。姥姥也回了一身小衣服，还有半斤重的线蛋儿。这叫“长命线”，要挂在孩子床头，得年年用这个线团儿给孩子缝衣服，一直用到十二岁。当然现在都是买衣服穿。不过这个意思也还都有。

第三天是“庆三”，第七天是“头周”，第十天是“祝十”，满月是大礼。因是男孩子，要提前一天做。早上请剃头匠来给孩子剃了头，刚把尿布屎布都清洗干净，街坊邻居就都陆陆续续地来了。渐渐的，柴枝屋里就堆满了东西：衣、帽、鞋、袜、护襟、护牌、裤子、铺垫、斗蓬、布娃娃、布老虎，鸡蛋、红糖、蛋糕、豆腐……席面很好。一般人家是八碗席：有冷菜两碗，每碗八片的红烧条子肉两碗，酥肉一碗，丸子一碗，粉条一碗、白菜一碗，若主家不带酒，这就是“平八碗”，有了酒的，就叫“硬八碗”，若是再多一大碗方块肉和一大碗杂碎汤，那就叫“硬十碗。”柴家的满月席，就是“硬十碗”。

柴枝坐月子，柴禾待女客，爸爸待男客。小青和小春只管在灶台那里吃着，不去坐桌。吃完了，她们早早地溜了出来。冬天里没地方可去，她们就在村子里闲逛。不知哪一户种的腊梅，香气丝丝缕缕地传过来，两人找啊找，找啊找，到底也没找到是哪一家。

九

小新五岁那年，姥姥病了。乡下俗名叫瞎巴病，官名叫“食道癌”，说是晚期。到医院看了，受了一番罪，花了一番钱，最后还是让把人抬回了家。小青上了高三，不歇星期天，不能回去，小春高二，每个星期还能有一天回去的日子。每次回去她都值夜。她整夜不睡，坐在姥姥床前。

姥姥病了，小春想起姥姥好时的样子来。姥姥不会走路了，小春想起姥姥走路时的样子来。姥姥醒了，小春想起姥姥睡觉时的样子来。姥姥睡了，小春想起她醒时的样子来。

姥姥越来越衰弱了，但是看着很平静。精神好的时候，她还能和小春聊几句。

“小新的身量，跟个黑泥鳅似的，越来越喜人了。也不知道长大成个什么样儿。”

“男人样儿。”

姥姥嘴角撇了撇，笑了。

“也不知道小青今年能不能考上。”

“能。看她都没工夫回来看你，用功着呢。”

“费了多少心，费了多少钱，不用功可是没良心。你也一样。”

“我会用功的。”

“想考个啥大学？”

“医科大学。”

“中。给人治病，好。”

“姥姥，你可得活着，等我学成了，把病给你治好。”

“那可不中，赶不上了。”姥姥道，“想去哪儿上？”

“姥姥想让我去哪儿上？”

“去大地方吧。”

“北京？”

“好。北京好。早些年，叫北平。”

“哟，姥姥还知道北平？”

“嗯。去过。兵荒马乱的时候，去那里逃难。”

“姥姥到底怎么逃的难？逃难怎么过生活？要饭？给人家当丫鬟？还是去饭店洗碗？”

姥姥笑了。

“啥都干过。只要能活着。”她说，“给人家推过磨，走一天下来，两只脚肿得跟发面似的。给人家绣过花，活儿紧，绣了一天一夜，夜里舍不得点油灯，就在月亮底下绣……”

在月亮底下绣。小春难过的同时又突然觉得这情形中有着一种奇特的优美，有着一种不能克服的浪漫。可是，月光终究是勉强的吧？在月光下绣花的时候，朦朦胧胧地看不清楚，针会扎在指头上吧？指头会流血吧？那种红，只怕也会有些像指甲花吧？

又想起指甲花了。

姥姥去世之后，在她的紫漆匣底，发现了四张照片和两张发黄的纸片。照片都是黑白的。其中两张照片是单身照。一看就是姥姥年轻的时候。一张正坐，穿着斜襟大花长袄，下面是盖着脚面的裙子。袄襟上镶着一道阔大的缎子裹边，手里垂着一条丝帕。她的瓜子脸怯生生地朝着镜头，头发乌光水滑，脑后露出一根细细的簪子尖儿。她坐的是一张圆凳，旁边是一张圆几。几上摆着一盆模糊的花。她的脚下摆着的一盆花倒可以看得很清楚，骨骨朵朵，斜逸旁出，是梅花。另一张是侧坐的。侧坐本身就有些妖艳的意味，姥姥的模样更是妖艳：两个耳边儿都插着大朵的花，两缕黑发从耳下顺出来，有点儿披肩发的意思。她的左手拿着扇子，胳膊肘放在圆几上，右手拎着丝帕。——这次姥姥的面容不怯生生了，她嘴角微微上扬，眼角也微微上扬，显然是在笑着。圆几上的花也换了，成了面目清晰的菊花，而脚下的那盆，换成了水仙。

还有两张照片是合影。一张是两人照。两个女子，一坐一站，一正一侧。正坐的就是姥姥。衣服也换成了旗袍。两人的旗袍是一模一样的，旗袍领子高高地竖着，颈项上都挂着白色的珍珠项链。另一张是四人照。两人坐在藤椅上，两人站着。没有圆几，也没有花。就这么四个人，把照片占得满满的。她们都认真地看着镜头，一副柔弱的，任凭摆布的样子。相比之下，还是姥姥看着特别些，她手里拿了一支长长的箫。指甲上一层匀匀的暗色——肯定是红指甲了。

两张纸片都很残破了。一张是竖长方形的粉红厚宣，抬头写着两个字：局票。下面用繁体字竖版写着：柴志通君请醉香院柳月香至四马路平王街口东福酒家第一房间侍酒勿延。

另一张是个横长方形的表格，内容如下：

姓名　柳月香

年龄　十九岁

籍贯　山西晋城

住所　桃园路二十六号

从业原因　贫

有无丈夫及亲族　无

是否自愿　是

由何处来　晋城

从业处　阶桃园路二十六号醉香院

谨呈

北平市警察局转呈

北平市政府

再下面是红红的指印和姥姥的一寸小照。照片上的姥姥仰视右上方，微微笑着，一派天真无邪。

这张表的签署时间是中华民国三十五年六月七日，表的名字叫《妓女请领许可执照申请书》。

十

在中医学院学习的第三年，小春发表了自己的第一篇医学论文。题目是《论指甲花的中医妙用》。

指甲花，学名：Impatiens balsamina Linn

英文名：Garden Balsam

别名：指甲草、染指甲花、凤仙花（豫晋），小桃红、透骨草、金凤花（潮汕），白凤仙、灯盏花、急性子、洒金花（闽东）。

科属分类：凤仙花科Balsaminaceae、凤仙花属Impatiens

植物概述：

指甲花，属凤仙花科一年生草本花卉，产中国和印度。

指甲花性喜阳光，怕湿，耐热不耐寒，适生于疏松肥沃微酸土壤中，但也耐瘠薄。此花适应性较强，移植易成活，生长迅速，一般很少有病虫害。花茎高40～100厘米，顶端渐尖，边缘有锐齿，基部楔形；叶柄附近有几对腺体。花大而美丽，或单瓣或重瓣，单瓣居多，重瓣的称凤球花。生于叶腋内。花色有粉红、大红、紫、白黄、洒金等，善变异。其花形似蝴蝶。有的品种同一株上能开数种颜色的花朵。据古花谱载，指甲花有二百多个品种，不少品种现已失传。因其善变异，经人工栽培选择，已产生了一些好品种，如五色当头凤，花生茎之项端，花大而色艳。还有十样锦等。根据花型不同，又可分为蔷薇型、山茶型、石竹型等。指甲花的花期为6至9月，结蒴果，状似桃形，成熟时外壳自行爆裂，将种子弹出。

繁殖：

自播繁殖，故采种须及时。以4月播种最为适宜，这样6月上、中旬即可开花，花期可保持三个多月。播种前，应将苗床浇透水，使其保持湿润。约10天后可出苗。当小苗长出2～3片叶时就要开始移植，以后逐步定植或上盆培育。盆栽时，先用小口径盆，逐渐换入较大的盆内。

药用：

【收制方法】夏季花盛开时采收，鲜用或晒干。

【性味归经】甘，温，微苦，有小毒。

【功能主治】指甲花种子含皂苷、脂肪油、甾醇、多糖、蛋白质、氨基酸、挥发油。亦为解毒药，有通经、催产、祛痰的功效。全草捣汁外敷，有活血化瘀、利尿解毒、通经透骨、软坚消积、祛风止痛之功效，亦可用于闭经难产，跌打损伤，瘀血肿痛，风湿性关节炎，痈疖疔疮，蛇咬伤，手癣，骨鲠咽喉、肿块积聚。外用亦可解毒。花瓣加些明矾捣碎后，可染指甲。

【用法用量】1～2钱；外用适量，鲜花捣烂敷患处。

【注意】孕妇忌服。

药方数则：

1.毒蛇咬伤、腰肋引痛：指甲花全草30克，捣烂，冲酒服。

2.风湿关节痛：指甲花全草30克，或加商陆根15克，猪赤肉适量，水炖服。

3.闭经：指甲花3～6克，水煎服。或全草15克，水煎服。

4.骨鲠：指甲花种子3克，研末，开水送服，或鲜全草捣烂取汁，约1汤匙口服。

5.指甲沟炎：用鲜指甲花叶捣烂，拌红糖外敷。

6.痈疖、乳痈：指甲花、扁柏叶各适量，捣烂，敷患处。

“柴春，你对指甲花怎么这么有研究啊？”有同学问。

“我们那里到处都是这花，从小就跟着这花长大，想不了解都不行。”小春笑道。

“这些花名儿挺有意思。喏，你听，急性子，像说人的脾气似的。小桃红，这味道像个姨太太。凤仙花，让我想起了和蔡锷将军英雄美人了一把的那个风尘女子小凤仙。还有这个，透骨草，又显得杀气十足。不过这个最酷，我最喜欢。你呢？你最喜欢哪个？”

“都好。”小春微笑道。

又过了很多年，小春早已经当了医生，成了市中医院的大夫。也结了婚，有了孩子。她轻易不怎么回老家，觉得莫名其妙地畏惧和羞耻。只是电话打得很勤。她曾经提出要柴枝跟她来城里住，柴枝不肯。小青的工作单位离中医院不远，两姊妹倒是经常见面逛街，说东说西，说狗说鸡，或者一起去看看小新——小新已经在城里读高中一年级了。

偶然，她们也会提一提乡下那三个人。

“也不知道他们怎么样了。”小青说。小春就明白，她和自己一样，应该很久都没有回去了。

突然，一间饰品店里传来一阵轻柔的歌声，似乎在唱着什么指甲花开。

“谁在唱指甲花开？”

小青笑了：“没有指甲花开。你是说栀子花开吧？何炅唱的。就是湖南卫视快乐大本营的主持人，对，周三他还主持着一个栏目，叫什么勇往直前。”

是的，那个主持人小春知道。瘦瘦的，小小的，长得很秀气，很中性。喜欢穿粉红粉蓝粉绿的衣服。他主持的节目小春也看过。快乐大本营，还有那个勇往直前。快乐大本营确实快乐，勇往直前却让小春觉得不够勇。要么就是些蹦极，高楼跳，要么就是游乐场里的太空飞梭和激流勇进，都是高弹绳捆了一道又一道，安全系数百分之二百的游戏，根本不需要勇。真正的勇是面临一片黑暗的时候，还要跨出自己的脚。从这个意义上讲，活着的每个人，每天早上睁开眼睛，面对这个世界的时候，其实都很勇。

后来，小春把那首歌从网上下载了下来，歌名就叫《栀子花开》：

“栀子花开，如此可爱，
挥挥手告别欢乐和无奈。
光阴好似流水飞快，
日日夜夜将我们的青春灌溉。
栀子花开啊开，栀子花开啊开，
像晶莹的浪花盛开在我的心海；
栀子花开啊开，栀子花开啊开，
是淡淡的青春，纯纯的爱……”

——这清甜的旋律映照着栀子这样清甜的花，是对的。这旋律对指甲花很不适宜，小春知道。但她还是在这不适宜的旋律中落下泪来。

十一

柴禾得的也是癌症，发现时也已经是晚期。宫颈癌，转移得很快。医生说这病根儿应该是早就落下了。“宫颈重度糜烂多年，最容易得这种病了。怎么早不来看？不是我说，你们农村妇女，就是愚昧。”

柴禾临死前又提起了老蔡。她是对柴枝一个人说的。

“他在平房顶凉快，离边儿很近。我本来想拉他一把的，后来不知怎么的，我就没管他。我眼睁睁地看着他掉了下去，想着最多不过是摔一下，却忘了，下面刚好是张青石桌子。”她笑，“一报还一报。老天爷不可欺。”

柴枝握着柴禾的手，只叫了一声：“姐。”

“我死了，估摸蔡家人还会来要我的尸骨。不要让我回去。”柴禾说，“我生是柴家的人，死是柴家的鬼。”

果然，蔡家听到信儿，就托人来了，说既然两个人在阴间都是单身，不如阴阴阳阳都做夫妻。

“不中。我不能违拗我姐的意思。”柴枝一口就把来人挡了回去，“除非我姐活过来，亲口说她愿意。”

而在柴家这边，族长三爷也发了话，说一个寡妇，回了娘家，住也住了，死也死了，想怎么着也都怎么着了，有一条底线是绝对不能破的，就是不能入柴家祖坟。

一个要收，一个不留。这真成了一个难题。这尸首，到底该安置在哪里呢？大家都发愁着。都不知道该怎么办。柴禾的身子就在水晶棺里放着，是冬天，倒也没什么气味，不碍什么。柴禾的样子还是和原来似的，静静的。可是就这么放着，一天，两天，都知道不是个事儿。

那一天，五娘找上门来，在棺材旁边坐了一会儿，和柴枝拉了两句家常。

“你是能进祖坟的。”她说。

“我知道。”柴枝说。

“你招了女婿，女婿就是儿子，你是闺女，又是媳妇。进祖坟是应当的。”五娘又说。

“这我知道。”柴枝又道。

“你姐，要是和你一样，就能进祖坟了。”五娘又说。

柴枝的眼睛一亮。她起身，在五娘面前规规矩矩地跪下来。

“我替我姐给你磕头了。”她说。

柴枝夫妇找到了三爷。双双跪下。

“要是我能进祖坟，我姐就能。”柴枝说，“我和我姐都是他的女人。虽说我是过了明路的，但若要按实在次序，我姐还在我的前面呢。”

虽然在背后没少叽叽喳喳，但这事说到了桌面上，却让大家都静默了。说什么好呢？又能说什么呢？而且，再想想，柴枝讲的理儿，也是过得去的。

自始至终，男人都没说话。一个字都没说。他只是低头跪着，跪着，直到三爷亲手把他搀了起来。

柴禾的最后一件事，就这么有了结果。对此，村里人总结了三个字。

“都仁义。”

两天后，柴禾进了柴家祖坟。她被埋在了姥姥的下手，位置偏右。

紫蔷薇影楼

换个姿势，再来一次

做小姐的人，随便哪个都有几只黑胸罩。黑胸罩的好处挺多。性感，显得皮肤白，好配衣服，还耐脏。前前后后，小丫买过不知道多少黑胸罩。舍不得买太贵的，再贵的胸罩时间久了也一样没弹性。她们消耗这种东西比一般女人厉害。她就一段时间买一只，一段时间买一只，又便宜又新鲜，二十多块钱的货就很像个样子。以前在东水县，哪里敢想这个价位的？十块钱也得好几趟转悠。过一两个月，带子松了，她们就换着戴。她专捡胸围比自己小的人的，胸围比她大的人就捡她的。

小丫也买过一只贵的。六十五块钱。全真丝料，杯罩上各绣着一朵娇黄的玫瑰。因为贵，小丫没怎么舍得戴，一直都是崭崭新的样子。离开深圳的时候，别的胸罩送人的送人，丢掉的丢掉，唯独这只她千里迢迢地带了回来。其实回来也没怎么戴，几乎忘掉了，一次回娘家收拾东西，在一个大柜的角落里找了出来。然而拿回去也还是没有想要去戴，顺手塞到了自己家大柜的抽屉里。她的内衣都在抽屉里放着。

看到这只胸罩，她忽然想起，戴上这只胸罩的第一天，她接的是一个家乡的客人。

五年的小姐生涯里，小丫就接了这么一个家乡的人。扒了皮挑了筋把他的骨头烧成灰，小丫都记得他的声音。按比例算，东水县有五十多万人，城镇约摸有八万，青壮年男人两万多，有机会出差的也就千把人，千把人里头就算有四五百个找小姐，恰恰到几千里外的深圳又恰恰碰到她的才会有几个？机率很小，但不能说绝对没有。所以她很小心。这种生意做不得一辈子，她迟早是要回去的。她不信这边的男人，也惦着父母。虽然上面有两个哥哥，可她知道那都是靠不住的，成了家越发看出来了。末了还得她贴着心给爹娘养老送终。想到父母小丫就干得分外敬业，一点儿含糊也没有。用爹娘给的身体去挣钱，既能给自己攒个本儿，等到将来爹娘七病八痛的时候，也能够放开手脚尽尽心，她觉得这也是一种孝顺。当然，无论多么心安理得，在这边的事儿还是不能让爹娘知道，因此她也格外回避家乡的人。

其实这个男人的普通话还是很不错的，小丫开始没听出一点儿东水味儿。两人开了房，先洗澡。鸳鸯浴。洗的过程中小丫给他吹了箫，——小丫通常都会这么对付一般的嫖客，这样他们到床上之后即使还能折腾，也是炒锅里的黄瓜，硬撑不了多久。男人泄了一次，舒服得哼哼唧唧。洗完澡，他们来到床上，男人果然有些疲乏，就搂着小丫说看会儿电视，养精蓄锐一下。小丫摸着他黑黑的肚皮心想：再蓄也是个银样蜡枪头！看了会儿电视，男人正蠢蠢欲动，手机突然响了。小丫替他拿过手机，顺着瞟了一眼，是家乡的区号。东水县的上级市主管着七个县。七个县用的都是这个号。她的身体不自觉地一凛，暗暗念叨：千万不要是东水县啊。男人接了电话，果然是标准的东水口音：“四，四（是，是），我米（明）天酒（就）悔（回）。”接完电话男人就把手机关了，又用小丫再熟悉不过的方言说了一句："真他妈的吃胆（扯淡）。"

怒气冲冲的男人爬到了小丫身上，关键的部分也很有些发怒，一下子便挺立潮头。他激情澎湃地做完了，小丫穿衣要走，男人道："我还行呢。你陪我一晚，明天早上我们再来一顿。"

"大哥，我就是能吃，也怕你累着啊。"小丫说。接他就够了，再陪他睡一晚，还不是像陪一只老虎?

"谢谢妹子心疼，我累不着。牡丹花下死，做鬼也风流。要是怕耽误妹子挣钱，我补就是了。妹子你说，谁给的钱不是钱?"男人很豪爽。小丫知道只有公费的人才会这么豪爽，内地来的几乎全是公费。小丫就有些动心了。男人说的没错，谁给的钱不是钱?钱也罢了，家乡人对她也是一种诱惑。她已经很久没有见到家乡人，很久没有听到家乡话了。她害怕这个，却也想这个。虽说是老虎，可从东水的山上下来的老虎，看着还是不一样。再说，这个老虎真的就能吃人么?天大地大，这一辈子难得再碰上他。专门寻人还寻不着呢，怎么就会偏偏遇偏偏?碰不上他那他到底还是一只纸老虎。这么想着，小丫就住下了。

接下来又是闲聊，男人给小丫讲了几个三国版的段子："赵云和张飞同室云雨，赵云身下的女人突然不高兴了，赵云忙问为什么，女人指着张飞说：我也想要巧克力的。刘备巡营，问候众将士：大家好!众将士回答：首长好!刘备又问候：大家辛苦了!众将士道：首长辛苦!刘备很满意，想进一步鼓励士气，便就近拍了拍一位士兵道：我们的军队绝对战无不胜，看这些胸肌就知道了。那位士兵道：报告首长，我是女兵!"小丫嘎地笑了。男人受到鼓励，又讲："刘关张刚刚三结义的时候，有一次同享一个女人，说好每人做八下就下来，刘备负责查数。张飞先上，一二三四，五六七八。然后是关羽，一二三四，五六七八。最后是刘备，只听他念：

一二三四，二二三四，三二三四，四二三四，……好不容易到了八二三四，关张想他总该下来了吧，谁料他接着道：换个姿势，再来一次。”

小丫再想不到段子里刘备的逻辑是这种无赖法，笑得气塞咽喉。男人贴着她的乱颤花枝，说：“你的胸肌和我的巧克力一样好，我们就换个姿势，再来一次吧。”

如果不是老乡的话，男人给小丫的回忆还是很完美的。他技巧和能力都可以，很知道照顾女人的情绪。在她的客人里应属上乘。既然都是赚钱，谁不愿意快乐地赚？谁不愿意舒心地赚？谁不愿意在和拍拖差不多的甜情蜜意里赚？行规是做一次算一次价，那次本来该收三份钱的。但小丫三次只做了两次收，免费赠送了一次。甜不甜毕竟是家乡水，亲不亲毕竟是故乡人啊。何况，那天晚上她做了一个很滋润的梦，第二天早上他们做的那一次，感觉也是非常地好。

现在，她回到东水已经三年了，这三年里，她平平安安地结了婚，生了孩子，影楼的生意也越做越好。正是风调雨顺红红火火的时候，这个声音连带着这个人，却不知趣地出现在她面前。

“换个姿势，再来一次。”

听到这句话的时候，刘小丫正在整理收银台下面的柜子。柜子里乱糟糟的，坏相框，旧底片，儿子的小棉袜，没有一点儿眉目地堆在一起，好久没收拾，都快成垃圾站了。这种事情她不做，张长河是八辈子也指望不上的。男人到底还是男人。

忽然，小丫就听见了这句话。平时这句话是张长河常说的，她耳朵都听出了茧子，今日由那个声音说出来，仿佛是家常的床单披上了模特的身体，不知道怎么就这么奇怪。

她手里的两叠照片袋发出一阵轻微的风声。

“换个姿势，再来一次。”

那个声音把那句话又意味深长地重复了一次，像小孩子在津津有味地拾掇着只有自己才晓得窍门儿的玩具。仿佛这八个字的一句话是一个神奇的酵母，由他一遍遍地发着，就能蒸出一锅锅白生生暄腾腾的馒头。馒头里还冒出了一股一股的蒸汽，把小丫熏得像做梦一样。

这一天，终于来了。轱辘提桶，上上下下了这么多年，终于还是挨着了黑飕飕凉冰冰的井面。一瞬间，她忽然觉得，自己其实一直是盼着这事儿来的。

不知道过了多长时间，那个声音消失了。一个男人一个女人和一个女孩子从拍摄间走出来，边卸妆边问照片什么时候能取。小丫说得一周时间。女孩朝着男人喊：“爸，到时候记着取嗳。”男人没答应，他缓缓地移着脚，好像是在聚精会神地研究墙上的样片。

小丫没抬眼，但她觉出男人的眼睛穿透了身子在看她。他的眼睛里有股风，把朦朦胧胧的蒸汽一点点地吹散了，小丫已经看到了那些馒头，还有下面横七竖八的屉格。

女人和女儿出了门，推起了自行车，女儿不耐烦地喊了两声爸爸。男人慌慌的向外跑去。小丫盯着他的背影，他的背影犹豫着，终于在推门的一刹那，还是回头瞟了她一眼。只一眼，两人都赶紧把眼睛跳开了。只这一眼，足以让小丫知道：他们都确认了彼此。

小姐的职称

刘小丫刚刚认识张长河的时候，回到家乡只有两个月。腊月十五进家门，马不停蹄过了大小年，掰着指头过了二月二，掉转屁股就是三月三，眼看春天就踩上鼓点儿了，她还没找到事情做。

其实也不是完全没有事情，就是看不上眼。开个打字社，得有肥肥壮壮的公家关系才有的可赚，她没有。在饭店当服务员，一月三五百块钱简直是笑话。做老板倒是赚得多，问题是这小地方一年饭店三年账，平日里资金压得太厉害，家底儿耗不起。也想过卖服装，把着个身子，整日整日看店不说，还得三天两头起早赶晚去进货，辛苦死了。最好的事情就是嫁人，已经二十五了，早该嫁人了。报上说二十五六岁的女人生孩子最合适，她眼看就快过了这个好时候。可嫁人又是难度最大的。不能找家境太好的，家境太好的会挑剔她。不能找心底儿太清的，心底儿太清的会怀疑她。也不能找太有本事的，男人太有本事她的本事就派不上用场，派不上用场就没有地位和发言权。想了一场又一场，她对象的定位基本上就是：有点儿穷，又不甘心穷。想干事，又没多少能耐干大事。挺厚道，又不是不知道心疼人。肯吃苦，又没有多少臭脾气——最重要的一条，喜欢她，对她死心塌地。只要他对她死心塌地，她就决不会亏待他。至于她对那个男人，无论是谁，爱情肯定谈不上，当然，她不爱男人并不代表她察觉不出男人对她的爱，也不意味着她表现不出爱情的感觉和模样。——对她来说，这都像奥斯卡影帝演小品，小菜儿一碟。只要有合适她标准的男人对她投之以砖头一样结实的爱情，她保证会让他发现一块神魂颠倒的美玉。她保证。

“给我一个机会，还你一个惊喜！”这句广告词真是写到她心坎儿里了。

标准不算高，找起来还真不容易。其实哪里是找？只是碰而已。那天傍黑，她去买烧饼，一眼就看见了张长河。他正在大街上发送广告单，穿着贴满兜兜的劣质摄影服，是集上卖的那种，撑死了也超不过三十块钱。脖子上吊着一个相机，旧的，时不时举起来做出一个抓拍的姿势，不动的时候，就是一只呆头呆脑的企鹅，一看就是个傻里傻气的摄影爱好者。刘小丫一副漫不经心的神情走过去，要了一张广告单。广告单的名头是“小河照相馆”，地点是新华路最西头，快到城乡结合部的村里了，房租肯定是最便宜的。再看经理和摄影师就一个，不用说连带伙计就是眼前这位。身边站着一个靓女，此时的张长河显得有些紧张。他不时地扯一扯照相机的带子，黑带子本来已经在脖子那里勒出了一道汗涔涔的白印子，他一动，那道白印就会惊讶地静止片刻，然后绯红起来。

那时节的小丫穿着一件雪白的套头毛衣，自然旧的蓝色牛仔裤，扎着马尾，化着淡妆，看起来清纯无比，一派天然，见人还有些不好意思地笑着，害羞腼腆，脸也会恰到好处地微红一下，如果不留神看她眼角的细纹，简直就是一个刚刚毕业的大学生，任谁也想不到她做过五年小姐。小丫对那些把小姐样子挂在面儿上的同行总是嗤之以鼻。小丫觉得即使是掏大粪的在脸上贴标签都无妨，唯有小姐这一行不能。本来这事儿就被人看贱了，自己再把自己打扮成贱样子，等于帮着别人踩自己，心劲儿提不起来不说，也不安全，经济效益更也不沾什么光，——只有低档次的客人才会喜欢黑眼圈红嘴唇皮短裙露背装。小丫曾接过一个客人，那个客人说他是个编审，小丫问他什么是编审，他就把职称的路数给小丫详细地讲了一课。按他的说法，小丫就想，如果小姐这一行也有职称可评的话，让人一看就知道是小姐，这是初级。看着不太像小姐却又透出那么点儿小姐的意思，这是中级。看着完全不像小姐，这是副高。看着不仅完全不像小姐而且根本不能把这样的女人和小姐想到一起，这是正高。她觉得自己就是正高。当然她也承认或许会有比自己道行更深的人，那就给她们再额外加点儿什么吧，诸如理事主席秘书长之类的头衔衬托衬托，爱怎么着怎么着吧，反正是自己瞎想着玩。

女大学生一样的刘小丫在这个柳丝刚刚开始吐绿的春天站在了摄影爱好者张长河的身边，用清脆又带点儿天真的声音问："你就是张长河吧？"

"是。"张长河说。

"你们有多少套婚纱？"

"十来套。"

"有摄像机吧？"

"没有。"

"拍时尚写真吗？"小丫知道，这个词在深圳当下很流行。

张长河吭哧了半天，没有回答。大约是没听懂。

"你的相机是数码的吗？"

"不是。"这次，张长河把声音振了振。可振到第二个字的时候，音尾又垂了下来。像风末儿捎带起的旗角儿，展了片刻便奄奄一息。小丫又问："你在哪儿学的摄影啊？"张长河说是自学。小丫笑了。一小间偏门面，一架破相机，十来套婚纱，全部成本也超不过千把块钱，就觉得自己已经有了一项能养家糊口的俏皮技术，就敢上街打出招牌揽生意，真是衔着鹅毛不知轻，顶着磨子不知重。不过，这也正是自己想要找的人：没阅历，有心劲儿，穷坯子，憨后生。只要落到自己手里，肯定拿得住，不愁调教不出来。

张长河见小丫不走，正遂了心思。路人见一个漂亮姑娘站在那儿，还以为他们俩是一伙的，上来要广告单子的就多起来。有询问价格的，张长河就出面说，有问业务内容的，反而是小丫比张长河说得花哨。一拨拨的人来了，又一拨拨的人去了，天黑下来，半天，张长河才道了谢，说："你干吗这么帮我？"小丫说："我一个表哥也喜欢摄影，大家做个朋友，以后多交流。张长河忙不迭地点头，说：“你来照相吧。”小丫说：“就你？免费还差不多。”张长河毫不掩饰自己的大喜过望，说：“当然免费，当然免费。”

过了几天，小丫去了照相馆一趟，里面没有一个客户，只有张长河在擦柜台玻璃。用过湿布用干布，擦得一尘不染，极其认真。看见小丫来了，如同见了凤凰，找出几枚硬币跑到对面小卖部拿了瓶纯净水。看着他踢踢踏踏的背影，小丫心里的一块地方突然有些软酸软酸起来。

聊过几次之后，小丫的照片也贴了一墙。单看照片，是最幸福美满的县城时髦少女。除了必不可少的新娘照外，她还参照着对深圳影楼的模糊印象和摄影杂志上的造型，拍了许多在县城并不多见的照片，她把这些照片归纳成自己当初问张长河的那几个字：时尚写真。有一套装扮，是用玫瑰红的皱皱纸一圈一圈卷在胸前，同色的唇膏，几缕刘海有章有法地搭在额上，媚然浅笑。嘴角下方印着橙黄的繁体字：爱？或是被爱？夹带着省略号，提醒人们这问题多么意味悠长。还有一张是两条长辫子垂在胸前，月白色旗袍，有些惊讶地往后回首，似乎正听见有人突然喊了自己的小名儿。这是纯粹的小家碧玉式。落款：清新的旋律。或是一袭黑色吊带裙，举着支白芦苇，芦苇轻轻地扫过面颊。这种照片的风格是良家女子在清纯许久之后突然想试试风尘之韵，又有些不熟悉，怯生生透出一种自然的稚嫩，俨然是想学又没学会的样子，反而让人心疼。裙边也有一行小字：越爱越美丽。也有一张是上身短肚兜，下身宽布裙，露着珠圆玉润的肚脐眼儿，因为在小小的照片里，肚脐眼儿远比实际生活中露出的要耐看，也更让人遐想。旁边也有几个不同型号不同种类的繁体字：梦城花影。穿着和服打着纸伞的，当然是“异域风情”。穿着家常T恤，用手拢起头发，腕上是粗大的木镯的，谓之“年轻的感觉”，也有忧郁地盘着髻静坐的，旁注是“人生驿站”，这都是在室内。室外也很简单，站在一棵树的树岔间，往上抬头，自然注解为：青春的记忆。或是找一面破旧的红砖墙，脸贴着墙壁耳语，就是“往事如烟”。

每进一套衣服，小丫都要先试装照相。拉过了手，拥过了抱，该亲的亲了，该摸的也摸了，这一段恋爱史也是一段摄影史。无论恋爱还是摄影，都让小丫有一种微微的陶醉。道具和服装其实都是很粗糙的：衣服大都毛边儿了，拉链也多半不敢使劲。花儿是掉瓣儿的，叶子里搡满了灰。披肩的流苏长短不一，衬里边上染着一圈腻腻的黑。但这都并不妨碍拍摄效果的细巧和华丽。柔光一罩，什么都完美起来，使得照片里的作秀者即使是面对极有限的观众，也不妨碍品尝到那么一点儿真切的明星味道。对许多女人来说，这是一种诱惑和满足。在这恋爱和摄影里，小丫觉得自己又恢复了一些正常女人的趣味，——这些趣味是她早已经生疏和漠然了的，现在却常常会为此开心大笑。

在她经历过的有限尘世里，相对来说，这照片和这恋爱都是干净的。即使矫情，即使俗气，也还是干净。

小丫决定收网。她收得很谨慎。那天晚上，他又给她拍照片——这在他们几乎是一种游戏了。这次要她拍一张略微野性的，他设计她只用一条毛茸茸的褐色长围巾缠在胸部，额前一根同色细带，眼影深深的，有些神秘的吉普赛风格。她猜测到了他的伎俩，他的伎俩和她的不谋而合。她当然也是希望能通过上床把关系推进并且确定下来，只是还没有想好该怎么去看似被动实则主动地实施，他给了她一个恰恰的机会。她乖乖地按照他的提议拍了那张照片，不过没有用褐色围巾，她用的是白色的，白色的反而效果更好，野性里鲜鲜地带出几分无辜和纯洁。拍完之后，他舍不得走，又不敢冒然上前，她把一根围巾线悄悄缠挂在胸罩挂钩上，让他来摘，他才有了胆量。

一切都如她预料的那样，张长河看见了她身下的红。他哭了。小丫也哭了。他们紧紧地抱着，像这世界上所有最亲密的爱人一样。

这天是她例假的最后一天。

她骗了他。但骗也是稀罕他。想让她骗的人多了去了，她还懒得骗呢。张长河是青头丝儿，她必须看起来也得是黄花儿菜。她不能欠他的。没有男人不在意这个。她不想被抓住把柄，那样即使结婚也一辈子说不得嘴了。自己这么多年处心积虑的是为什么？还不是为了那句老话：妇女翻身得解放！

一切水到渠成。小县城里时髦少女的时髦恋爱之后是时髦婚姻和时髦家庭。两个人的婚纱照和儿子的时代宝贝系列紧随着小丫的时尚写真，为这一段发展做了最直观的跟踪报道。在老家举行过热闹的婚礼之后，小丫以母亲的名义把自己的积蓄取出来了一部分，两人轮番去外面学习了一次：小丫学习美容化妆，张长河学习数码摄影。学成回来他们就添置了电脑，小河照相馆也摇身一变，成了紫蔷薇影楼，搬到了最繁华的东大街上，小丫特意让装了一个四百瓦的激光射灯。夜晚来临的时候，他们的射灯远远地就弥漫出一大团浪漫的蓝光，几乎成了东大街的标志。

他们的日子，他们的影楼，和他们的儿子一样，在小丫的聪明精敏和张长河的勤恳能干中，一天天地，生机勃勃地成长起来了。

一次，张长河问起他们初次见面时小丫所说的表哥，“你不是说你表哥也爱摄影么？哪个表哥？”小丫嘴里正含着一口水，笑着喷了过去。

和故乡做爱

走出紫蔷薇影楼的那一瞬间，窦新成心里不知道是什么感觉。

女儿考上了省城的大学，妻子冯玉娟提议照个全家照。在街上左瞧右瞅，最后女儿和冯玉娟都在紫蔷薇门口焊住了步子，女儿指着招牌上那个新娘道："水水的，多好看。就是她了。"

他抬头看了看那个女子，她穿着白纱，低头浅笑，似乎有些面熟。一时也不在意，抬脚就走进去。照完了全家福，女儿又要求照个人写真。小女孩在镜头前频频作秀，摄影师一会儿便说一句："换个姿势，再来一次。"这句在影楼里最平常的话，今天却莫名其妙地让窦新成扎耳。听着听着，他忽然想起了多年以前在深圳的那个夜晚。鬼使神差的，他跟着摄影师说了起来。

他说了两遍。他说的时候，冯玉娟不满地看了他一眼。他知道自己的声音传达出的味道和摄影师不一样，是怪异的。

第二遍说过之后，他戛然而止。他想起来了：他见过招牌上的那个女人。

那个女人是个小姐。

可以说，他对女人最生动的了解几乎都是从小姐身上获得的。第一次是在西安，一天黄昏，他绕着居住的宾馆附近散步，在一个凉皮摊上瞄见一个女人的背影，婀娜极了。他就在她对面坐了下来，要了一碗凉皮，装做不在意的样子偷偷去看女人，女人却长得窄眉窄眼，让他有些失望。女人笑了，低声说："大哥，我的好处不在脸上。"他的心嘣嘣嘣地乱跳起来，直觉到了这个女人的身份。吃完了，女人说："大哥，我那里有最新款的手机，特别便宜，你想看看吗？"他点点头，跟着女人到了一处单元楼里，女人进门就开始脱衣服，他有些慌，问女人："手机呢？"女人媚媚地看了他一眼，说："在你身上。"扑过来就握住了他的下体。他就做了。

出了楼，他觉得自己简直没办法看人，仿佛全世界都知道他刚才做的丑事。他一遍遍骂自己：真他妈下作！但骂着骂着就笑了。随之而来的第二次就从容了许多，他由衷地发现，这种事情虽然下作，但是真的很有趣。甚至可以说，下作的事情多半都是有趣的。做完之后，他还喜欢和这些女人们说笑。女人说："大哥，我爱你啊。"他说："妹子，我不爱你啊。"女人说："大哥，我是真的很爱很爱你啊。"他说："妹子，你是真的很爱很爱人民币啊。"他们就笑在一起。想说什么就说什么，想做什么就做什么。只要不是杀人放火，男女之间的事情和话语他们想来的全可以来，能来的全可以来。彻底的放松，彻底的做主。下作里有这样奇异的畅快和尊严。他贪恋。他在她们面前完完全全地做着男人。开始有时候还会觉得对不起家，后来发现自己一犯过错误就会对老婆特好，对老婆特好老婆就会很高兴，他们俩一高兴全家就都其乐融融，他的一点儿负罪感也就渐渐悄无踪迹。这也算用特别的方式为家庭做贡献吧。他想。

他就这样成了一个小姐爱好者。每听到养情人的朋友们诉苦，他就觉得自己的方式实在是好。老婆是青菜，青菜寡淡，但什么时候都不能少。其他女人就是荤，用来三天两头调口味。而在这其他女人里，情人是家鸡，娇气，费食，还常常得清理鸡圈，虽说吃个鸡蛋挺方便，可时间长了，这方便还抵不住闹心。小姐是野鸡，野鸡就省事得多，给点糠米就能用，因为久经风雨锻炼，肉质也分外的刺激和专业。他找小姐的时候有两条基本原则：一，从不多找。荤香是香，吃多了也就腻胃。二，只吃远的，不吃近的。野鸡野鸡，远一些的才算野。越远越野，越远越放得开。同时也因为野而不得不限制次数，而次数少就决定了质量和感觉都比较好，安全性也高。

他从不在本地找，只是在出差的时候公私兼顾。以前出差的机会少，自从占了卫生局行政科长的肥差，这就不成问题了。

那年的深圳之夜绝对是窦新成小姐艳遇史里最难忘的片段之一。不仅仅是因为她人漂亮，床技好，更重要的是她是他家乡的女人。开始他根本没察觉，后来他去接手机，那女人惊异地看了他一眼。她眼神闪过的速度很快，但还是被他捕捉到了。他把她眼神里的一机灵藏到了心里。半夜，他被她的呓语惊醒，是地地道道的东水县口音。

他打开灯，上了一趟卫生间。刚要关灯，忽然又想看看她的脸。也许是灯光太射眼了，她翻了个身，背对着他。翻身的时候把胸罩弄到了地上。他捡了起来，看见上面两朵娇黄的玫瑰。背钩附近的纯棉标签上显示的牌子是“沙非”。

早上，他又和她做了一次。这次，他带着一种难以言说的柔情。他感到一阵阵的心悸冲刷着他的血管。他从未有过这样的快感。和她相拥而亲的时候，他的感觉宛如是在家乡的清晨，他和她是在绕着县城流过的黑水河的岸滩上。异乡的阳光里，他和同乡的女子做着爱。她年轻娇美，嫣然百媚。他惜香怜玉，风情万种。他们的呻吟和叫喊都是字正腔圆的普通话。他们的外在似乎和遥远的故乡没有任何关系。但他们却都在心里不约而同地，和故乡做爱。

做完之后，他们聊了很短一会儿。回忆起来，似乎只有这么几句话：

“在外面很不容易吧，妹子？”

“谁都不容易。”

“想家吗，妹子？”

“开始想。后来再怎么想也没用，就不想了。”

“过年回家吗，妹子？”

“到时候再说。过年这里的生意也好。也暖和。过年的车票还挺贵的，不如平常回。”

他抚着小小的肩胛，不知怎的，几乎要掉下泪来。他知道自己很可笑，但真的就是想掉下泪来。

那时候，他一点儿都没有顾忌到自己已经暴露出的家乡口音。这样的女人多半将来不会回去。而且，即使她回去又能怎样呢？即使碰到他又能怎样呢？

但现在却是真的碰到了。一排排的小丫站在墙上，以从未有过的感觉刺激着他的记忆，这记忆又火辣辣地刺激着他的身体。他刚才在影楼里假装看照片，久久未动，就是因为他的身体已经反应得让他根本无法正常走路。他咽了七次唾沫，才把火头压了下去。出门后，冯玉娟疑惑地看着他，试探说：“照片上那个女人是老板娘，长得不错，照得也不错，啊？”他只有不介意地说：“一般人吧。女人化成那种妆都是一个模样。我方才细细比了比，这里照片的质量还是不行。要照，还得去省里。”冯玉娟很羡慕那些人到中年的夫妇去补照婚纱照，曾经给他提过，他知道这个话题转移得一定会很有效。冯玉娟果然就很甜蜜地笑了。

灵丹妙药

窦新成的身体已经很久没有这么蓬勃了。四个月前，他的下身和大脑就已经失去了亲密的合作。

事情也还是在西安。县直医院的院长请他一同去考察一家医疗设备公司的产品。说是考察，其实就是玩。那天。同行的人都购物去了，他就拿了身份证另找了一家宾馆，开了房，找了个小姐。一边做，他一边向小姐回忆第一次在西安堕落的事，门突然被撞开了。一帮人冲了进来。他感觉到自己的物件一下子就滑溜出了小姐的身体，像鱼一样。他抓过床单盖住了自己的屁股，一个人立马把床单抓下来，扔到他的脸上，说："这才是盖屁股露脸呢。"

交了罚款四千，他又另给两个警察各塞了两百，他们才吐口说不把这件事情通知他们单位。从公安局出来已经是深夜了，他做的第一件事情就是马上又找了一位小姐。决不是好了伤疤忘了疼，而是在从被抓住的那一刻里，他就无比恐惧地预感到：无论怎么努力，自己都好像不行了。另外，在哪里跌倒，就得在哪里爬起。他确信这个道理。不然，以后他永远也没有办法再来西安了。

事实证明，他确实已经不行了。以前他仅凭靠着想象就可以挑逗起来的身体，现在怎么折腾都只是一弯熟透的香蕉。起初他还给自己找理由，以为只是受到了一时的惊吓，缓缓就会好。于是此后两个月里，他频频出差，频频找小姐。他找来一个瘦的，不行。找来一个胖的，不行。找来一个不胖不瘦的，还不行。黑的不行，白的不行，不黑不白的同样不行。漂亮的不行，丑的不行，不漂亮不丑的自然也是不行。反正什么样的女的都不行。从那以后，他的身体就是两个字：不行。有时候折腾来折腾去，眼看着有点儿意思了，只要一挨到女人的那块肉，就像蜡烛放到了旺火上，准瘫。有一次，连小姐都没有了耐性，那位小姐很年轻，在钱面前也刹不住任性，说："我给你钱行不行？赶紧走吧。"

不行了。最该行的部分不行了。最能证明自己是男人的部分不行了。这真是要命的不行。自从不行之后，他简直没办法再听别人说这种事，开这种玩笑。他甚至不能再看见别的男人。他的脾气变得怪异起来，科里的人对他都比以前小心了许多。回到家，冯玉娟本来就言语不多，看着他的脸色一天天阴暗下来，就更和他没有话了。窦新成疯狂地出差，没有差出就自己往外跑，到了外地，一下火车他就会长出一口气，然后他又会深吸一口气。仿佛要把全身的力气都攒起来，去解决这件“不行”的大事。

他不再担心被抓了。再也不担心。他曾无数次设想：如果能让自己的功能恢复，即使再被抓一次也是一种莫大的幸福。被抓让他羞辱，可这“不行”更让他羞辱。好几次，抱着小姐们娇嫩的身体，他甚至开始羡慕她们：她们多好，岔开两腿，不管什么时候都行。即使来了例假，也会有心理变态的人喜欢。而作为男人，他的坚挺度却来不得一点儿水分。

他偷偷去省里看过两次医生，没用。那些药他都没信心吃完，连带处方和病历都偷偷放在一摞旧书里，等着有机会去北京找个好医院再看。他也没告诉冯玉娟。夫妻了这么多年，他知道冯玉娟不是那种他什么都能说的人。告诉她说不定只能落个笑话。路过夫妻用品商店，他也动过买春药的念头，犹豫了犹豫，还是没进去。他不想吃春药。他觉得四十出头就吃春药，就像借钱来花。越花债越多，到时候毫厘不爽，都是要还的。而且都是高利贷。

他就这样在别人身上寻找着自己的身体。一边寻找一边绝望，一边绝望一边寻找。从来没有奇迹发生。直到遇到了小丫。

其实当时他也有些怀疑这种振作是偶然的。第二天晚上，他绕着县城的街道漫无边际地漫游，不知不觉就靠近了紫蔷薇，在射灯的照耀下，远远地他就看见影楼外面小丫的照片，照片是喷绘的，巨幅。小丫的皮肤光洁如丝。街上的店铺都已经打烊了，行人稀少。他站在影楼的树下，细细地端详着她。也许是照片太大的缘故，她似乎比在深圳时有些胖，当年的娇媚中又添出几分成熟少妇的风韵。一双眼睛似羞非羞，仿佛在专注地看着他。深圳那个夜晚的记忆又像开了闸的河水，奔腾不息地澎湃出来，冲得窦新成心旌荡漾。他突然觉得下身一热，木橛子一样翘了起来，简直呼之欲出。这种可爱的信息连着两天都大驾光临，简直要让他欢腾雀跃。他甚至已经有了快感。他从来没发现过，意淫的快感竟然也是如此肆意美妙。

他这才确信了小丫对自己可能会有的巨大作用。这个女人不寻常。这个女人能帮他。仅是看到她甚至她的照片就这样让他鼓舞，如果实践她，就一定能让自己重振雄风。

可怎么才能实践呢?

这个女人已经立了牌坊，牌坊还不太好拆。小日子过得挺滋润，看来从良是真心的了。不能跟她硬来，弄不好会把自己搭进去，弄得声名狼籍，不划算。现在搞女人不算什么大事，但作为一个有头有脸的人，大事小事都不如无事。给钱估计也是不行，要是还想吃这口饭她就不会嫁人了。想吃荤又不带腥，有什么好办法呢？分析来分析去，窦新成分析出一个让他吃惊的结果：他在这个女人面前没有任何优势。他知道她的秘密，这是他的杀手锏。但这个杀手锏是布做的，一点儿杀伤力也没有。她的秘密也是他的秘密。如果他散布她的秘密，那无疑是自己踩自己的脚板子。即使是借着别人的夜壶撒尿也不行，散谣的下一步就是谎言，谎言的下一步就是悖论。他最终还是难逃脱干系，追来追去骚味儿总在他那里。退一步说，即使不会暴露自己，让别人知道她的秘密又有什么好处呢？这个做法更像是报复，这与他的目的是背道而驰的。——如果人人都知道她做过妓女，他还怎么实践她？他还有可能去实践她么?

他必须保护她的秘密，如同保护自己一样。可在一对一的沉默里，他于刘小丫又有什么威胁？刘小丫又怎么会让他实践?

但他必须实践。

他比她多的，只有权力。权力为他提供的方式只有两种：一种是帮助她，另一种是难为她。帮助还是难为？想了许久，窦新成心里一亮：他应该两个都用。那就是先难为她，再帮助她。先把她推下水，然后再让她上自己的船。

色彩的渐变

这个时节的雨真是多。有雨的下午常常是百无聊赖的，没有人肯这个时候出门照相。小丫掸着圣诞树上的灰，突然想起在深圳的那些日子。那些日子如老电影一样遥远，然而只要想起，电影放映的速度又是那么飞快。远镜头是回忆，近镜头就是细节，像他们电脑里的照片一样，一张一张都可以用鼠标点击出眉眼。

几年前，也是一个这样的雨天，她提着行李包从中山来到了深圳。她的行李包卷得很紧，油卷馍一样。可这油卷馍不能吃。她吃饭的第一个地方就是中山的那家玩具厂，流水线。玩具都是塑胶，总有一种说不出来的怪味儿，时间长了就会有一种隐隐的恶心。从早上七点半开始上班，到下午七点半下班，没有星期天。只有病了才准休息。她们整月整月两头不见太阳，十二个钟头里只有中午一个小时的休息和吃饭时间，隐隐的恶心就一直在她的胸间缭绕。能够支撑她抵抗这种恶心的只有工资。工资每月八百元，听起来不少，可除掉管理费卫生费治安费住宿费饭费等有名堂没名堂的支出，拿到手的连五百块钱还不到。她每月往家寄两百，自己只留两百多，够干什么的？这些还都罢了，最让她忍受不了的是搜身。说是以前发现有人三三两两地把玩具零件偷出来组装好往家里寄，那些高档些的玩具能卖一两百块钱呢。于是下班的时候总有保安在车间门口等着，查贼一样。保安说是保安，其实都是一些没什么本事的当地烂仔，在亲戚的厂子里当狗罢了。这样的人欺负女工当然是驾轻就熟的。有些长得一般的，他们抬抬手就过去了，像小丫这样有些姿色的，就得细致摆弄摆弄。摸了上边摸下边，摸了前边摸后边。一次，他们故意摸小丫的奶子，说：“里面装了什么？光肉会有这么多？”看小丫要掉泪，才让她过去。还有一次，小丫走得靠后，保安看没什么人了，居然把手伸向小丫的两腿间，小丫尖叫着跳起来，保安嬉笑道：“那儿肯定有东西！”小丫终于哭了，说：“卫生巾。”走了好远，她还听见保安在学她说话：“卫生巾，卫生巾。”

从那一刻起，小丫就决定离开这个厂子。月底，发了工资之后，她就出来了。

细雨濛濛，她站在深圳的大街上，高高低低的楼群矗立在她周围，像一堆精美的玩具，而她是玩具角落里最渺小最渺小的尘埃。仅是高中毕业，她不知道自己能找到什么样的工作，甚至不知道该去哪里找工作。天渐渐黑下来，她想找个地方住下，可那些像模像样的酒店怎么敢进去问呢？她上了一辆公交车，问售票员什么地方住便宜，售票员没理她。她茫然地坐在那里，霓虹灯闪得她的眼像晃着一块色彩斑斓的纱巾。过了不知几站，有人捅她，是售票员，售票员说：“下去吧，十元店。”她楞着，没听明白，售票员拿起一张十元票子，大声说：“十元店！”一车的人都哄笑着。

小丫下了车，一个男人也跟着下了。小丫左右看看，却没看见十元店的招牌在哪儿。男人走到她面前说：“十元店是没有招牌的。你要是去，就跟我走吧。”小丫狐疑地看着他，他笑道：“怕我是坏人就叫警察，前面有IC卡电话，你可以打110，免费。”小丫思忖了片刻，说：“走吧。”却暗暗地把手伸进包裹里，摸到了水果刀，放在随身的小包里。他打着伞，在肠子里的小巷中拐来拐去，就在小丫的脚快要提不起来的时候，她看见一栋楼面上贴着一张破报纸，报纸上写着：十元店，501。男人把小丫领到501门口，推开门，顿时一股潮湿闷热的汗馊味儿轰轰地围了上来。小丫道了谢，刚要进去，男人说：“我明天有个朋友要过来玩，我没时间陪他，你能帮我陪陪他么？一天一百块钱。”小丫说：“我也是刚来，什么地方都没去过。”男人微笑着说：“不要紧，出租车司机都知道的。你只陪着他就行了，刚好也可以玩玩。”那个男人说自己姓陈，让小丫叫她陈哥。

价位决定了十元店肯定好不到哪里去，但乱的情形还是让小丫惊讶。二十多平米的客厅里，全是小铁床合成的大通铺。有人在猜拳，有人在打牌，有人在下军棋，还有人在吃盒饭。老板把她领到一间写着“女客房”字样的房间，房间里已经有两个女人了，一个细眉细眼，在看书。一个边梳头边唱歌，很快乐的样子。小丫也不敢和她们多话，护着贴身的小包，倒下就睡了。

第二天，陈哥果然领着另一个男人来了，男人个子很高，很壮，很温和地笑着。游了一天，回到宾馆，吃了饭，他要小丫陪他再聊会儿天。一进房间，那人就抱住了小丫，小丫拼命挣扎，挣扎了一会儿，男人就松开了，说：“原来你真不想做这个。那就算了。”便打了一个电话，两分钟后有人敲门，一个女人走进来。看了看坐在沙发上的小丫说：“不是有了么？想双飞？”男人没接茬，只说：“什么价？”女人说：“我是深南一枝花，一千。”男人说：“行。”又对小丫说：“你还不走么？那就一边看着。”小丫连忙起身。男人说：“把门带上。”小丫带门的时候，听见女人问男人：“她怎么不做？”男人说：“那是个傻逼。”

小丫觉得自己浑身的血像被火点了一样。她明白了：自己今天看见的，就是传说中的妓女和嫖客。她不会做这个的，打死也不会。

后来，陈哥又来找小丫，还是让她陪人游玩。她都同意了。反正没工作，闲着也是闲着，权当是个工作吧，只要不陪人睡觉就行了。小丫这样想。陪的客人越来越有钱，她的小费也见涨着。出门打车到饭店吃饭什么的感觉也仿佛是个深圳人了。当然，涨也是有条件的，男人摸摸她的腰和屁股什么的，她也就不那么认真了。想当初在中山保安的骚扰她都受了，为一月八百块钱！这也不比那更难过。和这些西装革履的男人手挽手肩挎肩习惯了之后，她一个人倒觉得挺没意思。她也眼看着那些男人当着她的面儿找女人，女人的价也越来越贵。有一个女人小鼻子小眼儿的，只仗着个子高，就说自己是欧式美，报的价居然是一万元，男人眼都不眨地给了。一万块！她得在流水线上站一年多啊。

最后破她的人还是陈哥介绍的。陈哥事先就告诉她这是个冤大头，特别好宰，只陪游就可以要五百，找小姐得两千以上，“处女就更多了。”他的笑意味深长。小丫也笑笑，脸有些烫。照例陪游，完了到宾馆，他进门就把小丫按在了床上，小丫挣扎了两下就没了力气。她死拽着裙子，她没叫，她看着男人的眼睛。男人说：“一万，我给你一万。你要是处女我就给你一万五。”小丫的手一下子没了力气。

陈哥成了她的老板，她只是他众多小姐中的一个。他们通过手机联系，资源和利益共享。她给他干了两年，才另起门户单干。越干越觉得第一个陪游的男人骂自己骂得多么正确：自己就是一个傻逼！怎么不早干啊。早干早挣多了。很多事情根本不是能不能干的问题，而是干得值不值的问题。为了一毛钱，谁都不会当小偷。可为了一百，就有人干。为了一千，为了一万，有人把命就豁出去了。抢银行的案子发了，人们第一问的是：“抢了多少？”要是三五万，人们就会叹息：“不值！”若是一百万两百万呢？那就值了吧？就是他妈的这个理儿！

愿意当赌徒的人太多了，他们之所以迟迟没有动手，要么就是还没有遇到机会，要么就是觉得赌注还不够大。

小丫曾经问过陈哥当初为什么不强迫她，那样的话她可能早就干了。陈哥说：“我觉得那样良心上挺过不去的。”小丫吃惊极了，诱骗别人卖淫的人还讲良心？陈哥说：“我怎么了？不过给你指了条路，走的还是你自己。”小丫想想，觉得他的话也对。和许多老板相比，他确实也是有良心的。自己走这条道，心甘情愿。当她躺在一个陌生男人的身下，让他的阴茎进入自己阴道的时候，没有人在一边掰着她的腿。

没有人卖她，是她自己卖的自己。而且卖的价钱还不错。如果一定要追究陈哥什么责任，那就是：陈哥破的，只是她身体之外的处女膜。而她身体里的处女膜甚至和破她的男人都无关。是她自己打开的，是她用自己的双手裹着坚挺的钞票冲进了自己内部，让自己抵达了心醉神迷的高潮。

白和黑放在一起，格格不入。但当把其间的色彩渐变过程一个细格一个细格地展开，就会发现这个世界其实没有什么让人吃惊的事情。一切都有因可循，一切都顺理成章。所以对于自己以前做小姐的事，小丫觉得除了在父老乡亲面前说不得嘴以外，真的没什么。没有那段资金积累，她就不会有今天。她不后悔。

当然，这决不代表她不在乎后患。

小县城就是个大村子。她只随便打听了两个人，就知道这个男人叫窦新成，在卫生局工作，还是一个什么科长。

小妖和小妖

推拉门开了，冲来一股湿淋淋的雨意。是送照片的人，他们都叫他老赵。老赵个子很矮，却很敏捷，腮有些孩子气的鼓胖，小丫总觉得他有点儿像肥猫。影楼没有冲洗设备，一套设备下来几十万，他们买不起。就是买得起也不会买，一个小县城有多少照片可以冲洗？根本不可能饱和市场。等把本儿赚回来机器也该老掉牙了。冲洗公司靠老赵们收活儿，影楼靠老赵这些人跑腿儿，老赵们挣的是影楼和冲洗公司给的提成，收入很可观。影楼和冲洗公司也都可以从中取一层利润，皆大欢喜。——只要挣钱，干什么不好？

老赵一天要跑六七个县城，见多识广，说话诙谐，小丫和张长河都很爱和他聊天。他进了门，放下照片，就开始逗孩子。孩子也张牙舞爪地朝老赵奔。张长河在一边翻检着送来的照片，小丫在一边假装无意地看着。那个男人从一打照片里探出个脑袋。没错，是他。她瞄了瞄照片袋上的名字：冯玉娟。肯定是他妻子了。她看着照片里的冯玉娟。典型的中年妇女，眼角扑了厚粉也盖不住皱纹。右眉角有一颗痣。小肚腩把黑毛衣顶得波涛起伏。另一个是那天喊他爸的女孩子，自然是他的女儿。看到女儿的模样就能推测出女人年轻的时候。平淡的脸盘上流露着一种清水般的娇憨。当然也可以从女人的脸上推测出女儿年老的情形：疲倦，温和，满足，还有雾一般飘渺的茫然。窦新成则和许多这个年龄的男人一样，在镜头前基本上是严肃的，只有嘴角的一抹挑窝，像多年的老窗户错了条缝，泄露出那么一点点笑意。他对自己的家还是满意的吧？还是在乎的吧？小丫看着他的笑意，心里突然踏实了一些。

推拉门又一次开了，是窦新成。他的头发有些湿，没打伞，也没骑车，大约是走路来的，这说明他家离这儿不远。离得这么近现在才碰着，老天对她真的也不算薄。窦新成很快地扫了小丫一眼。这是他们邂逅之后，他看小丫的第二眼。小丫清晰地觉得，这一眼和第一眼已经不一样了。

窦新成拿出收据，放在张长河面前。

“刚刚送来，您真巧啊。”张长河笑着给窦新成取出照片。

张长河搭讪说你们照得真好啊。窦新成说还不是你们照得好。又说过两天我的同事们也会来照相的。我给他们介绍说你们照得不错。张长河忙笑说托您照顾。小丫听着张长河的笑，忽然觉得他怎么那么没出息，怎么那么没骨气，怎么那么讨好人。其实张长河对谁都是这么笑的，她知道是自己心里有病。她站起来，朝坐在玩具汽车上的儿子走去。儿子在正在喝酸奶，一边喝一边往外吐着，调皮得很。酸奶汁儿顺着脖子往下流。有几滴还落在了老赵身上。小丫取过洗脸架上的毛巾，先让老赵擦过，再给儿子擦着，耳朵听着柜台那边的响动。窦新成说照片的颜色有点儿泛白，张长河一五一十地解释了半天。窦新成没再追究，掏钱结账。是一百，张长河说了句零钱不够就要往外走，小丫说："还是我去破吧。"说完小丫就后悔了。她不该提出自己去的。这越发让窦新成知道她心里的鬼，让他知道她就是她，她怕他。他要是知道她怕她，或许本来还有些怕她的，反而就不怕了。

"你看孩子，我去。"张长河说着就出了门。窦新成静了片刻，果然就慢慢地走过来，在孩子面前弯下腰，逗了两下。一边和老赵寒暄了两句。孩子自小在店面里长大，见惯了生人，一点儿也不怵，嘻嘻地笑着。朝窦新成递着酸奶，要他喝。窦新成摸了一下孩子的脸，小丫的心一紧，仿佛他要揪走点儿什么。窦新成又扫了小丫一眼，终于说："他长得很像你。"

小丫唔了一声，不抬头，只轻轻地擦着孩子的嘴。她忽然觉得自己今天真是蠢极了，做什么都不对。刚才唔的也不对。唔什么呀唔，她本应该大大方方对着他说话的。她怕什么？有什么可怕？再怕该来得还得来，要怕他也应该怕才对。如果注定逃不了这场狭路相逢的战争，如果那男人蠢到一定要打，那他们最有力的武器就是对方的怕。谁怕得越多谁就顾虑越多，谁怕得越多谁就输定。是，这个男人是做过她。可这又有什么要紧？做过她他就成了孙悟空么？她也一样做过他。她是他的小妖，没有逃出他的金睛，没有翻出他的掌缝。他也一样是她的小妖，她抚摸过他浓浓的体毛，闻过他淡淡的汗臭。现在他们都坐在佛的莲花台上，要掉到淤泥里，就一起掉。

窦新成的眼神像扫一块硬地一样，继续扫着小丫，一眼，再一眼。小丫坐在椅子上，儿子靠过来，要她抱。小丫走到里面化妆间，把儿子抱在膝上，贴了贴他真丝一样的小脸。窦新成慢慢跟进来，询问着业务种类和价格，眼睛还在看她，但那眼神不再是扫了，而是像鸟嘴一样，很尖地啄一下，又一下，仿佛要把小丫脸上的筋筋脉脉都要叼出来。然后，他不啄了。看着地面，像闷着一块幕布。小丫的眼前又满是他的厚眼皮，堵得她透不过气。

“你没怎么变。”窦新成说。

小丫觉得全身的羽毛正在慢慢凛起来。

“你也一样。”

窦新成有些惊诧。也许他以为刘小丫会不承认，最起码会装一下糊涂。

“我还以为你把我忘了呢，我可不能忘了你。”低低的语音使窦新成的话听起来情意绵绵。

“你记得我，我怎么会忘了你呢？我向来都是人敬我一尺，我敬人一丈。”

窦新成沉默了片刻：“你还是和以前一样好看。”

“我和以前不一样了。”小丫说。她看着窦新成的眼睛：“一点儿都不一样。”

“老板是你老公吧？”

“是。”

“他对你挺好的。”

“你老婆对你也不错。”小丫顿了顿：“还有你女儿。”

窦新成笑笑，环视着影楼："不容易啊。"

"谁都不容易。"

"有什么事需要我帮忙，就说。"

"谢谢。"

窦新成看了她一眼，嘴唇微微地颤了几颤，似乎还想要说话，又不知道该说什么。门刷地开了，张长河拿着一沓钱走进来，找给窦新成。钱被雨滴浸得有些润，窦新成卷了卷，塞进口袋。张长河让他点点，他说不要紧。小丫看着他的后影，他有点儿故作轻松地甩着步子，在门首稍微站了站，似乎在看雨的变化。前胸后背似乎都想透出一些无所谓，可胳膊肘里却又暧暧昧昧地带出点儿软来。

小丫抻了抻身上的衣服。她对自己刚才的表现很满意。没有主动，表示自己不想找事。但也不被动，表示自己也不怕事。不卑不亢，有守有攻。有力有礼，有度有节。

她不动声色地满意着自己，皮肤里开始回涌出兴奋的波流。这种兴奋的感觉她已经久违了。她突然想起：多年以前，她刚刚开始做小姐时，每遇到一个可能成为她顾客的男人，她都会有这种新鲜而又昂扬的情绪。现在，她将这情绪重温了。不同的是，以前，这种情绪是为了使一个男人靠近。现在，却是为了让一个男人远离。

小老母鸡

过了一段时间，果然有窦新成的同事去小丫的影楼照了两次相。窦新成装作没事的样子也陪着去了，一边转悠一边寻找着破绽，很有收获。打定了算盘，他便请人吃饭，先是建委，然后是税务。建委办公室主任是他的老同学，税务局的财政科科长上个月刚求他办过事，这些关系在手里，都是好放好收的。吃饭的时候只是闲聊，闲聊的时候稍微引那么一点儿火，一件件事情就都按他的计划发生了。建委查的是挂在树干上的射灯，税务查的是影楼里的冰柜，这个冰柜顺便卖冰淇淋，要按偷税是不折不扣的。他还匿名给消费者协会写了一封信，说紫蔷薇影楼乱收费现象严重，恳请务必查一查。其实还有个把柄他没有用：按规定，拍摄用的婚纱礼服和饰物都应该一客一用一消毒，他们没有。而且他们化装箱里的口红，眼影，唇刷和腮红之类的公用化妆品卫生状况都很成问题。这些防疫站都能查出道道。卫生局是防疫站的顶头上司，他身为一个实权在握的小科长，级别和站长一样高。在这块地盘上搅起一两尺风浪还是有把握的。不过这层关系离自己太近，不到最后他不打算用。

估摸着事情已经发了，见到小丫他就分外和蔼。每次都说："有事儿需要帮忙，你就说。"说了几次，自己都觉得像巴结了。小丫仍然是那么不冷不热，只是说："谢谢。"

小丫从没有在他面前提起这些事，一件也没有。他等了又等，终于耐不住，打电话给那些人，辗转问起，都回说小丫已经找过了人，罚了些款。这个憨婆娘啊。架好的桥她不过，现成的路她不走，脚边的梯子他不爬。她怎么就那么傻？窦新成忽然对小丫有些心疼。

但他即刻心如明镜：这个狐狸般精灵的女子，她怎么会傻呢？她决不是没有想到他，而是不愿意找他。她宁可找别人，宁可破财免灾，也不想再和他发生任何关系，再和他有任何瓜葛。

她不在他面前低头。不低头不是因为脖子硬，若是脖子硬她当初就不会做小姐。那她不肯低头的原因就只有一个：压她的屋檐还不够重。

想到还得要继续压她，他的心里就会隐隐地难受。这么做，肯定是对不起她的。即使她曾经做过小姐，即使他曾经做过她的床上客。可他又有什么办法？以后好好对她就是了。等自己病好了，就不再难为她。能帮多少帮多少。这时的窦新成实在庆幸自己做了科长，有这么一些小能力。有小能力好啊。这小能力既能让他现在说对不起，也能让他将来说没关系。

一个闷长的下午，窦新成正坐在办公室发愣，听见走廊上有防疫站站长王跃生的说话声。他看了半天桌上的文竹，还是决定把王跃生叫到屋里。倒了杯水，两人聊天，他问王跃生最近在忙些什么，王跃生说："还不是三核桃俩枣的破事，不够润舌头的。"窦新成又夸他光荣榜上的照片照得好，顺口就说起了照相的事，问照相业有没有什么漏洞，王跃生就说起了婚纱、化妆品这些东西的公共卫生状况。窦新成说既然有据可查为什么不查查，多少可以得些油水，王跃生说："县里像样子的影楼通共就那么几家，能查出什么油水？了不起是几朵油花。"窦新成说油花也比清水强，最起码到年底总结起工作来也算一项，好看些。王跃生点头道："你说的这个还有道理，那我就去敲一敲。"窦新成笑道："好。"

防疫站的人走了以后，小丫楞了很久。这一段时间，她的日子没有安宁过。不知不觉间，麻烦接踵而来。先是建委来人，说他们装的射灯不合规定，罚了三百。税务上来说冰柜的事时，张长河急了眼，和人家吵了起来，结果冰柜都被拉走了，又花了四百多请了一桌才平息了风波，冰柜要回来就直接拉到了里间，成了个摆设。连消协的人都拿着一封不知所云的信来找事，说是为照相业消费者维什么狗屁权。今天，防疫站留给她的，除了五十包老鼠药，还有一张一千元的罚单，另带一个对于他们来说像共产主义一样遥不可及的通知。老鼠药每年都见，由五毛钱一包到一块钱再到两块钱，今年恐怕会升到五块钱了，她的心理和那些药不死的老鼠一样，早已经有了抗药性。罚单数目有点大，不过也很面熟，隔三岔五都能见见。这张通知可就太奇怪了。通知要求他们的婚纱礼服必须一客一用一消毒，公用的化妆品也要一客一换。一客一换还算什么公用化妆品？至多是常换棉签就可以了。这都是什么道道啊。功夫搭在这种盐不咸醋不酸的事情上，还能做成生意么？一边是耗时间，一边是倒贴钱，一反一正，割的都是肉。这是钝刀子割肉，割的还尽是里脊肉。

防疫站是卫生局直管的。下刀的人，就在那里。一层幕，一层幕，又一层幕，她早就听到了隐约的锣鼓声，只是不想去靠近戏台。但现在，那个人已经朝着她，哐，哐，呔，亮相了。偌大的台下，没有什么前呼后拥，空空荡荡，只有她一个人。

她看着在一边忙忙碌碌的张长河，这个对她不能见人的历史一无所知，却又肯定最在意的男人。还有她的儿子，这个需要她用清白的名誉保护才能在小县城的环境里健康成长起来的孩子。对面的墙上挂着她娘家的全家福，老实忠厚的父母都满足地笑着，她知道，这种满足更大程度上来源于能在女儿的影楼照相这个事情本身。她用金钱证明的出息让他们感到幸福。

她清楚地记得自己把一叠存单给母亲时的情形。在昏暗的灯光下，母亲困惑地看着她，仿佛在看一个陌生人。她蹲在床前，一遍遍地絮叨说：“妈，你放心，你放心，清白的，是清白的。”说得自己也有些恍惚，橙色的灯光晕晕地摇曳着她的心。不知道说了多少遍，母亲的泪落下来，她抓过枕巾擦了擦，说：“傻孩子，妈心疼你。”

母亲没有问小丫这钱的来由。小丫也没有说。每当有人问起小丫在南方闯荡的事情，母亲总是说：“她给我讲了，我记不住，也听不懂。”不是石头一样的事实砸在面前，每个母亲都不相信自己的孩子会是与自己的期望背道而驰的人。她们不会相信，也不愿意相信。

她的心里突然起了一种非常奇异的怜惜。仿佛他们每个人都是自己的孩子，是一群毛茸茸的小鸡仔，而她就是那只肥肥实实的小老母鸡，他们都需要她的保护，才能够不被老鹰叼走，才能一如既往地生活下去。

她当然要保护他们，责无旁贷。

老赵又来了，孩子不在，在等着张长河交照片的空当里，他拎起一本杂志和小丫聊起来。这本杂志是本专业的摄影杂志，产地就在深圳，经常刊登一些深圳的照片。老赵指着一页高楼对小丫感叹，说什么时候能去那里转一下就好了，小丫笑了笑。他又问小丫在那边打了那么多年工，好玩的地方是不是都转遍了，小丫也很想夸深圳几句，可话到嘴边就变了，她说："金窝银窝不如自己的狗窝。我就看咱们东水好。"

胃溃疡

这是一个阳光灿烂的早晨，刘小丫梳洗停当，穿着一件浅绿色的薄毛衫，扎着一条白底绿花的小丝巾，下面是白色的微喇长裤，斜挎着白色的坤包，骑着一辆大红的自行车就出了门。小城的街道清新安宁，上班的人流沉默无声。她像一块鲜艳的颜色飞行在画板上，自己都觉得有一种奇异的轻盈。仿佛她要去的地方，并不是她躲避了许久的地方。

一边骑着自行车，她一边看着街景。她喜欢看这街景。这是她熟悉的街景。心情不好的时候，她就透过影楼的落地玻璃，看一会儿来来往往的人群。看到这些人群，她的心里就会莫名其妙地高兴一些。

来到卫生局，找到窦新成。他刚刚签过到，一杯绿茶送到唇边，看见小丫，差点儿呛住。刹那间，他甚至为自己的计谋有些惭愧起来。小丫是多么不像小姐啊，从他和她再相见的一瞬间就发现她不再像是小姐了，其实她即使做小姐的时候也根本不像是小姐。她是一扎水灵灵的蔬菜，把自己刷洗得干干净净，放在白玉盘里。她怎么就能把自己弄得这么好呢?

窦新成困惑着，看着小丫走进来。小丫大大方方地坐到他对面，叫他："窦科长。"

"什么事？"窦新成自己都听出自己的心虚。

小丫从包里拿出一个信封，推到他面前，说："一点儿小意思，见笑。"窦新成马上把信封推回来，说："你这是干什么，让人看见了不好。"小丫说："求佛保佑，见佛上香。这个道理我还是懂的。"窦新成说："佛要是不认这炷香呢？"

屋子很静。小丫低下头，闻了闻文竹的叶子，叶子早上刚喷了水，发出一种润润的细光。小丫说："你还以为你真是佛啊。你到底想怎样？"

"你知道。"窦新成说。小丫玫瑰色的唇膏映着文竹毛茸茸的青翠，把他浸得有些迷离。她的胳膊她的颈项她的手腕她的脚踝，无不透出她当年的妖冶和放荡。算来这个女人也有小三十了吧，一点儿也不像。这是一个会放蛊的女人。

"你找时间，找地儿。不过我告诉你，只能一次。"小丫说。她把信封装进包里。

她的信封里只是一摞白纸，没放钱，那只是一个姿态。她当然知道窦新成想要的是什么。但知道也不能说。知道也得走这么个程序。她不能一上来就把自己卖出去。这话得让他自己说。人就是这么矫情。人就是这么回事儿。

因为是交易，两个人开始都很利落。房子是窦新成哥哥的，一栋古老的单元楼，是县城最早一批盖起来的商品房，只有三层。前些年，窦新成的父亲病重，心心念念想着身后事，就分了家，窦新成就兄弟两个，哥哥从军之后考了军校，分在济南军区。虽然铁定不会回来养老，老人们还是表现出一碗水端平，给了他一套房子。三层楼里最好的楼层自然是二层。然而这也不过花了不到三万块钱，六十多个平米。窦新成住的是小院。小院比楼房老，面积却大，地段也好，所以肯定是偏了小的。大的却也很明白，部队给的房子一百多平米，他要小县城的破楼干什么？将来弟弟伺候了二老送终，房子最终还是给他的，于情于理都好看些。窦新成当然知道这个，所以每到哥哥休假回来之前，就会殷勤地派妻子上去打扫打扫房间。

然而交易却也不同于以往的任何交易。窗外是他们熟悉的人流，收破烂的叫着“收书纸报纸！五毛钱一斤！”也有女声从巷口传过来：“卫生纸，卫生巾，批发价！”音质和车上的纸质一样干硬苍劲。还有用豆子换豆腐的，六两豆子换一斤豆腐。有用啤酒瓶和饮料瓶换方便面的，有卖菜的，葱，姜，蒜，全齐。上海青和小白菜都是自家田里种的，一块钱三斤五斤，笑嘻嘻地聊着闲话也就清空了车斗。

心不静。他不用掏钱，她不用收钱。仅是两个偷情的男女，为的是制造和解决一桩麻烦。事实如此，都是聪明人。但心情却和预备的很离异——或许怎么预备都是不对的，根本也没有办法预备什么。他脱了衣服，她许久没脱。几年不做，她一时间有些不适应。夜游一般。在天涯海角的移民城市深圳，夜晚的灯光通宵不熄，把她的窗帘照得如同黎明，总是闪着淡淡的鸭青。

他把窗帘拉好，似乎隐约仿造出了一点儿当时的情境。他伸出手来。他的手仿佛是在长在房子外的，戳破了墙，连带着尘土。让她心惊。幸亏这心惊又被墙揽住，于是便没有叫出声来。他给她脱衣。一件件下来，温情脉脉。以往都是她自己脱的。以往都是她温情脉脉。

他的温情脉脉让她生涩。和张长河结婚后，两个人整天耳鬓厮磨，回家是他，工作是他，闲时照脸，忙时照脸，经常被人说是夫妻相，彼此看着也都像一个人了。在忙碌的倦怠中，互相的感觉好像是在照一面镜子。不，其实也不是照镜子。镜子往往是让人警醒的，因为一旦到了需要照镜子的时候，就是期待或者已经有了什么改变的时候。他们却只是这么对视着，年年如此，昏昏欲睡。在这种亲切的疲乏里，房事即使还有，一向也不多。每周一般一次也就是了。这对小丫当然是不够的。性欲也是有胃口的，她的胃口被撑大了，再把它往小里缩，总是要有一个过程。她在想象中为自己做了胃切除手术——手术方法很简单，就是多干活，不去想。果真就渐渐把这事忘了似的。不去想确实就是最简便的度过煎熬的方法。

但是此刻，窦新成的手一伸过来，她才知道自己并没有把那一部分肥大的胃切除掉，那胃还在，被他的手触成了胃溃疡。疼，也渴望着药。他的身体就是对症的药。她也才知道：自从遇到窦新成之后，在心里的最深处，原来自己也很想。往事一幕幕被挑开了，一场场的疯狂，一场场的无耻，黑地儿泛着各色繁花，一股股涌到她的面前。如拆了的旧毛衣，原本已经成了一团乱毛线，窦新成是一根竹针，她是另一根竹针，那些不死的日子是第三根竹针，在一瞬间，那件毛衣就被织了出来。针数和针数是不一样的，图案和图案也不一样。但远远地看去，总是那么诡异璀璨。

她的皮肤起了小小的山峰，一凸一凹，流过他的渴，还有她的。新鲜的黑暗穿墙而过，她似乎又回到了从前。然而比从前要好。隔着时光的空隙，那好被提炼了出来，清清楚楚地盛在她的面前。如同一个素妆很久的人，邂逅了姚黄魏紫黑珍珠一样幻象的牡丹。

他也好了。虽然很短。他伏在她身上，久久不动。她抚着他背上的汗。虽然她不记得他从前的身体，但这个男人肯定是老了。他代表着和她好过的那些男人们老去。他代表着他们的身体和她交缠，并且在这交缠中验证着时间的冷酷。难过的感觉一点点袭来。她不知道自己难过的是什么。但真的是难过。

窦新成也慢慢平息下来。做完了，但他们都好像还在等，仿佛是等着什么再重新开始。过了一会儿，他从床头柜里取出来一个硬纸盒，又从硬纸盒里取出一只黑胸罩。全真丝料。黑色的杯罩上各绣着一朵娇黄的玫瑰。窦新成说："不知道合适不合适。前几天去省里开会，想给你买件东西，又没什么好送。好像记得你以前戴过似的，就给你挑了一只。一直放在这里，就等着你来。你试试吧。"

小丫拿过来，看了看。这个男人居然有这样绵密的心思，想想真是可怕。但再想想，又有一种压抑不住的温暖。和张长河生儿育女过几年了，他也没想到要给自己买什么。房间里的光被窗帘遮着，很弱。她端详着那只胸罩。黑还是那样黑，黄却不是那样黄了。她想起以前的那只胸罩，还呆在大衣柜的抽屉里。

小丫说："我不要。我有。"

窦新成说："你有是你的。"

小丫说："我已经不喜欢戴黑色的了。这些年都不戴了。"

窦新成说："为什么？你戴黑的很好看。"

小丫说："我现在的衣服颜色都比较浅，和黑色的不配。"

她俯下身，把那只胸罩又塞回到床头柜里。她不会试的。是因为不想试，也是因为没必要试。这只胸罩是三十六码的，她是三十四码的。

一进客厅，小丫就听见丈夫在床上打呼噜。先到厨房洗了洗手，把灶台上的水珠儿抹了抹，然后又回到卫生间洗手洗澡。洗澡时才发现自己洗的两次手是多么没有必要，可她洗手的时候，脑子里根本没有想那么多。

小丫来到卧室，丈夫半靠着枕头睡着，这是等小丫的姿势。小丫抚摸了一下丈夫的胡茬，又抚摸了一下。茶杯的水已经凉了，小丫换了一盏热的。然后，小丫依着他坐下来。丈夫一下子搂住了小丫。

“吃什么了？”他有点儿含糊地问。卷着大舌头。

“没吃什么。”小丫说。她玩着他凌乱的头发，他的头发像一块乱糟糟的草地。不知道为什么她心里有些难过。想要为他做点儿什么，又不知道该做什么好。

“骗我？偷吃什么好东西不对我说？”他说：“你嘴里有蒜味儿。”

小丫这才想起回家之前在街上吃过一碗凉皮。小丫说：“凉皮。”

“吃！”他把手伸进小丫的身体。小丫温顺地摊开。这倒是一件最好的事。她想。这是他的领地，他应当这样。小丫习惯了，他也习惯。小丫习惯了他的习惯，他也习惯了小丫的习惯。这就是夫妻吧。他进入了，身体里的余液让他的进入很顺畅，小丫承受着。一个小时以前的高潮似乎让身体深深地沉寂了下来，有些拒绝的凉意和冷漠。小丫的表情没有拒绝。小丫微微喘息，双眸微闭，传达出一种娇羞的需要，他肆意地动着，用他特有的节奏往里顶着，研磨着，仿佛在替小丫挖掘记忆。终于，身体的记忆被一步步打开，小丫找回了那些熟悉的链接，真正兴奋起来，这新宠的兴奋和一个小时前的兴奋疯狂地交合在一起，让小丫的愉悦一个台阶一个台阶地高升。

身体是有记忆的。每一处都有。每一处细胞对每一个光临她的人，都有记忆的帐号和储蓄。小丫的身体记忆如此复杂，以至于她常常会有些混淆：自己这是在和谁？和他？和他们？还是谁都没有？仅仅是和自己？

张长河没有吻小丫的唇。

“去刷牙吧。”他笑着说：“以后偷吃完东西要把牙刷干净。”

小丫听话地起床，刷牙。

以后偷吃东西的时候要把牙刷干净。小丫想起他刚才的话，不由得一阵心悸。他不是若有所指的，但小丫不能不多一只耳朵去听。因为小丫的心多长出了一块地儿。不多一只耳朵，就看不住那一块多长出的地儿。

小丫又洗了一遍澡。

看着浴室里自己绯红的身体，自己被接连爱抚和滋润的身体，小丫的脸红了。红得很美。带着那么一点点邪恶的纯真。心里有那么一点点淡淡的歉疚，但小丫知道自己的神情很合适。小丫知道目前只能如此。

鲜红的秋千

窦新成没有想到王跃生会在自己面前摆谱。王跃生先问：“不是你熟人吧？是熟人当初你就不会挑起这茬儿。”窦新成只好承认是朋友托朋友。王跃生的态度就明确起来，理由也很充分：“都这么不了了之，还要弟兄们怎么吃饭？”窦新成顿时明白王跃生不是要他简单承个人情的。想想也是，两人平级，本来就谁也管不着谁的事。“人不求人一般高，人若求人矮三分。”他没有理由要求王跃生和自己预想的一样。以前他们常常出去碰酒摊，但互相没有办过事。王跃生平时喜欢打哈哈，满口你行我中他不错，就是这素日的好脾气让他做出了一个幼稚的判断。酒肉朋友看起来是满树繁花，只有一下雪你才会知道那朵是腊梅。办事的性质就是下雪。没下过雪，他们的交情就很显得脆弱和可疑。所以说他开口本身几乎就是一种冒险。碰这样一个软钉子自然是在最正常不过的规矩之中。

不能简单承个情，复杂一些总够了。最多一顿饭。都在一个系统，说不定什么时候谁就会用着谁，略摆摆架子就行了，王跃生不至于那么跟自己过不去。窦新成非常明白，于是就接过话茬，笑道："弟兄们的饭自然是要吃的，就是不知道我安排下来王站长赏光不赏光？"王跃生连连摆手，说不是那个意思不是那个意思，窦新成说："现在我的面子已经搁到了大厨的板上，好赖就是一盘菜了，你要是不吃，就只有剩下。"王跃生就笑了。事情就应当这样办，既然当事人和窦新成不那么相干，那么让不相干的人出点血简直太应该了。

饭局定在桃园酒家。县城的消费，再怎么高档也不过五六百块钱，点了满当当一大桌子菜，酒要的是剑南春。很看得过去了。小丫提过想让张长河来应酬，窦新成拒绝了。如果冲的是张长河，还用得着他下这种功夫？要的就是让小丫看他的面子和本事。

王跃生半小时后才到，还带着两个属下，司机窦新成是认得的，那两个很面熟，估计是防疫站办公室的。一问，果然是。一桌子就小丫一个女人，孤零零地坐在离门最近的地方。窦新成看见她这个样子，心里就像扑了块海绵，暄软暄软的。

酒过三巡，正事不提，王跃生开始讲段子。现在有人的地方就有段子，不想听都不行。说是一个年轻后生去集上卖猪娃，一天也没卖出去一只。天黑了往回赶，路过一户人家的时候就去求宿，那家只有一个女人，丈夫出去做工了，说什么也不肯开门留他，后生就说：大嫂，你让我喝口水吧。喝完水我给你一头小猪娃。大嫂一听，心动了，就开了门。后生喝了水，又说，大嫂，我实在是饿了，你让我吃碗饭，我再给你一头小猪娃。大嫂就又妥协了。两头小猪娃到手，后生说：大嫂，天实在是黑了，没法子赶路了，你就让我在这住一夜吧，我住外间，你住里间，一夜一头小猪娃，行不行？大嫂就答应了。睡到半夜，后生说自己冷，恳求睡在大嫂脚头，代价还是一头小猪娃，大嫂又同意。最后后生又想干坏事，大嫂坚决拒绝，后生说：弄一下给你一头小猪娃。大嫂答应。后生弄着，她便数着，弄到她正在妙处的时候，后生突然停了，说：大嫂，没有小猪娃了。大嫂说：没有也行，先欠着。后生说：我不爱欠人东西。大嫂说：我不要了行不行？后生说：那你不是白受了？我不落忍。大嫂说：求求你，你快着吧，你弄一下我给你一头小猪娃还不行吗？第二天，后生原封不动地赶着自己的小猪娃回家去了。

段子讲完，人都瞟着小丫笑。段子就是讲给女人听的，女人的反应可以增添很多趣味。但小丫不笑。窦新成不敢看小丫的脸。小丫沉默着。王跃生却把茶杯举给小丫说："大嫂，你让我喝口水吧。"众人大笑起来。小丫只好接过去，拿着茶壶斟了杯茶。看着小丫僵着脸的样子，窦新成一面担忧，一面却暗暗喜悦着。他自己的脸则是笑得半开未开，恰如其分。

王跃生接了茶，又道："大嫂，要小猪娃吗？"笑声又一次爆破开来。片刻，小丫推开茶壶，走了出去。窦新成看着不对，连忙跟出来，说："快完了。"小丫含着泪道："我不能再进去了，你把包给我拿出来。"窦新成说："这样不好。"小丫把脚伸给窦新成看，窦新成看见小丫的白鞋尖上已经印了几团黑灰。窦新成沉默片刻，说："那事情还怎么往下说？"小丫说："随便。"

窦新成只好进去拿包。脸上苦怏怏的，心里却着实为小丫的表现高兴。小丫砸了饭局，他例行了劝阻，这都是表象。就事情本身是有些遗憾，但他真的一点也不生气。小丫没错。他知道。小丫不再是从前的小丫了。从前的小丫和人上床是最正常的事情，但现在不同。虽然她和他已经做过。深圳之夜是他们之间独有的暗道。然而即使是有暗道，他也得费这么大的心机才能进去。那么没有暗道的人，当然连地表上的坎儿都不能过去。

看见窦新成一个人进来，王跃生就阴了脸面，问怎么了，窦新成说她家里有事，先走一步。王跃生不再说话，碰了两边的杯子，说："喝！"

事情自然没有什么结果。窦新成给王跃生陪了两次礼，王跃生不疼不痒地敷衍了过去，两人再见面时都有些不自在。这条明路是不能走了，只有另辟蹊径。当然办法总是有的，主管防疫站的那位副局长和他关系不错，可以用他压王跃生一下。窦新成打听了一下，那位副局长父亲重病，回陕西老家去了，等到老家的事情处理完，估计还得一两个月，等他回来，这事也就是一句话。于是就这么拖着，拖着，一日日地拖下去。窦新成突然觉得，其实自己的潜意识里，就是希望办不成的，就是希望拖下去的。甚至从他开口向王跃生讲情的时候，在最深层的意识里，他就希望王跃生是拒绝的。

他给小丫打电话，要小丫过来。小丫问："什么事？"他说："还是那事。你知道那顿饭吃的不行，我们还得再商量一下。"小丫放下电话，告诉张长河。张长河有点儿酸涩地说："他还真上心呢。"小丫说："要不然你去？"张长河说："人家又不是对我上心。"小丫说："对我不是对影楼？对影楼不是对你？"张长河笑笑，不说话了。

小丫当然知道这个电话的含义。还是在那栋楼里，他们先是坐着，然后他把她抱起来，上上下下地摸索着。暗红色的窗帘透着幽然的火焰，皮肤噼里啪啦地闪着微光。仿佛是在暗房里。他们在对方眼里幻化成一张张的底片，面目模糊，然而这真的比往昔的几次还好。他们都觉得。小丫的身体里充满了安全和放纵共享的浓烈。以前天天顿顿是盛宴，但真的也伤胃伤肝。现在，家常的粗茶淡饭已经把她调养得再好也没有了，重温着这道盛宴，就有一种格外的鲜辣和迷醉。更何况，历史无须回避，现状不用伪装。在这些时刻，他和她都是最自由的。

他吻住她，看见她脸上点点的雀斑和黑头，她当然也看见了他的的皱纹和白发。远远看着洁净的容颜，居然搁不住这样近细看。但也不脏，她的丑和他的丑尽情碰撞，她沉闷已久的野性的美，在这间小楼里，在沙发，厨房，浴室，地板上摄人心魄地辐射出来，妖精一样自由，魔术一样无理，同时也亲切无比，意味深长。

静下来很久，穿好衣服，小丫问："到底什么主意？"窦新成说："这事得给局里主管的副局长说一下。"小丫说："那你就说。"窦新成沉默。他是当然要说的。只是他不对她说，怎么能见到她呢？

隔了一周，小丫打来电话，说防疫站的催款单下来了，罚款已经涨到了两千，还有滞纳金两百。说是每拖延一天就加一百。小丫的声音并不急切，像一只悠悠飞的小鸟。窦新成说："你拿来那张单子，让我看看。"

还是那个地方。单子看过了。也就是一张鲜红的单子。单子的红映在小丫手里，把小丫的胳膊都衬得生动起来。这红是春天缠绵的花香，一圈一圈地绕住了窦新成的胳膊和腿。一切又开始了。他们真是有些疯狂了。在电话线里，小丫每次都能感受到流淌过来的滚烫的欲望，但她还是来了，要了。她想来。她想要。她的身体记起了以前的放荡和快乐。记忆是涨潮的海水，来得那样狠。一都来得那样狠。他们以那张罚单为秋千，这挂鲜红的秋千，让他们在上面摇来摇去，飘飘欲仙。

有一次，他把她约到了邻县的县城。他说那位副局长真的很快就要回来了。真的，很快，他说。他的话里流淌着湿漉漉的伤感。他上午去省里开会，下午回来时逗留在中途的县城。那个县城离东水县城有一个小时的车程。在一家旅店里，他们见了面。

见了面也还是做。或许因为是换了地方，有新鲜感，或许是觉得越来越临近最后，他们都全力以赴，仿佛要把一辈子的爱在这个时候做完。小丫觉得不但深圳的日子是梦，连现在的日子也都是梦了。这梦像一个剥了皮的水果，过滤掉了包裹着果肉的酸涩果皮，直接进入了怡爽的内核。也像一杯鲜榨的果汁，只要她噙着吸管，就可以尽情地啜饮。然而她又觉得，这都是奢侈。小小的奢侈让她愉悦，稍微多一点的奢侈就会让她恐慌。她不想让自己恐慌。

“以后我们别见面了。”小丫说。

“住那么近，不见面怎么可能？反而让人起疑心。”

“我是说别再这么见面了。”

窦新成拍了拍小丫的头。他们相视而笑。小丫靠在窦新成怀里偎依了一会儿。

“得回去了。再晚孩子要闹瞌睡。”小丫说。

他们穿好衣服，走出旅店，这一次，他们肩并肩走在了暮春的黄昏中。氤氲的路灯下，他们有一没一地拉着家常。随便从什么商店或者影楼的落地橱窗看去，他们的背影都有那么一丝甜蜜和妖娆。于是，看到这两个男女走过，有人不由得将脸贴在玻璃上，把鼻子压得很扁很扁。他看见，窦新成和刘小丫的身影时而交叠，时而分开。交叠的时候他们像两个恋人。分开的时候他们像一对兄妹。

崴脚

冯玉娟来找小丫的时候，神色像一块脏兮兮的抹布。她说：“找个地方说说话。”小丫的脸色有些诧异，心里却不惊奇。她早已经不习惯呈现出特别的表情了，对很多事情。但该诧异时还是必须要诧异的。她说：“你是谁？”冯玉娟说：“我是窦新成的爱人。”小丫就笑了，说：“嫂子，找我有事吗？”冯玉娟仍然收着脸说：“没事我不会找事的。”小丫说：“那你就说。”冯玉娟说：“在这儿不能说。”小丫为难道：“今天长河去省里修相机了，明天才能回来，就我一个人张罗，实在没空。”冯玉娟说：“我等你。”小丫前前后后不知所以地忙了一会儿，把孩子送到隔墙的童车店里，请人家帮忙看着，就关了门，和冯玉娟走了出来。她们默不作声地走着，走着，冯玉娟一直把小丫带到那座小楼前，小丫站了站，说：“嫂子，你到底有什么事？”冯玉娟说：“别叫我嫂子。你上来。”

楼梯很暗。小丫走得很小心。这样小心的姿态也好，仿佛是第一次来。进了屋子，小丫四处打量，她以前确实没这么留心打量过这个屋子。木格窗户，方格沙发，一些绿色的小漆凳规规矩矩地排在一起。小漆凳蒙着灰，沙发也蒙着灰，地上的灰和每一件东西上的灰连在一起，灰质细腻。冯玉娟把窗帘刷地拉开，灰尘一下子飞舞起来，飞得很是活泼浪漫。小丫捂住了嘴。她怕自己会咳出声来，惊动了这些原本就没有睡去的灰尘。

她们对坐在沙发上。小丫不由自主地做了一个深呼吸。她和窦新成在这个沙发上做过爱，她似乎想验证一下做爱的气息是否还留在这里。冯玉娟说："很熟悉吧？"小丫说："你到底什么意思，我不懂。"冯玉娟说："有人看见你和窦新成来过这里，你们来这里干什么？"小丫想了一想，说："是。我是来这里找过朋友，不过没有见过窦科长。"小丫以前确实辗转听说有一个小学同学住在这里，不过要见面恐怕也认不出了。冯玉娟说："你们是一前一后来，又一前一后走的。小丫淡笑道：一前一后的人恐怕就太多了吧？冯玉娟道："窦新成都承认了，你还嘴硬？"

小丫微微苦笑着，说："我不知道他有什么好承认的。那是他的事情，和我没关系。"在江湖这么多年，她也炼出了几条拿得住的真理，其中一条就是对某些事情必须咬紧牙关，不到最后就不能松口。——到了最后也决不能松口。

冯玉娟沉默了一会儿，从床头柜里拿出了那只黑胸罩，说："你的东西都在这里，还有什么好说的？"小丫几乎要笑出来，说："那不是我的。"冯玉娟说："那是谁的？"小丫说："这个问题你不应该问我。"冯玉娟说："你试试，不是你的你戴上就不会合适。"小丫说："不是我的就不是我的，我不试。"冯玉娟说："你不敢。"小丫说："这和敢不敢没关系。我没必要敢，也没必要不敢。"

小丫站起来就往门外走，冯玉娟拍着裤子，一下一下，说："我知道你不敢试。窦新成什么都对我说了，是你勾引的他。你是个狐狸精，婊子。"

小丫走到门边，又停下，回头冷冷地看着冯玉娟，说："你说什么？"

冯玉娟又重复道："他说，你是个狐狸精，婊子。"

小丫就走回来，走到冯玉娟跟前，脱下上衣，露出白皙的胳膊和秀气的肩胛。虽然生了孩子，她的肚子却还没有起来。胸下面的地方瓷实实的。冯玉娟看了一眼，小丫故意脱得很慢。她任她看。她把随身的白胸罩扔到沙发上，把那只黑胸罩拿起来，打开拉钩，由胸前围到身后。然后她把两只手都插进腋下那截带子里。带子松松的。两只乳房好象两匹太想撒欢的小白马驹，随时都会跑出宽宽的栅栏。

小丫说：“你看见了？”

冯玉娟不说话。她依然拍着裤子，一下一下。

小丫换好衣服，再次走到门口，回头说：“看你大我几岁，是个嫂子，窦大哥也帮过我的忙，我就不说什么了。但是今天的事情你不占理，如果再有下次，我们都别想有脸。我要你知道。”

楼道里越来越暗，小丫的眼有点花，她很小心地一格一格走着，告诉自己千万别崴了脚，可快到一层的时候，她还是踩空了。在踩空的一刹那她抓紧了栏杆，使劲撑住了身体，听到“啪”地一声轻响。

她一瘸一拐地慢慢走着，一步一步挪出楼洞。她的心突然很静很静。她一点儿也不担心冯玉娟会出来追她。这样的慢很适合此时的心情，还有疼。其实疼也不是疼，只是慢。慢也不是慢，只是疼。一户人家晾晒的床单被风吹起，清爽的方格子掠过她的脸，有一股好闻的肥皂香气。她甚至能辨出，那是东水县自己产的“碧玉牌”。

走了一会儿，她有些累了，在一个街角的石头上坐下来。突然，黄昏的路灯一下子全部亮起来。小丫仰视着那些灯光，忽然发现从这个角度看去，那些灯光很柔软，像婴儿刚刚洗浴过的头发。那些灯光也很直率，像街头女郎刚刚染过的彩发。以前，在深圳的时候，每每流行什么发式和发色，她和姐妹们都会寸步不离地跟着，橘黄，深灰，大红，浅绿，全染过。这些头发的名字也怪得要死。她曾经染过一个发型，叫“维多利亚大道”，染了之后每逢别人问起，大家就会笑做一团。还有一个姐妹染的是“非洲丛林的家”，她们见面就互相拿着对方的头发取乐，怎么也不明白发型的名字和发型有什么关系。这些名字会让她们兴致盎然地研究一两个月，直到换成新的发型。

那些名字，她到现在还不明白。可不明白也有不明白的好处吧。那样的时光，那样没心没肺的轻快和欢喜，也只有在那里。她们为地摊上的一条便宜项链高兴，为大商场一件打折的靓衣惊叹，为客人们多给的小费得意。客人们带来的意趣当然不仅仅是钱，也不仅仅是身体，有的是在钱和身体之外。她喜欢做过之后躺在床上闲话的时刻，听他们说顺口溜："为叉生，为叉长，为叉奋斗挣银两。吃叉亏，上叉当，最后死在叉身上。"叉就是女人的那东西。听他们形容男同性恋是"拼刺刀。"她问："女同性恋呢？"那男人说："就是拍大镲。"小丫失笑：镲的中间可不是凹下去的么。

当然，客人带来的决不不仅仅是这些。无论怎么说，到底，小姐还是小姐，男人还是男人，生意还是生意。有晴天，就有雨天，有好时候，就有坏时候。客人中什么货色没有啊。有的不用脱衣服就知道他们不是善茬儿，趁早就辞了。有时是脱了衣服也不敢做。有的人东西太大，做长了会疼。那就得找个借口出去，换生过孩子的人来接。有的人东西上面有暗昧不清的斑点，很可能就是有病的，或者病了自己不知道，或者是病还没好就忍不住的，或者知道自己有病故意来这种地方报复传染的，那就得想办法打发走。有的人能力非常强，做的时间长而且力度大，这样最好在做过一次之后劝他玩双飞。多一个人对付他，自己的身体就会少吃些亏。有的人不怎么做，就是看个没完没了，过眼瘾你还不能轻慢，陪出一副爱情的模样作秀，临了听他骂贱货。有人会突如其来要求走后门，有人喜欢用手狠抠，除了这些，还要防着他们拍照，留意他们录音，有时还得留心听他们偶尔嘟囔出来的奇怪的音符，这种客人一般都不怎么正常，往往是暴力实施的前兆。好不容易生意完了，还会发现有人给的是假钞，有人趁着去接电话溜掉……

五年里，她的日子还算平安。要是不回家，当初她一定还能做下去。凭她的条件，就是放到现在也不至于站到街边吃几十元一次的“快餐”。她决定洗手，也是有些凑巧。先是母亲病了，是一般上年纪的人患的心脏病，不怎么严重，可她的心还是跟着有些慌。后来一个小姐妹也得了病。不是普通的病。是艾滋病。那个小姐妹是湖南人，身材很玲珑，喜欢吃火锅。她的症状开始只是舌头两边有些白，大家都以为是吃火锅吃的，没怎么在意。她也忌了口，吃了一些消炎药，可怎么也没吃下去，后来连舌头中部也开始发白，她烦恼极了，说着惯语“搞不赢”，去了医院，到了医院就没再回来。

有一段时间，小丫总觉得这件事情是假的。她怎么也想不明白，口腔里的一个小毛病怎么就成了艾滋病呢？这件事情以后，她们都去查了查，没事儿。仿佛凭空捡了一条命，那天晚上，她们去外面喝了酒，酩酊大醉。一路唱着歌回去，把夹杂着东西南北中方言味道的醉话涂了一条街。她忽然觉得太倦了。第二天就跑到火车站，买了一张票。

是她自己想要这种安稳日子的，是她想要回来做贤妻良母的。

她该认这个命么？

崴了脚的刘小丫就这样坐在街角的石头上胡思乱想。这是她从小到大熟悉的城市，可她却有些迷惑，弄不清这是什么地方。远处一团朦朦胧胧的蓝光。那是她的紫蔷薇影楼，那是她的家。只要她伸出手，仿佛就可以抓到那团光。可是她没有伸出手。她坐在那里看着她的家。她的家，离她是那么近，又是那么远。

不许

窦新成刚刚逛了一次药店。本来只是想买一些喉片的，顺便也看了看别的药，打发完了他，穿着白大褂的售货小姐无精打采地看着电视。当他走到夫妻用品柜台时，售货员像吃了兴奋剂，一下子精神了起来，快步跟上，低声问："要不要试试新货？好着呢。"窦新成下意识地看看周围，没有别人。神经一下子松弛了下来，笑道："什么货啊。"售货小姐说夫妻用的药。名字叫"倍柔情"，说这是一种新型的高级润滑剂，采用的是国际流行的水溶性膏体，原料是进口的天然保湿精华素，晶莹透明，滋润爽滑，能显著提高性爱时的敏感程度，增强快感，延长时间。还安全可靠、容易清洗，符合人体自然温度和女性阴道的PH值。

看她也不过二十出头的样子，说起来头头是道，脸一点儿也不红，窦新成就想逗逗她，便说："你试过？"售货小姐说："我还没结婚呢。"窦新成说你怎么就知道好着呢，还是新货。她说有顾客反应啊。窦新成又问："什么顾客会给你反应这个？他们怎么反应的？"以为可有些难住她了，没想到小姐说："他们的反应不是说话，就是一盒一盒地接着来买。要是没用他们能这样吗？"

在酒桌上，一边把这事讲给一同吃饭的人听，窦新成一边叹气："可惜了这位小姐的热心，我还没到用这药的时候。"以前不行的时候他从不说这个，现在他说起来就不用再有什么忌讳，甚至还有一种心底无私天地宽的爽朗和辽阔。

正笑着，手机响了，他看看号码，是刘小丫。他走出包间，听见刘小丫"喂"了一声，细细的，像根丝线。他感到一股流火顿时从心脏左边飞了出来，同时又从右边飞了进去，把胸膛烧出一个小炉。

小丫说："忙吗？一会儿我们见个面吧。"这是刘小丫第一次主动提出约会。窦新成一阵惊喜，然而还是要本能地做一下态，便沉吟道："让我想想。……行。"

小丫说："你来我家。"

"你家？"窦新成的惊喜顷刻间无影无踪。

"长河不在。明天才回来。"小丫说。

带着微醺，窦新成来到了小丫的家。小丫家独门独院，两间小楼，门虚掩着，窦新成进来，关好门，看见小丫坐在客厅里。他问孩子，小丫说睡了。央视八套的电视剧叽里咕噜地放着，演员们表情苍白，像一堆煮得太熟的菜。窦新成想靠着小丫坐下，小丫的眼睛却是冷的。他寒了寒，在最近的沙发上挂着，看见小丫的脚上贴着膏药。

"脚怎么回事？"

小丫久久没有说话，只是转过头，看着他。看得他毛骨悚然。他等着，等着。突然，小丫踉踉跄跄地站起来，他赶忙伸出手去扶她，她却朝他直奔过来。他往后退着，她往前跟。像一个学步的婴儿执意要投入他的怀抱。——不，她不是投，她是撞。她拼命地撞向他，这是非常有力道的撞，是死一样的撞。窦新成能感觉到她撞来的风声。可他不敢躲闪。他怕她会撞到墙上，头破血流。他就那么楞楞地贴住了墙，任刘小丫撞。小丫的头发纷乱地甩在他和她的胸前。小丫一下一下地撞。撞。撞。

然后窦新成抱住了她，开始说话。在窦新成的话语里，小丫突然哭了出来。她抽着肩膀，窦新成把手伸过来。小丫的泪滴在他的掌上。泪水那么小，那么孱弱，把那些日子那些脸碎成一块一块，又粘贴起来。她哭着，哭着，哭得一塌糊涂。她从没有这样尽兴地哭着。以前和姐妹们在一起时，她常常没有氛围哭。和客人们在一起时，她没有常常心情哭。回到老家后，她常常没有理由哭。找个哭的时候，居然是那样难。

哭完了，事情也很快讲完了。一时间，窦新成不知道该说些什么。

“你有没有说那句话？”小丫问。

“哪句？”

“那句。”

“没有。”窦新成明白了。

你说了你说了你说了你说了！除了你还有谁！小丫歇斯底里地喊。喊的时候，一种别样的快感冲进她的心里。她相信窦新成没说。她知道自己这么喊是在任性，是不讲理，是在撒娇。可这个时候，她就要对他这样。她也只能对他这样。

“我真没说。”

“你没说她怎么会知道？！”

窦新成看着小丫，这么俊秀的一张脸，却是玻璃一样地弱和脆。

“所有的人骂女人都喜欢那么骂的。”他说。

“为什么要那么骂？为什么？”

窦新成不知道该怎么回答。

“你说，你说！你说！”小丫晃着他。

“不许他们这样骂！不许他们这样骂！不许！不许！”小丫晃着他，蛮横得像一个孩子。

在晃动中，小丫看见家里的一切都旋转起来。沙发，茶几，餐桌，钟表，瓜子，梳子，奶瓶，电话，窗帘……她就奇怪：自己在摇着什么？自己怎么会和这些东西在一个房间？又怎么和这个男人在一起？他和她这么近，真的有这么近吗？一直以为自己是一个刚强精明的女人，是一个千层油百层水泡透了的女人，可晃着这个男人的时候，她觉得自己不过是荷叶上的一滴露珠，滚过来，滚过去。

窦新成任她摇着，摇，摇，然后静下来。他说：“小丫，没事儿。”

小丫看着他。眼里的波光像湖水一样，迎着黯淡而安稳的天空。

认亲

窦新成的话是有谱儿可靠的。冯玉娟不笨，可是也还赶不上他和小丫。她一定是听了别人的闲话，心里又没有什么主意，才会这么连警告带咋呼地去找小丫，要是有底儿肯定就闷不声儿地捉奸了，还会去打草惊蛇？小丫牙关咬得紧，给他留的余地太大了。

回到家，他把旧书里藏着的处方和病历都找了出来。以前生怕冯玉娟看到这个，现在却像捧着荣誉证书。还有那些没吃完的药，统统倒在桌上，像是一堆小小的奖杯。冯玉娟听见他回来的响动，就一直腻在卫生间里。他本来要喊她，想了想，还是没有喊。他倒了杯茶，慢慢地喝着，等卫生间的水声响了又响。半个小时后，冯玉娟终于出来了。问他今晚在哪里吃饭，他说："我刚才去刘小丫家了。"

冯玉娟不说话。

窦新成说："你不想说点儿什么吗？"

冯玉娟半天道："我还不是为了这个家。"

窦新成点了一支烟，说："你来看看这些东西。"

冯玉娟走近前，就看见了那些东西。冯玉娟看到那些东西就怔住了。许久才说："那只胸罩是怎么回事？"

"还不是为了治病？医生说可以用女人的东西刺激刺激。其实也没什么用。后来想给你拿回家，忙三倒四就忘了。"

"真的有人看见你和她去过那栋楼。"

"谁？"

冯玉娟嗫嚅出一个名字。

“是一起出，一起进的？”

冯玉娟不吱声了。

“那我往后还不敢去逛商场逛公园呢。那么多女人和我前脚进后脚出，我还过不过了！”窦新成把茶杯摔到地上，冯玉娟不由得一哆嗦。这哆嗦让窦新成更加沉着起来。他不再说话，洗完了就翘起脚在客厅里看电视，不知道看了多久，睡着了。忽然感觉有人给他盖东西，他闭上眼睛，继续睡。这样睡到第三个晚上，冯玉娟终于说:“你说怎么办？”

“我的意思是，冤枉了人家还不算，还害人家崴了脚。改天我们得去看看她。不能白让人家遭罪。”

冯玉娟沉默。

“去不去？”

“去。”

去的时候，他们也没买什么东西，但人到就很有面子了。张长河慌慌张张，喜气洋洋，跑前跑后，倒茶端水。冯玉娟和小丫不自然了一会儿，说着大米小米青菜萝卜护肤霜护肤水，孩子又在前面调停着气氛，很快就熟亲起来。女人和女人之间就这点很奇怪。能迅速地翻脸，也能迅速地和解。翻脸的速度与和解的速度几乎一样快。

冯玉娟的手一步不离地粘着孩子。

“几岁了？”

“快三岁了。”

“几月生？”

“六月二十。”

“初一十五不算硬，生到二十硬似钉。这时辰还挺硬，得认个干亲。”

“可不是。早就说要认个干亲，还没顾上呢。”

“要不，认到我跟前吧。我们孩子也上大学了，身边没个孩子，还挺信信的。我平常在家里没事，常把他接去玩玩，也不那么冷清了。”

“我们门槛儿低。”

“什么低，什么高！”

“下个月就是孩子生日，那我跟长河说说，可就准备认了。”

“认得备礼。你打听一下得备什么礼。”

“听说是得找一百个铜钱，用红线缠好。再用五种颜色的线捆好五种树枝。夹竹桃，柳树，杨树什么的，都行。还得买把锁。供飨是我们这边儿备的。”

“好。”冯玉娟举着孩子：“叫娘！”

认亲那天，也是在桃园酒家吃的饭。饭后回来举行仪式。点了香，跪了礼，孩子手拿着新锁，窦新成上去把锁锁住，冯玉娟拿着五色枝轻轻地打到孩子身上，一边说：“杨柳枝，三尺长，锁住俺的小儿郎，锁住儿郎长成树，锁住儿郎长成梁……”

完了事，大家都松了口气。女人和女人说话，男人和男人说话。解放了的孩子跑进跑出，上天入地。看见院子里的树上停着一只鸟，他叫了两声，想把小鸟吓跑，可是小鸟根本不理他。他想起了姥爷特意给自己做过一个大弹弓，这弹弓可是专门打鸟的。他连忙来到里间去找。他记得自己是把弹弓放在一个抽屉里的。可找来找去，怎么也没有。他就一个抽屉一个抽屉地找。在一个抽屉里，他看见了一件东西，黑黑的，光溜溜的，一堆奇怪的带子，鼓起来的圆球球上还绣着两朵漂亮的黄花。他忽然想，这个东西这么黑，一定也能把小鸟吓跑吧。他就偷偷拿出来，在院子里寻到一根长竹竿，把这个东西一圈一圈地绕到竹竿头上，然后，他高高地举起来，朝树上的小鸟捅去。小鸟扑棱棱飞走了。

他得意极了，高声喊：胜利！胜利！

屋里的四个大人都静下来。他们一起向窗外看去。

他一定很爱你

一

深圳李娟，四十一岁，一家外企的接线员，离异近十年。

“他说他家祖籍江苏，家族产业是制衣，在许多地方都开有分店。他大学一毕业就到处跑，照顾生意。我在报上看到了他的征婚启事，觉得条件比较合适，就写了一封信给他。一周后我接到他的电话，说他正在深圳。我们就约了见面。我们是在国贸附近的麦当劳吃的饭，他外形不错，素质也很高，特别会照顾人，体贴人。他的证件我也都看了，没什么问题。我觉得他是一个能让人安心的，负责的男人。我信任他。我们的交往很快就深入起来了。”

——深入？深入到什么程度？

“你想去吧。还能是什么程度？一个月后，他又来看我，我们在香格里拉吃的烛光晚餐。第二天，他去厦门办事。两天后，我接到他的电话，口气很急，告诉我说他被厦门警方扣留了。他说他两年前借给一个朋友两百万元，没想到朋友拿去搞走私被抓了起来，也牵扯到了他。警方要他交五万元保释金。我就提了五万五千块钱，到厦门后给他打电话，他要我买一条金手链给警官，我就花了四千三百元买了一条男式手链。晚上，我在厦门市公安局附近见到了他，就把钱和手链给了他。后来，等了一夜的电话，没有任何音讯。再后来，我知道自己受骗了。”

张乾媛，四十三岁，五年前离异后从大西北来到云南闯荡，十几年中生意越做越大，唯一的女儿也被送到国外学习。一切顺利，除了感情。

“我是通过鹊桥婚介所认识他的。这个婚介所的收费分三个等级，最低的是三百六十块钱，只能见到一些打工仔。两千六的就可以见白领，我交的是五千八，是密档会员。他们说给密档会员约见的对象都比较特殊，比如国家政府官员，知名的演员，或者商务圈的精英人士。他大概就属于商务圈的吧。电脑资料上记录他是一家外企的董事长，没有子女，还特别注明因为自己感情上受过伤害，所以特别愿意和有同样经历的女性交流。说老实话，就是这最后一条打动了我。我们通过婚介所见面了。他气质不俗，谈吐高雅。一看就是很有层次的人。在这之前，我一直希望自己能有机会和外商开办合资企业，从他身上，我看到了生活和事业的双重曙光。我留心看过他在中国银行的美金存款，六位数的。还有中国工商银行的存款，七位数的。我是经常看单子的人。那些单子都是真的。我心里有底儿。认识两个星期之后，我们就同居了。”

——你不觉得太快了点吗？

“是有点。不过，也无所谓。大家都是成人了。这对我也是机会，是不是？再说，他住进来也是有理由的。他说被他开除的两名员工天天堵着他家门口，害得他一到晚夕就有家不能归，你说我能不收他吗？后来他就开始借钱。说他公司被税务局找茬，急需五万走人情。又说他钱包丢了，已经在饭店定好了台请客，一桌子人都眼巴巴地等着两万块钱买单呢。最后这次，他说他美国的大伯病了，要他去美国接受遗产——我真的还接到了他大伯的电话，那个声音特别苍老，一听见就让人很放心，他喊着我的名字说：乾媛，我活不了几天了，你要和我侄子好好过，我的财产全都是你们的……我也是高兴昏了头，那次我给了他十五万。他走后就再也没有回来。我咨询了机场，说当晚根本没有飞往美国的航班。”

袁玉梅，三十七岁。北京市朝阳区一家行政单位的办公室主任，丈夫去世两年。

“碰到他的那天，刚过完我丈夫的两周年忌日。我的心情特别不好，就去公园遛弯儿。上游船的时候，我打了个趔趄，他一把扶住了我。我们就聊起来。他不怎么花言巧语，但很明白，很善解人意，对人很诚恳。这是不好装的。说实话，虽然你们已经告诉我他是个骗子，但到现在我都不怎么相信。”

——他都拿你的钱跑了那么久了，你还相信他？

“一个人相信另一个人，也许得需要很多理由，也许不需要任何理由。我觉得我对他就是这样。那天，他给我打电话，说他妈妈病危，得回重庆一趟。他是独子，母亲又是癌症，总得带多点儿钱回去。他说他在慌乱中把信用卡密码忘了。他是哭着对我说的。一个大男人，到那时候看着真是可怜，我就取了一张定期七万的单子，给了他。他一直没跟我联系，我想可能是妈妈的病比较麻烦，他多半正在医院照顾她，甚至或许他已经在办丧事了。你不知道他说他妈妈病时失魂落魄的样子，他怎么会去诅咒他妈妈呢？”

秦惠洁，三十三岁，太原市某公司职员，十年资历股民，与丈夫离异三年。

“我是在一个名叫‘一夜不归’的聊天室见到他的，一上去我就注意到了他。他的网名很特别，叫‘你想让我是谁’，而我的网名叫‘我想的就是你’，可能就是名字有呼应感吧，我一上去，他也注意到了我，我们就聊了起来，我发现他很厉害，往往一句话就能点中我的要害。说话非常精确，还很有哲理，总之一聊就有收获。后来我们就常常在网上见面了。当时我正处在感情低谷，很想找人诉说，慢慢地就把我的心事讲给他听了，他也很会开导我。我庆幸自己找到了一位绝版的蓝颜知己。”

——你说的“慢慢地”，大约是多长时间？

“一星期吧。网络时代，一星期已经很慢了。连歌曲排行榜都是一周一排呢。他说他是搞期货的，公司实力很雄厚。跟我提钱的时候，他说他的零花钱都是论万算的。他来太原找我的时候，出手也很大方。可以说，我一下子就被他征服了。所以当他说要跟我借四万块钱急用的时候，我根本就没有犹豫。我存折上的活期平时就搁那么多，一下子就取给他了。我觉得这对他根本不算什么钱，他一定会还给我的。我没想到他是这样一个小老千，连这么少的钱都会下功夫骗。”

…………

二

女人有两种。一种是趁着青春长，青春一过就会越来越简陋。一种是趁着心思长，青春过了也会越来越滋润。陈歌不止一次地对小雅这么说：你属于后一种。

做出这样的评判是需要时间的。最起码得从青春前，到青春后。一前一后两个括号，十几二十年就宽宽淡淡地括在里面了。

陈歌多次形容说，想起小雅的感觉就是青梅竹马。青梅竹马是什么样子的？小雅不知道。“郎骑竹马来，绕床弄青梅。同居长干里，两小无嫌猜”。这《长干行》是李白的，不是他们的。

他们认识的时候，小雅十四岁，他十九岁。他们是校友，上的是同一所中等师范学校，小雅上一年级时，陈歌和小辉一道，已经毕业两年了，在一所小学教书。小辉是小雅的哥哥，和陈歌是同班同学。那时上中等师范学校的孩子很多。中师是上完初中就可以考取的，是竞争得很激烈的热门学校，生意绝对好过高中。原因很简单：只要考上了，工作就从根本上有了保证，当一个光荣的人民教师是一点问题没有的。另外，无须交纳学费，国家还补贴生活费。这样的好事谁不愿意有？于是不仅是日子不太好的农家子弟，就是优越感很强的城里孩子，一时间都对中师趋之若骛。

小雅的父母就尝到了让孩子上这种学校的甜头，于是，小辉从师范毕业两年之后，小雅也按他们的要求报考了师范学校，并且不辱使命。

小辉的很多同班同学都到过小雅家。陈歌也去过。

陈歌去小雅家的原因和他们班诸多男生一样，是为了给小雅家干活儿。那时侯，每到夏收或是秋收的季节，所有的学校都会放麦假和秋假，照顾大比例的农家孩子。小雅一家虽然已经是城里人了，但奶奶在老家还有一点儿地，于是每到秋假和麦假，全家就都要回乡张罗收种。小辉人缘很好，一些闲着也是闲着的城里同学就会跟着他到老家帮忙。说是干活，多半为了凑在一起。只要在一起，干活也是玩儿，玩儿也是干活。陈歌就是经常来的。几乎是逢假必来。

他们在田里干活的时候，小雅给他们送水，送点心。他们从来没有人正眼看过小雅。在许多小说里，和同学的兄弟姊妹有什么浪漫的事似乎是很容易的，但小雅从来没遇到过一丝暧昧的表情。小雅知道，是自己长得太平淡了。当然也不是丑，丑的话他们也会赏赐给小雅几缕惊奇的目光。小雅什么都没有。这是一种由衷的忽视，也是一种淡淡的羞耻。小雅怀着被忽视的羞耻在他们面前走来走去，像一株不会说话的庄稼。

他们对小雅共同忽视着，小雅对他们也是一律平等。对小雅来说，这是一个男人的集体。这个集体是座园子，他们用自己的身体和神情制造了一堵墙，墙上没有门邀请小雅进去。一扇都没有。小雅一直都在墙外悄悄地站着，东张西望。直到，陈歌用一个动作为小雅剥离出了一条枝干，让她瞥见了园里的一抹青青。

一天，小雅又去地里给他们送水，把水放在田垄边，她就打算离开。在男人丛中行走，她有些紧张慌乱，就把刚刚放好的水掠倒了，水汩汩地流出来，小雅竟然忘记了跳开，这时有一双手推了她一把，说："躲开！"

那双手又把水瓶扶起来，转回头问她："没烫着吧？小心点儿。"

没烫着吧？小雅记住了他腼腆的眼神。腼腆中又有一样东西要冲出来似的，有点儿责备和训斥，又有点儿焦急和关切。然而终归还是又腼腆下来：茸茸的，软软的，像是田野里一种叫紫云英的花。

没烫着吧？在小雅的理想中，这样的话应该是她叫哥哥的那个人的，是小辉的。而应该说这话的小辉却什么也没说，他的嘴里正塞着半个馒头。

从那以后，小雅开始注意陈歌。吃饭的，走路的，骑车的，干活的……各种姿态的陈歌都被她熟悉起来了。小雅的奶奶去世，小雅全家回乡下奔丧，陈歌也和几个同学去帮忙。小雅坐在灵棚里，看着他和那些男孩子一起聊天，打牌，会意的微笑，严肃的沉默。她闭上眼睛就能历数陈歌的神情。但陈歌仿佛忘了她，见了她如同以前一样，连个招呼都没有。但小雅也觉得自然。她看他，也只是看看而已，并没有让自己想得更深。她给自己定的爱情原则是：不做一个追人的人，只做被追的人。如果不是对方首先爱上自己，自己就决不爱上对方。无论他是谁。

所以，看看也只是看看。

那一年，小雅师范毕业了，正在暑假里等待分配。陈歌已经和小辉一样工作了五年。他家里开着一个汽车运输队，经济条件非常好。他只有一个姐姐。如果他安分守己的过下去，做个腰包鼓鼓的小老板是一点儿问题没有的。可他不。他说他受够了。五年，整天和一茬茬花骨朵一般绽放的小孩子在一起，眼前的小孩子永远是那么大，而他已经二十五岁了。他觉得自己再这么下去，会以更快的速度衰老。他会疯的。

“一定要走！”他对小辉说：“到哪里都没关系，关键是走！”

他放着好好的日子不要，执意要离开这个小城出去闯荡。这种荒唐的想法激怒了年近花甲的父亲，他们发生了激烈的冲突，老父亲流着泪说，不会给他一分钱。这反而让他的倔强更加茁壮地成长起来。末了他二话没说，愤然出走——当然也走不到哪里去，小雅家就是他的江湖第一站。

他找小辉借钱，说是需要一些创业的启动资金，数额是三千元。小雅是亲耳听见小辉这么说的。多年之后，小雅想起当时小辉说起三千元钱时的神情就想笑。年轻就是年轻啊，三千元就敢叫启动资金。而且还那么凝重，像背着一个海。

也难怪小辉那么凝重，三千元他也没有。他向父母开口，被父母狠狠地训了一顿，大意就是不能助纣为虐。于是小辉只好去别的地方想办法。陈歌在他们家住着，等着小辉四处筹钱。小辉不在家，弟弟小黎整天跑出去疯玩。爸爸妈妈各自上各自的班。平常只有他和小雅两个。他常帮着小雅干点儿家务，小雅很快觉得，他好像很愿意和小雅说些什么了。

一天晚上，陈歌敲响了小雅的门，向小雅借书看。小雅慌慌张张地找了几本书给他。多年之后他告诉小雅，当时小雅的脸很红，和小雅大红的睡衣相映成辉，像一朵娇艳的海棠。

陈歌拿走书后小雅才想起来，有一本书里夹着自己写的一些诗，里面充满着那个年龄特有的呓语。有些篇章，还是匿名写给他的，写在信笺上。信笺的背景，是一层淡淡的玫瑰色。小雅不安起来，几次走到他的房间门口，想把那些东西要回去，终了还是缩手缩脚地走了。小雅怕他认为自己是此地无银三百两。

他借书后的第二天，趁他出去买东西，小雅终于逮着了机会，飞快地把那些东西取了出来。回到房间之后的陈歌却什么反应也没有。小雅以为他根本没看，心里才宁静下来。宁静中，又有些小小的空落。

那天晚上，家里又只有他们两个。他坐在东厢房门口乘凉。小雅在水池边涮洗衣服。月华溶溶。小雅甚至连院子里的灯都没有开。她和他有一句没一句地说着话，闲散中又透着微妙的精心和在意。

“到外面打算干什么？”

“没想。先出去再说。”

“你有女朋友吗？”

“没有。”他笑了，“怎么问这个？”

“要是有的话，她对你这么就走了会有态度的。”

“所以就没有。”他说。静了片刻，他忽然给小雅讲起他夭折的初恋。说他在学校时怎样喜欢上了一个邻班的女孩子，那女孩家在农村，毕业后回乡下教书了。他又怎样追到乡下，大胆地向她表达衷情，而那个女孩子如何犹豫胆怯地拒绝了他。拒绝的原因是：他太有钱，条件太好，她怕他将来变心。

小雅一边平静地听着一边难受着。当然是有些嫉妒那个女孩子。也替陈歌委屈。可那女孩子到底还是错过了他。这让小雅觉得有些安慰。而他又这样知心地对小雅讲自己的故事，这是小雅曾经做梦都想拥有的倾听权利。于是小雅一边难受着，一边委屈着，一边安慰着，又一边快乐着。自己也不知道自己拧了几个圈。

“幸亏她拒绝了。要不然你的初恋给这样的人真是不值。她不配你。你们不是同一层次的人。”陈歌讲完了，小雅说。小雅的话几乎是脱口而出。那时候，小雅不说则已，一说就常常这样唐突幼稚。什么是不值？什么是不配？什么是同一层次？现在看来每一句都应该打问号的话，小雅当时就像蹦炒豆一样吐了出来。

陈歌的样子有些吃惊，好像是没想到小雅会这样直率。很久，他没说话。也许他是不好表态。小雅在嘉许他，他应该受用。但小雅贬低的却是他追求未果的人，这又等于在批评他的审美太差。

“其实，我现在还喜欢一个人，但我不能对她说。”他终于开口。

“为什么？”

“因为我要走，而她还没长大。”

小雅的心剧烈地跳动起来。其实小雅不知道他是不是在说自己——多半不是吧，但这种没长大的范围还是让小雅激动。那一年小雅十七岁，他二十二。二十二当然也是个没长大的年龄，但看十七岁，大约就觉得他们太小了。简直不是一代人了。

小雅惶惶恐恐地往衣架上搭着衣服，水珠儿飞银碎玉，肯定有一些落溅到了陈歌的衣襟上。小雅看见他下意识地弹了弹手。

“你的诗很好。”他又说。

“是吗？”小雅无意识地接口，迅即又回过味儿来，“你看过？”

“你书里夹有。”

——他还是看了。

“很难得。”他缓缓地说，“我以前对你没什么印象，你也总像一块石头一样不言不语。现在才知道，你有这么丰富的思想。”

小雅笑了笑，没说话。衣服已经洗完了，小雅已经没事可做了。没有任何具体理由地和他呆在一起，似乎有些难为情。她把洗衣盆放好，走进屋子，隔着竹帘望着他的身影，思谋着再怎么堂而皇之地走出去，合乎情理地和他搭话。然而这种想法又让她感到一种强烈的羞愧。她终于没再出去。灭灯之后，透过窗外的月光，她看见他安静地坐在东厢房门前，像月光下的一滴水，又像月光下的一条河。

三

小雅和陈歌最初的有些意味的交往仅止于此。之后，陈歌杳无音信。小辉每年春节去探望他的父母时，二老都会痛哭一场。后来有传说他死了。小雅不相信。她认定那肯定是谣言。她从没想到过他会就这么死去。她总是莫名其妙的觉得：这个男人会很韧性地活下来。

八年之后，陈歌回来了。那天，小雅的半个月病假正好结束。半个月前，她做了流产手术。孩子已经两个月大了，可不能不做掉。前些时她的嘴里长了个大疔，医生开了许多消炎药，没想到恰恰这个时候就怀孕了。咨询了医生，医生说有些消炎药可能会对胎儿的发育有影响，小雅和何杨商量了，就做了手术。在这个小城，这样的事情俗称“抱空窝”，是有贬义的成分在里面的，容易被人嘲笑。小雅夫妇除了小辉夫妇，谁都没有告诉，只说小雅身体不好，想静养一下。

在床上窝了半个月，被子一股潮气。小雅就晒了被子。黄昏时分，她正在阳台上收被子，突然听见小辉喊她。她低头，隔着三层楼的距离，清清楚楚地看见了陈歌。

“他没死。”小雅在心里对自己轻轻地说。

陈歌也仰头看着小雅。小雅笑了笑。陈歌把目光移开了。

他们进屋。何杨给他们递烟，小雅给他们沏茶。寒暄了几句之后，小雅就不知道该说什么了。陈歌打量着新房里的陈设，说：“挺好。挺好。”

他没有提自己八年来的情形。一个字也没提。

“小辉带这样一个人来家干吗？”他们离开小雅家后，何杨问。

“他是小辉的同学，很久以前我们就认识。他已经很多年没有音讯了，好多人都以为他已经死了。这次好不容易回来，大约是想见一遍故人吧。”

“故人？你是他什么故人？”

“我是他同学的妹妹，难道不是故人？”

“你们当年……没什么吧？”

“反正我对他是没什么。”

“那他肯定对你有什么。”

“我不知道。”

“我看得出来。他话虽然不多，可看你的眼神滋儿滋儿的。”

“就是对我有什么又怎么了？不也挺好吗？这证明你的老婆有魅力，你不高兴吗？”

何杨呵呵地憨笑起来。

第二天上午，小辉打电话要小雅和何杨过去吃饭。何杨有事没去——他一向都很少去。小雅去了。进屋看见陈歌一个人在沙发上看电视。

“他们呢？”小雅说。她没有和陈歌寒暄，仿佛天天见似的。

“他们都去菜市了。”陈歌说。

“孩子也去了？”

“去了。”说话的时候，陈歌看着小雅，眼睛死死的。仿佛小雅是一个不真实的幻象。他再也不会用那样腼腆的眼神看着她了，这就是一个人的长大吧。小雅想起何杨用的形容词：滋儿滋儿的。

“你这些年怎么样？”小雅说。她也盯着他。

“挺好。”陈歌把眼睛移开了：“你过得怎么样？”

“你不是看到了吗？挺好。”

“看到的都算数吗？”陈歌慢悠悠地说。小雅立刻愤怒起来：他好像在审判她的生活。他有什么权利审判她的生活？

“眼前看到的不算数，跑了八年看不到的听不到的就算数了？”她尽量压抑着自己的语气，说。

陈歌忽地笑了：“变厉害了。你。”

小雅把包放到沙发上，自己倒了杯水。她发现自己的手心都是汗，好像那两句话是打仗一样。这么多年了，陈歌还是遗留给她一些紧张。

“你呢？”她问陈歌：“这么多年都在哪里？”

“很多地方。”

“做什么？”

“生意。”

小雅沉默。

“还写诗吗？”许久，他又问小雅。

“不写了。”小雅说。

“真的挺好？”陈歌又问。

“是。你还走吗？”

“走。最近得到武汉一趟。有笔生意要谈。”

“我过些天也要出门了”。小雅说。她要去辽宁，和一个副局长一同走。东北有两个会，一个在长春，一个在沈阳。副局长参加长春的，她参加沈阳的。然后再一起回来。

“只有你们两个？”

“是啊。那个副局长是女的。局里就我们两个女的，我们一起出门大家都放心。”小雅知道他什么意思，说。

陈歌大笑。

他们就没有再说话。小雅走进厨房，一遍遍地擦着灶台。擦，擦。一直擦到哥嫂回来。陈歌手里拿着遥控器，自始至终没有换一个频道。

挺好。小雅想着自己的回答。厨房里的瓷砖墙雪白锃亮，就像她回答时简洁无辜的神情。八年走过来，除了挺好，她还真不知道该说些什么。八年，从历史课本的角度去看，不值一提。但对于一段动荡的个人岁月来说，却足够长久。八年时间可以遇到很多人，可以碰到很多事，可以让很多人和很多事把一个人变成另外一个人。

筷笼里有两双朱红的筷子，已经褪色了，这是小辉结婚时的喜筷——八年里的第一件大事，就是小辉结婚，花光了父母所有的积蓄。案台上放着一盒淡绿色的伊利优酸乳，插着一根淡蓝色的血管，小雅突然觉得，它很像医院里的导尿管——八年中的第二件大事，就是父亲病逝。父亲是癌症。父亲住院期间，嫂子只去看过一次。说是怀孕了，到医院去不吉利。她去的那天，父亲已经不行了，看到小辉，他叫：“辉。”小辉的泪落在被子上。小雅看见嫂子的手轻轻地拽着小辉的衣服，示意他往后站。小辉的衣服挨着了父亲的导尿管。

父亲去世之后，母亲压不住阵脚了。每一股风吹来，最先慌乱的就是她。每一股风，都是嫂子那边吹来的。每一股风的颜色，都金澄澄的：生孩子的钱，做满月的钱，请保姆的钱，定牛奶的钱，上幼儿园的钱……每次张口，母亲都说没钱，他们磨蹭两次，末了还是给了。于是就既给了钱还不落好，说母亲对他们存心眼太多，敬酒不吃吃罚酒，是毛病。于是一边拿着钱，一边还对母亲进行着冷处理。

父亲去世三年后，也就是小雅二十一岁的时候，她认识了何杨。两年后，他们结了婚。这是第三件大事。结婚的当天嫂子大闹，主题就是母亲给小雅的陪嫁太多。母亲辩解说那全是小雅平日积存的工资，自己一分钱也没贴给她。

“你要不把她养那么大，她能挣工资？她的钱还不就是你的钱？你还说不是存心给？！”嫂子的脸活生生像粘上了一副狮子面具，小雅一辈子都记得。

小雅婚后一年，母亲去世。母亲是脑溢血。这是第四件大事。安葬母亲的所有程序和父亲都一模一样。小雅记得格外仔细的，是车停在老家门口时，小辉迎上来背母亲下车时，被泪水漫过的脸上的皱纹——他已经开始老了。

老得不可开交。

因为那一刻的泪水，小雅原谅了小辉所有的糊涂和懦弱。

母亲去世后，老房子被小辉卖掉，买了新楼。三室两厅，说是有弟弟小黎一厅一卧。小黎跟着小辉夫妇过了不到一星期，就回来了。他什么都没说，但小雅什么都能想象得到。小黎的房间还是原来的样子。小雅根本就没动。她知道小黎还会回来。小黎只有跟着她过。今年小黎刚刚考上了大学。这该是第五件大事了吧？小黎的学费和生活费自然也全是小雅的。

和何杨谈恋爱的时候，何杨用尽了各种关系把小雅调进了体面的市政府大院，再也不用吃粉笔灰了。在旅游局办公室上班。一直到现在，市里有一个国家级风景区，山水绝佳，这两年渐渐火了起来，连续几年的门票收入都排进了全省前五名，业绩很好，局里的工资也很高，出差机会还相当多。

就是这样，平淡而又不平淡。平淡的几句话就可以说清楚。不平淡的几亿句话也说不清楚。所以小雅从不对人说自己的家事。“与人共享欢乐，一个欢乐会变成两个欢乐；与人分担痛苦，一个痛苦会变成半个痛苦”。小雅不知道自己在哪里看到过这句混可笑的名言。她一直抱着这样一种准则：无论欢乐还是痛苦，清楚还是不清楚，都只是自己的。别人的共享和分担对你来说都只是隔靴搔痒。甚至，你的欢乐会变成别人的痛苦，你的痛苦也会成为别人的欢乐。你的清楚会成为别人的不清楚，你的不清楚也会成为别人的清楚。那么，还说什么呢？还有什么好说呢？

四

在北上的列车里，小雅第一次上卫生间的时候，在车厢拐角，看到了正在抽烟的陈歌。在烟雾缭绕中，陈歌向她沉静地笑了笑。小雅也笑笑。在电话里告诉他自己要去东北的那一瞬间，虽然陈歌明明说过了他要去武汉，可小雅脑海里还是闪现出他和她在火车上相遇的情形。小雅平日就喜欢这种不着边际的猜想。现在，猜想却果然是真实的了。小雅并没有一丝惊喜。她往后看了看。

他们在拐角处站着。拐角处很不稳定，颤颤巍巍的。似乎随时都有可能把人撂倒。小雅靠着车壁，颠簸了不知道多大一会儿，说："我过去吧。"

"随你。"陈歌说："吉林有个四平市，你知道么？我们也有一单生意在那里。我得去那里一趟，也可以在沈阳呆两天。"

小雅点点头，回到了自己的铺位里。

到沈阳时已是黄昏，他们一前一后出了站，在一家招待所开两间房住下。换洗完毕之后去外面吃晚饭。附近的小街上有很多烧烤小摊，他们要了两个烤鸡架和烤鳕鱼，还有一些七零八碎。老板说五十六块钱。小雅要付，陈歌说："太不给哥哥面子了吧？"

"要不，我们还是AA吧。"小雅说："谁也没有权利花谁的钱。谁的钱都不好赚。"

陈歌讶异地看着小雅："怎么这样？"

"这两天我们总要去外面玩，那就不是几十块钱的事情了。总得有一些原则的。"小雅笑笑。

他们在沈阳呆了三天时间。小雅主要的会期是一天。会后他们就开始玩。他们到北方图书城买了一些书，登了电视塔俯瞰了沈阳全景。逛了喧嚣不堪的北陵公园和寂静的大帅府，还到周恩来的母校里，坐在传说当年周恩来说出"为中华之崛起而读书"那句名言的座位上留了个影。小雅带了相机，陈歌没带。小雅要陈歌也留一个，陈歌坚持不留。陈歌的坚持让小雅有一些隐隐的柔软。他还是懂她的。她想。

最后一天下午，他们去了东陵。一进东陵小雅就被震住了。到处是苍苍翠翠遮天蔽日的古松。松叶的缝隙间衬着蓝天白云，显得十分洁净幽深。几尊石雕安宁地立在没膝的荒草中，落魄凄凉里又有一种让人却步的威严。他们没有走台阶，就在荒草丛中深一脚浅一脚地走着。走到最后，他们看见了那个巨大的皇陵。

他们站在皇陵前，向南眺望着皇陵衍生出绵延的建筑群。为了一个人的死，竟然要铺摆出这么大的排场。这一切繁琐的设计，不过都是为了一个人的死。小雅觉得真是不可思议。

站了一会儿，陈歌建议去古松林中休息一会儿。他们走进荒草深处。周围没有一个人。松涛阵阵。小雅觉得自己像一只闯进林海的鸟儿，虽然惬意，却也有一种难以言明的畏惧。一股风吹过，她蓦然觉得森冷冷的，于是抱紧双臂道:“我们走吧。”

陈歌的手臂顺着她的话音轻轻地划过来，把小雅揽到他的胸前。小雅俯下头，陈歌把她的下颌抬起，吻了下去。吻得很短。小雅把唇移开了。

“你的美是一座矿，被时间开采出来了。”陈歌说。

“何杨是矿主。你不能偷矿的。”小雅笑。

“别提他。”陈歌说:“看见你我就心疼。我回来得太晚了。”

嗅着他衣服上的气息，小雅觉得此时此刻，他的话有点儿陌生，也有点儿可笑。难道他早回来她就会和他结婚么?

“告诉我，你是不是真的很幸福？”陈歌问。

又来了。小雅想，他又来了。挺好？真的挺好？真的很幸福？他好像已经是第三次这么问她了。这次关于幸福的用词更是有点像琼瑶小说里的语态了。也许小雅应该感动一下的。可她不。他似乎认定小雅的生活中有什么漏洞，需要他这么反反复复地捅一捅。他凭什么?小雅觉得心里有一块东西正在快速地硬起来，在替她抵挡和维护着什么。

“你想听到什么?你希望我怎么回答?否定的，你可以同情我怜爱我？肯定的，你会为我祈祷为我祝福？”小雅的脸上漾起嘲讽的微笑。

“我想听最真实的回答。”陈歌说。

“那我告诉你，我真的很幸福。”小雅挣开他的怀抱，顺手摘下一片草叶："其实，我的幸福和这片草叶一样，从来就和你没有一点关系。"

"如果你不幸福，我觉得我是有责任的。"陈歌的神色凝重起来："对不起。"

小雅忽然很讨厌他说这三个字时的姿态。对不起。有点儿莫名其妙的饱满和充足，仿佛说这三个字是一件值得骄傲的事情。他有什么资格说对不起？对不起对得起是有比较的。他们之间有过比较吗？没有。

"这话从何说起？"小雅的微笑绽开了："我们有过什么承诺吗？有必要彼此负责吗？如果你一定想找点什么负责的话，那就对你自己负责吧。"

"如果我当初没有走，你就是我的人了。"

"那可不见得。"小雅说："无论我和谁结婚，我都只是我自己的人。不会是任何人的人。"

"小雅，其实这几年里，我一直在想你。"陈歌停顿了一下："可你和我想像的有点儿不太一样。"

"那就对了。"小雅说："因为我没有理由按照你的想象生活。"

快走出东陵的时候，陈歌要小雅留个影，小雅说："不必了。"

回到招待所，服务员告诉小雅何杨来了电话，小雅马上在总台回了个长途，和何杨谈笑风声地聊了半天。放下电话后，她转身看见，陈歌一直在她背后站着，脸上的表情变化莫测。

吃过晚饭，他们各回各的房间，小雅正在洗澡，电话响了。她接起，是陈歌。

"我过去吧？"他说。小心翼翼的。

"正洗澡呢。"小雅说。

陈歌不语。洗澡这个词，此时此刻，都让他们敏感。

“等半个小时再过来吧。”小雅说。他的小心翼翼让她心软。而且，她也不怕他过来。前一段时间，她刚刚做过流产手术，她的身体不允许她荒唐。即使是何杨也不敢造次，何况陈歌？她不怕经不住他的进击。她相信自己的意志会站在身体这边保护自己的。她对他，绝对不会好过自己的身体。

过了一会儿，陈歌敲门进来，随手关上了门，按下了保险。小雅听见保险轻微的咔哒声。她给他沏茶，他却把她抱住了，一直把她抱到床上，去解她的衣服。小雅起初任由他。后来她开始挣扎，她使劲地敲着他的胸，咚咚响。他停下来。“你把我打疼了。”他说。

一个男人这个时候还说疼不疼，小雅想笑。觉得有一丝淡淡的失望。

“我不想让你这样。”

“我知道你想。”

“又不是没有过，有什么好想的？”

“你对我太苛刻了。”陈歌说：“你会后悔的。”

“是吗？那就让我后悔吧。”

陈歌抱住她。不再乱动。她嘴里抬着杠，也就让他这么抱着。

“你真是让我费劲。”陈歌说。

“谁让你不费劲？”

“没有谁。”

“你应该说真话。大家都是成人了。你肯定经历过女人了。”小雅说：“当然，不想说就算了，那是你的自由。”

陈歌就开始讲他和一个黑龙江女人的事情。他说他刚出来那几年，在黑龙江时搞过一段水果批发。那个女人在税务局工作，有夫之妇，一次看见他口算账目，就对他钦佩得不得了，就喜欢上了他，不但以身相许，还为他离了婚。可他觉得不能和她结婚，就离开了。

“不能和人家结婚还害人家离婚？还接受人家的以身相许？”

“我这么年轻，也需要解决生理问题啊。”陈歌说：“其实，也不纯粹是生理问题，也真是有些喜欢她。但后来才发现，要用这喜欢过一辈子，似乎还不够。后来她一直求我，我都没答应。还许诺给我五十万，我都没有动心。”

小雅笑：“你的身价还挺高呢。”

陈歌起身，俯视着小雅的笑脸：“我想在你腿上躺一会儿。”

他居然会有这样的请求，小雅很意外。但是逢着这样氤氲的氛围，他又是那样一种恳求的口气，小雅无法拒绝——他总是有能力把事情控制在让她不喜欢却又无法拒绝的程度。

小雅舒展开双腿，陈歌头枕着，闭上眼睛，小雅看见了他头上的白发。

“有白头发了。”陈歌说：“我老了。”

“白发多于黑发的时候可以说老，黑发多于白发，只能说是成熟。”

陈歌笑了：“要是白发和黑发一样多呢？”

“不会的，不信你数一数。”小雅的语调也调皮起来：“如果真的一样多，那更应该恭喜你，你到达了男人魅力值最高的绝顶境界，能哄一打一打的小姑娘。”

“那我怎么哄不了你？”

“别刺激我。你知道我已经不是小姑娘了。我是一块锈了的铁块。”

“那我就是磁铁。”

这样无耻的话。两人都笑起来。

“其实我总觉得，你还是那个写诗的小姑娘。”

“早就不是了。永远也不可能是了。”小雅轻轻地说。她的眼前，忽然有一根手指按住了记忆的快退键，一幕幕闪现出父母亲相继去世的那些日子。那几年，她噌噌噌地成长着，什么也拦不住。父母亲把自己做成了肥料，让她的岁月加速沉淀，结出了累累硕果。人情冷暖，世态炎凉，疏密亲远，轻重浮沉——全是她自己采摘自己品尝的果子，全是无花果。在这仓促的，透支的生长中，她的容颜，她的身体，一点点地褪去了青涩的皮毛，扎扎实实地光彩起来。陈歌说的不错，她就是那种越长越漂亮的女人。可除了看到这个，他还能看到什么？这个人知道的，只是她的简历。她的经历，这个人不知道。她对这个人，也是一样。

现在，这个人躺在她的腿上。她忽然觉得一切都是如此陌生。陌生的人，陌生的头。连自己的腿，也陌生起来了。

“好了，我的腿酸了。”小雅说。她知道这是在破坏情绪，但她实在不想让他再躺下去。他的神情是惬意的，仿佛一个吃奶的婴儿。那么她是谁？她是他的母亲么？不，她不是。她自己还是一个孩子，还在等着别人的宠溺。家里的哥哥和弟弟已经让她当够母亲了，对他们她是因为血缘管着，实在没有别的办法。对于他，她为什么还要装着？

陈歌起身，给小雅捶了捶腿。“你也躺躺我的腿吧？”他说。

小雅没有想到他会这样的回请她。这也让她意外。刚才她还那样反感他躺自己的腿，现在她却觉得这样的邀请真是充满了诱惑。她躺了下去。真的是很舒服。她原谅了陈歌刚才的撒娇。

五

陈歌第一次借钱，是小雅从沈阳回来一周之后。

他把电话打到小雅的办公室。小雅回忆自己并没有给他电话号码，估计是小辉给他的。陈歌没有藏藏掖掖，开门见山就说想借点儿钱。他说他人还在东北。因为东北是他的临时行动，他没带那么多钱。他的钱都在武汉那边，等回去就给她汇过来。东北这边人生地不熟的，他无处张口。

东北是临时行动。陈歌又强调说："我没想到这边真的还有可以谈的生意。"

他在暗示自己去东北只是因为自己么？小雅有些甜蜜。

"什么生意？"

"葛根。"

"葛根是什么东西？"

"笨。葛根都不知道。"陈歌开始给小雅讲葛根，说葛根是一种野生植物，以前根本没人理睬，这些年却有了走俏的趋势。它的模样很像红薯，长成后比红薯大两到三倍，很好种植，用途很多，可以降血压，降血脂，减肥和美容，还有解酒解热和提高记忆力的功能，素有"南葛根，北人参"之称。他和几个朋友一直想做葛根的深加工，这次找到了很好的货源。定金一万他已经付过了，现在需要的只是一些零花钱。

"那你需要多少？"

"三四千，四五千，都行。"

"那就三千吧。"小雅马上觉得自己说得太快了。仿佛迫不及待地想要借钱给他。于是又补充道："等我回家和何杨商量一下。估计不应该有什么问题。"

"这还得商量啊。三千你都做不了主？"陈歌开玩笑。

"我有事情都是和他商量的。互相尊重。"小雅说。

"你真乖。"陈歌说。小雅弄不清楚陈歌是什么口气。不过即使不是夸赞，小雅也喜欢听他说乖。乖。这个字有一种襁褓里的温暖和舒适。小雅太喜欢听了。何杨也经常这么说她。不过何杨说和陈歌说还有一些不一样。

他们又随便聊了点什么，就挂了电话。

回家的路上，小雅特意拐到一家熟识的饭店，带了几个菜回去。本来想开一瓶酒，又怕显得太有用心，就没开。等何杨回来，见了菜高兴，自然会开的。

一想到借钱，小雅就有些心虚起来，仿佛借钱的是自己，而不是陈歌。其实以前何杨根本不过问钱的事，经过了小辉夫妇的出手之后，现在对钱也开始在意起来了。所谓的在意，也只是偶尔过问一下。家里这种状况，也难怪他在意。小黎添添补补自然是不用说，小辉爱打牌，零花钱不够时还要偷偷向小雅腆着脸借。小黎也罢了，对小辉，何杨是有怨气的，也是反感的，小雅知道。虽然他很少显露什么。他不显露只是心疼小雅。小雅知道。

何杨回来，看了看餐桌，果然很高兴。可他没开酒，说下午还有会，不能喝。吃到半路，小雅说了借钱的事情，何杨问是谁，小雅断断续续地说了，何杨说："算了，别借。我们才有多少？他天南海北闯世界，差这几个钱？"

小雅说："是啊。不过他张开了口，我总不好一下子给他回了。所以说和你打个招呼。你定好了音，我才好打锣。"

何杨笑笑。小雅给他搛了一筷子菜，自己也奇怪自己怎么转变得这么快。本来是准备把自己当陈歌跟何杨智斗一番的，现在这么轻易的就和何杨一家一计起来。仿佛预谋好了似的，一红一白，要唱戏给陈歌看。而且，这么做的时候，还非常心安理得。

吃完了饭，小雅收拾着碗筷，一直琢磨着自己为什么会这样。想着想着，她明白了：原来，在心底深处，她根本也是不想借钱给陈歌的。陈歌向她借钱，让她有一种莫名其妙的失望和深深的委屈。八年未见，空白的八年横在那儿，他只是说想她，只品评着她的漂亮，只审判和好奇着她有没有对他伪饰美满，却从没有细致地探询过，从没有恳切地扣问过，她在父母离世，兄嫂苛冷，小弟孤弱的情形下，怎么一步一步走到了现在。仿佛她现在这样是天然长成的——像他说的那种葛根。他想着她。他说他一直想着她。可他并不关心她这些，末了却这样想当然地就向她借钱。这无论如何是让她觉得别扭的。即使他为她跑到了沈阳。与浪漫莽撞的追求相比，默默的温存显然是更适合她的。平日里，她脸上多长了一个痱子，何杨都是要问了个明白的。他再想她，也不是爱她。想和爱，是不一样的。

总之，他给予她的，还没有达到借三千块钱的程度。这么换算是俗气的。在俗气的日子里泡了这么久，小雅承认自己的俗气。不过，幸好，借钱也是一件俗气的事。以俗对俗，她过得去。不像当初她对何杨那样。

两天里，小雅一直没有给陈歌打电话。她在等陈歌打过来。这么拖着，陈歌应该会明白几分意思吧。如果他不再打来自然最好，如果打来，那她也没有别的办法，只好实话实说。如同她不想在何杨面前撒谎一样，她也不想在陈歌面前撒谎。

陈歌终于来了电话。先说了两句别的，然后问钱的事。

“何杨不同意。”小雅说。

两个人都沉默着。

“你对他说了是我借的？”

“是。”

陈歌笑了笑：“你怎么那么傻啊？他怎么那么小气啊？”

小雅没说话。她讨厌这样的评价。他怎么能鼓励她欺骗何杨？她为什么要为他在何杨面前耍小聪明？不借钱给他就一定是小气么？那借钱的人又算是什么？

六

小雅是通过朋友介绍认识何杨的。朋友的丈夫和何杨是朋友。之前，朋友很详细的介绍了何杨的情况：父母亲退休前都是干部。父亲是局级，母亲是处级。何杨在一家机关里做财务工作。只有一个哥哥，大学毕业后分配到了异地。她据此推断：何杨家肯定有房子，何杨性格也应该比较细腻稳重，经济情况也应该很好，所谓厨房之中无饿鬼。——这些衡量都是势利的，但对她太重要了。当时母亲虽然还在，小雅心里也明镜似的清楚：母亲和小黎将来靠她得多。如果她也拮据得要死，那母亲和小黎的日子肯定就越发不堪了。

第一次见面，是在朋友家。见面过程中，发生了一件很小的事情：朋友夫妇出去，给他们留独立的空间谈话。他们的茶很好，小雅就多喝了几巡，过了一会儿，她上过卫生间，去冲厕所，才发现冲绳断了。断头儿很高，小雅怎么也够不着。她只好走出卫生间，想找个水盆接水，何杨看她出来，马上迎着说：“冲绳坏了吧？”

小雅点点头。

何杨走进卫生间，拉响了冲绳。再坐下的时候，小雅的脸烫极了。她不敢再喝茶。何杨却说：“喝吧。没关系。没关系。”

除了这件事，小雅对何杨几乎没有什么印象。他真是一个太普通的人，没有任何特点。甚至分手后，想起他的模样就一片模糊——看街上差不多的男人都像他。但是，这件事情对她来说，是重要的。

第二天，何杨打电话约她，她就出去了。他们在一家茶馆见的面。聊得也很平常。正说着话，何杨忽然说：“你里面衬衣的领子没折好。过来，我给你整整。”小雅听话地走到他面前。何杨替她整好。何杨整好后端详了她一下，笑了笑，摸了一下她的头。神态安详。小雅忽然就明白：一定是他了。

他的平常，他的正常，他的家常，他的如常，——都是她要的。她需要这样的人，来把她的一切捋顺。

认识不久，何杨就开始操心给小雅调工作。何杨的父母虽然都已经不在其位，但也有一些被他恩泽过的下属正能呼风唤雨。何杨几乎穷尽了所有的关系，才把环节一道道疏通。而这之前，小雅从来没对何杨说过自己不喜欢教书，所以当突然听到何杨对她说工作的事情差不多都办妥之后，她惊讶极了。

“你是没说，但我看得出来。如果什么都需要说，也太没意思了。我这个人没那么聪明，但也不是那么迟钝。”何杨说。

“如果我们结不了婚，你不是白白地废了一场人情吗？”小雅说。她知道，这些人情都是一次性的，如果何杨不用到她这里，将来准可以用到自己的提拔上。

“我愿意投入的时候，是不去算计的。”何杨说。

新婚之夜，何杨把小雅抱在怀中，问小雅：“嫁给我感觉好不好？”

“好。”

“为什么？”

“因为你不算计。”

何杨狡黠地笑：“对你这种人来说，不算计就是最大的算计。

第二天早上，小雅在何杨的臂弯上醒来，看见何杨的眼睛正看着她，满含疼惜的笑意。他把小雅紧紧揽住，说：“我会对你好的。”

我会对你好的。多少男人对女人说过这种话？多少女人怀着甜蜜和喜悦接受？是一种得到之前的筹码，也是一种得到之后的负责，然而，又何尝不是一种居高临下的赏赐和以大容小的恩典？柔情缱绻的背后，是给予者向接受者颁发的圣旨："奉天承运，皇帝昭曰……"

然后就是女人的谢恩和万岁。

小雅知道这句话可怜。但她要这句话。是要，才可怜。然而，也是因为可怜，才要。

——这大约也是何杨的海誓山盟里时间最近的一句了。这么多年，他没有再说过。小雅也习惯了他不说。当初恋爱时，他还会不时说一句，只是说的神情过于庄重和严肃，每次小雅都会绷不住笑。其实她心里很感动。但一笑就把这感动给遮盖了。何杨以为她太调皮，自己就有点儿羞赧，也就越说越少。结了婚，干脆就不说了。

有一段时间，何杨出差很勤。一天，回到家里，他突然打开了钱夹，把小雅叫到身边，抽出一张张信用卡。——他在单位主管财务。他把卡上的钱数和密码一一告诉了小雅，小雅问他在干什么？何杨说："我总在外面跑，不能不想得远一点儿。要是万一发生了什么事情，记住，这些钱都是咱们家的，与公款无关。还有，我也没有在外面打过一张欠条，如果有人找你要账，你一概都不要认。"

"何杨。"小雅喊。何杨笑了笑，摸了一下小雅的头。小雅的泪在一瞬间涌了出来。何杨的工资一向都是给她的，这些钱，肯定都是公款，是何杨处心积虑抠攒出来的。他这么藏着掖着，末了要给的唯一一个人，是她。不管这钱清白不清白，天宽地阔中，他对她的这一份暖，已是让她终生也不能忘却。如果这是他的龌龊，那她愿意领受这份以失去生命为前提的龌龊，哪怕这领受也让她变得龌龊。这龌龊能传染到身上，便使她幸福。

小雅也知道，只要她不背叛何杨，何杨就决不会离开她。甚至她在一定程度内背叛了何杨，她也有把握让何杨原谅自己。当然，她轻易也不会背叛他。对她来说，能找到这样一个丈夫不是一件容易的事。她知道他对自己的重要。

她常常对何杨充满了感激，但她从没有说过。她知道这不能说。夫妻之间是不能靠感激过日子的。她能。而且还可以过得很好。可他不能。他要是知道或者发现这种气息，那他肯定就崩溃了。这种伤害对他的自尊是致命的。所以她决不会让他知道。所以她尽可能用一种出自内心的自然的方式让他感到幸福——是他希望拥有的那种幸福。

他们的家是一只小小的蜗牛。他是外面硬硬的壳。探出来的触角和面庞是他的天地清明的笑脸。牵引他的是小雅的快乐。最深处的，是小雅不能不想也不会展露出来的灵魂的尾巴。

小雅觉得自己做得很成功。可怕的成功。

当然，仅有成功对小雅来说，是远远不够的。小雅常常觉得，她虽然找到了家，但其实还未恋爱。何杨是她的父亲，儿子是她的兄弟，而她还情窦未开，爱情还在前面摇曳等待。在经过了严酷的历练和挣扎之后，她似乎仍旧可以天真未泯的，从容舒缓地，欣赏到爱情的模样。——这是一节她缺失了的课。

爱情是一节课。谁都不想错过的必修课。在陈歌离开的那八年里，小雅知道，自己是成长的太迅速了，就把这节必修课给丢了。其实她从不曾放弃这节课，这节课也不肯放了她。他们始终都在互相寻找。现在，这节课好像找到了她，她也想把这节课安置进去，却发现，自己的哪个角落都塞得满满的，这节课很多余。

这节课成了一节课外课，一节自习课。这节课在小雅的珍爱和纵容中，长成了一个野孩子。常常地，小雅管不住它，也不想管它。她知道：它不会跑得太远，好不容易找到了家，它也不敢跑得太远。它是个没有安全感的孩子，和小雅一样。

陈歌走进了这节课的课时，可他不是老师。他甚至不能称之为同学。小雅给他安排的角色，目前只是一个陪读的人。

七

两年之内，陈歌没有再回来，但他隔三岔五就会给小雅打一次电话,聊聊近况。这两年间，小雅的身份在单位做了改变：她被提拔成了办公室副主任，有了单间。手机也开始流行，她是最率先有的一批。她的办公室电话上有来电显示，小雅发现，他总是全国各地跑。他告诉小雅，他进了一家很不错的广告公司，公司业务范围很广，各省都有工作站，他就得不停地出差。他们的聊没有什么正题，纯粹是随便聊。但这随便中，经常也会带出那么一点儿不随便来：

“在干什么？”

“接你的电话呗。你呢？”

“喝茶。”

“在哪里喝？”

“雅间。”

“哪里的雅间？”

“哪里的雅间都是雅间。”

小雅的脸微微红了。她喜欢他这种机智俏皮的语点儿。

“夜里梦见你了。”陈歌说。

“梦见我干吗？”

“梦见我正在给你做饭吃。我学会做饭了。下次见面我做给你吃。你想吃什么？我会做清蒸鲈鱼，还会做地锅馍，光胡萝卜我就有七种做法。”

“你会作——恶多端吗？”小雅认真的说。用牙齿噙着笑。

“恶多端？恶多端？”陈歌在电话那边喃喃地重复着，半天才明白过来。小雅已经笑得肚子都痛了。

“我会。”陈歌说：“等我什么时候见了你，就给你做。你可不能不吃。”——他说这句话的时候，意味是很复杂的，有恳求，有宣言，有示威，也有要挟。还有不甘。这时的小雅，就只有沉默。陈歌也沉默了一会儿，然后他突然问小雅他刚回来那一年她为什么流产，小雅很吃惊，问谁告诉他的，他说小辉。小雅生着小辉的气，在电话里不作声。陈歌问：“你是不是不想给何杨生孩子？”

“你错了。”小雅说：“我非常想给他生个孩子。”

“那你为什么做流产？”

“反正不是因为你。”一瞬间，小雅想任性了。她肆无忌惮地说。

陈歌受了伤害似的，哑然。

“有些事情你不要问。我从没有这样问过你什么。”小雅缓下来，说：“我们都是大人了。是不是？”

“我知道了。”陈歌说。口气像学校里知错就改的好孩子。

两年之后，陈歌再次回来，小雅已经做了母亲。她生了个儿子。

在没有回来的这两年期间，陈歌托小雅办过两次事。

有一次，他给小雅打来了电话，先问了问旅游区附近旅店的行情，然后要小雅帮他的家人推销床单。说别人欠了他们家的运输费，用床单顶的账。很普通很俗艳的纯棉床单，一条三十元。比市场价是有些高的。

“两百条。你每卖一条给你提成五块钱。我告诉家人让他们给你结算。”陈歌在电话里说。小雅说算了吧。陈歌笑笑：“你算帐一向是很清楚的，怎么能就这么糊涂地算了呢？”

小雅知道他在影射沈阳时她坚持AA制的事情，没说话。

小雅找了几个熟悉的饭店，把床单推销完了，直接收了货款，通知陈歌找人来取。陈歌的姐夫来了，小雅要他点钱，他就一张一张的点了。点完之后，仍旧把钱装在信封里，走了。

又有一次，他打电话来，没说什么闲事，一开口就要小雅帮忙把他家的车弄出来。风景区搭界山西，景区里的路原来是晋煤外运的一条通道。景区快速发展起来之后，道路重修了一遍，为了保护环境和道路，新路就禁止煤车再过了。改的道比较远，路况也不怎么好，有些不自觉的煤车就会趁着夜间偷偷还走景区里的路。被抓住是要被重罚的。小雅没想到陈歌家的车也干这个。可既是陈歌说了出来，对她也不算是很大的事，她不能放着不管。她给交通局一个副局长打了个电话，对方要她星期天的时候帮忙开张条送一帮朋友进景区，一手人情，另一手还是人情，交货两清。亲亲热热又心照不宣的交易，很快就把问题解决了。

陈歌打来电话道谢，给小雅寄来一些书，很纯情的一些散文。小雅翻看落款，都是他最初走的几年里买的。

你不看了？小雅问。

不看了。现在过生活，哪能老看这些。看这些心肠都硬不起来了。陈歌说：散文讲真话，广告讲假话。风格太不相容了。

许多年前，我看过两句诗，现在还记得。小雅说。

什么诗？陈歌调侃：我这没文化的人能听懂吗？

能。小雅说。

讲来。

心冷似铁，才能应付生活。

八

第三年暑假，陈歌回来。在家呆了一个多月。和小雅见过两次，都是在小辉家。小辉打电话让小雅过去吃饭。每次去，小雅往往都能很准确地预感到陈歌在不在。在就在了，淡淡地打个招呼，聊两句而已。用陈歌的话说：等于没说话。

一天，小雅一到办公室，陈歌的电话就打了过来。

“我要走了。”陈歌说。他说这句话的时候，小雅忽然想起多年前，陈歌第一次离家出走时在她家呆的那些个夜晚。她的心动了动。

“什么时候？”

“后天。我想见你。明天我们见个面吧。我在长途汽车站门口等你。”陈歌说完就挂掉了电话，仿佛是怕她拒绝。小雅犹豫了一下，决定明天去。她喜欢他这么斩钉截铁地命令她。某些时候，这种气势是男人应该有的。她喜欢这种气势，也尊重这种气势。无论这么做的时候，他是不是有些心虚。

陈歌在候车室里等着她。见了她，就默默地往前走，上了一辆车。小雅从他手里抽出一张票，票价是十五元，目的地是百面坡。这个地方小雅知道，在临市的地界，离这里百把公里。百面坡盛产竹子，有一块很大的竹林，近些年被竹农搞成了旅游区。肯定是去那里了。

竹园里没有什么娱乐设施，也不是星期日，玩的人很少。全是绕来绕去的小路。竹林细密，竹径幽长，清静深凉。他们走了一会儿，小雅说想坐坐，路边有竹椅。陈歌说进竹林里面坐一会儿吧。小雅看着竹林，里面满是落叶——竹林里也有落叶，是她没想到的。

陈歌从口袋里掏出了一块很大的塑料布，垫下去。他们并肩坐着。小雅感觉到陈歌的手似乎动了动。他想揽自己的肩，小雅知道。她必须得找点儿什么话说了。

“你在广告公司到底做什么工作？”小雅突然想起自己从来

没有问过他这个问题。

“文案。高级文案。全公司只有两个高级文案。”陈歌说：“要不然也轮不到我跑遍全国去指导工作。”他开始滔滔不绝地对小雅讲他们设计过的一些经典之作，有几样是电视上正在热播的品牌。有女装，有化妆品，有内衣，有清洁剂，还有豆浆机。小雅问他们怎么什么都做，陈歌说只要赚钱就做。

“做这一行对人的心理应该很有研究的吧？”小雅问。

“当然。最重要的就是人的心理。”陈歌又开始谈论自己在心理领域的所得。说广告能影响消费者心理的因素，说价值圈，规范圈，习惯圈，身份圈，情感圈……还说了惩罚战略，不和谐战略，信条战略，性格战略，憧憬战略……小雅听着，忍不住嗤嗤的笑了。

“笑什么？”陈歌不说了。

“笑你们聪明啊。对心理有研究的人真可怕。”

“怕什么？怕我看透你？那你不用怕了。我早就把你看透了。怕也没用。”

“你可真了不起。”小雅揶揄。她揶揄的时候斜睨着嘴角，何杨说过她这样的神情有一种特别的娇媚。

陈歌不语。仿佛被她的娇媚魇住了。他终于伸出手，揽住了小雅的肩，小雅任他揽着。然后他吻下去。吻的时候，又把手伸进了她的胸口。

附近没有一个人。小雅既不迎合也不拒绝。他的手在她的乳头周围来回画圈，很舒服。他把头低下去，吸吮起来。不急不缓，节奏很好。小雅觉得自己就要呻吟出来了。他的手随着节奏想往下走，小雅拦住。

“不。”她说。

“别这样，小雅。”陈歌说：“我们有权利感受。”

“没有。”小雅说。

“为什么？”陈歌问出了最笨的一句话。执拗得像个孩子。

“因为我是一个有丈夫的人。”小雅也答出了最煞风景的一句话。有些风景是必须煞的。

陈歌不语，淡淡一笑。小雅一字一字听出了他短促的笑容后没有说出的话：你还知道你有丈夫吗？那你就不该同我出来。

“我该走了。”小雅站起来，却被陈歌从身后有力的抱住。小雅被他抱着，渐渐温暖起来。她早就设想过被他抱的情形，自从在东陵被他抱过之后。不，在东陵抱她之前。在十年前。现在，这个男人终于抱她了，却不是她想象中的滋味。

“喜欢我吗？”陈歌问。

“你呢？”小雅反问。

“当然。你是我最喜欢的女人。”

小雅笑笑。陈歌抚摸着她的头发。小雅知道他在等待她的回答。可她不想回答。这算什么？你说一句，我还一句，像小孩子交换好吃的东西。他给了她的，她还没给他。就目前的局势看，她赚了一点儿。那就多饿他一会儿吧。越饿着越觉得她手里的东西好吃。

树影斑驳，天蓝得那么假。小雅躺在陈歌的怀里。他的肩膀是宽大的，他的背是厚实的，他的呼吸是热烫的。可不知道怎的，都离她那么远。

有十年那么远吗？

陈歌是在走后第三天向小雅借钱的。他说他在南昌。

“手头方便吗？那天，我们从百面坡回去之后，在公共汽车上，我的钱包被偷了。信用卡都在钱包里边。我刚在这边挂了失，等补回来就还你。”

“多少？”

“三千。”

“那这两天你怎么办？”

“我这里还有一点儿，能勉强维持。”

“你等我消息。”

小雅翻翻自己的钱包。有八百块钱。加上卡里的，足够陈歌要的三千了。三千。又是三千。这是个让小雅不快的数目。他第一次离家时向小辉借，就是三千。他第一次向她借，也是三千。好像认定了三千是一根软肋，他打得准呢。而小雅也真的是有些犹豫。她确实不忍心拒绝。现在，三千块钱对她实在不算什么了。要是征求何杨的意见，何杨肯定也不会再说别的。

可她还是不想借给他。

不想借，还是因为失望和委屈。与第一次被借相比，这次的失望不再是莫名其妙，而是清清楚楚，明明确确。他向她都借过两次钱了——借的数目还这样小，过得应该不怎么样。最起码不如他自己说的那样好，那样滋润。有时候大数目虽然让人惊心，却也有一种生机勃勃的可喜态势，仿佛有气势借这么多的人就有气势挣这么多，由不得让人敬畏。可他三番五次，还是三千。往细处一想，就觉得窝囊委琐。心就灰了。是的，小雅知道自己是势利的。尽管还没有崇高到像歌里唱得那样“只要你过得比我好”，也实在不希望陈歌混得比自己差。他让她寒心。而委屈则是在原有的委屈上又加了一层：他说她是他最喜欢的女人。一个男人，在还没有得到自己最喜欢的女人之前。怎么可以向她借钱呢？不是太有点儿没自尊了吗？或者，他天真到以为她不在意这个？不，她是俗女人。最俗最俗的女人。

不想借，还有一个最重要的障碍：他的话，让小雅不能不起疑心：他平日说起来薪水是很高的，怎么三千也得打电话向她借？难道除了她，他身边就没有一个能借给他三千块钱的朋友？还有，他为什么就认着了三千？这是不是一种特意的提醒？是不是一种心计？好像他曾经给她讲过的一种广告策划技巧，叫“良心模式”，当时他还举了一个很得意的例子：

镜头一，工作忙碌的职业母亲穿行在街头人流中，每天为孩子准备的午餐都匆忙而粗糙。

镜头二，一位可爱的小女孩面对母亲做出的饭菜，眼睛里充满了明亮的厌倦和忧伤。

镜头三，母亲惭愧的表情。

镜头四，他们替商家推行的儿童套餐隆重登场，以紧密的节奏和煽情的语调告诉那些钱包里打鼓的消费者：这份迷人的套餐分多种口味类型，品质绝对如一，保险公司承保，完全可以代替细腻的母爱。请负责任的、有爱心的母亲们自由选择，让母亲和孩子同欢乐。

——“重要的是让母亲内疚”。小雅记得陈歌这样突出过。那么，现在，他也是想让她内疚吧？他的逻辑是这样的：你是我的朋友，而且是具有特殊意义的朋友，在我需要你的时候，你应该帮我。我第一次就是这样求助你的，你没有帮助我。你应当内疚。这次是相同的情境，我再给你一次机会来消除上次的内疚。不然你就太过分了。因为你辜负了我对你的信任，还有爱情。而在这所有的程序之前，还有一个最大的前提：我是为了找你才丢钱的，都是因为你。你已经让我在感情上受到了打击，一定不能再让我在这个小请求上再受挫折吧？

可小雅就不明白：他为什么就认定小雅会往他的模式里跳呢？难道不借给他钱她就没有良心了么？明明是自己荷包里的钱，怎么不借给他就过分了呢？怎么不借给他就觉得不好意思呢？她把这些否了。她觉得自己没必要内疚。她还帮过他家两次忙呢。那一千块钱提成，她从来就没打算要过。她没有什么对不起他的。他来看她丢钱和她有什么关系？她又没有要他来找她！

在他借钱的这一刻里，小雅觉得，他的身影变得很小很小，他的借钱变得很大很大。仿佛他是先因为借钱才喜欢了自己，而不是因为喜欢自己才会来借钱。

她决定不借。而且她还决定像他那样直接说出来。她也使用了一个让他为难的说法。

“其实我有一个坚持多年的原则，就是不想把金钱和别的东西搅在一起。如果我和一个男人有了金钱关系，那我和他就决不会再有别的可能了。所以，你选择吧。”她是在电话里一口气对陈歌说这番话的。电话真好。

“恋爱的时候，你对何杨实行这个原则了吗？”陈歌说。

“没有。”小雅说：“因为他从来没有试图侵犯我这条原则。”

“那你总花过他的钱吧？”

“是。”小雅说：“因为我打算嫁给他。”小雅说着说着有些气愤起来：“因为我觉得女人花自己要嫁的男人的钱，天经地义。”

“说得好。”陈歌马上说：“我要保留下我的可能性。这种可能性太珍贵了。”

小雅不语，然而微笑。

“总有一天”，陈歌也在电话那边笑：“我会要你花我的钱的。”

“不稀罕。”小雅也笑了。这句话已经像撒娇了，火药味儿中又有些甜蜜蜜。陈歌看不见，可她自己都莫名其妙地为自己脸红。——对于他们之间的关系，她不可能再给他更鲜明的鼓励和暗示了。——如果这种可能性不是一种推脱借口的话。他果然保留下了可能性。他当然应该保留这种可能性。只有蠢男人才不明白这种可能性意味着什么。

九

这次回来之后，他们的联络比以前紧热起来。最通常的方式依然是电话：

“今天逛街看到了一条围巾，好漂亮。才一百三。”

“买了吗？”

“没有。是女士的。想买给你，可是手边没那么多钱。”

小雅笑笑：“为一条围巾我是不忍心让你负债的。”

“那条肯定特别适合你。回头一定买给你。”

“我围巾很多，不用了，谢谢。”

“多怎么了？一条是一条。不一样的。你没听说吗？船多不碍港，车多不碍路。”

“可是船多碍船。车多碍车。”小雅静静地说。

“你这么理性，好讨厌啊。”

最后这句话差点儿让小雅挂线：他怎么就会忽然像个女人似的呢？

他们也在网上聊天。用QQ。小雅给自己起名叫妖精。

“小妖精在哪里？”

“花果山。”

“是盘丝洞吧？”

“随你怎么想，反正你不是孙悟空。”

“昨天在街上看见一个女孩子，很像你。我手里的饮料都洒了。她也回头看了我好几次呢。”

“那你怎么不追上去？”

“衣服被饮料洒湿了。不敢追。”

“湿了有什么要紧？”

“湿在裤链那里，太不雅观了。”

小雅莞尔。仿佛真的就看见他站在街上，难堪尴尬。

陈歌的网名是井冈山。小雅问他是不是去过井冈山，他说没去过。

“那你为什么取这样一个革命的名字？”

“因为井冈山上有很多竹子。”他说：“我喜欢竹子。”

小雅许久没有答话。

“你不喜欢竹子吗？”陈歌不依不饶。

“我喜欢吃竹笋。”小雅说：“而且是干透了的那种笋干。”

“那我就给你做笋干吧。”

“你哪块肉能做笋干？”小雅不屑。

“你说呢？”陈歌意味深长。简直有点儿色情意味了。小雅的脸红了。陈歌在这种小意思的挑逗上是很到位的。他太懂这些技巧了，太懂得怎么俘虏女人了，从心理到生理。那么他是怎么懂的？真的只历练了一个女人吗？

小雅不相信。但不相信也不妨碍她和他继续聊下去。相信不相信，都与聊天无关。确切的说，与她的生活无关。

后来，他们又迷上了短信：

“饿了。”

“要不要我给你做餐饭？”小雅挑衅。

“要。做什么饭？不会是作恶多端吧？”

“是秀色可餐。”

“你？内秀吃不了，外秀太难吃。”

“胃口不好还挑剔厨师？”

“正因为胃口不好，所以才挑剔厨师。”

…………

几乎全都是这些。梦一样的，没有用的废话。垃圾。有时候聊着聊着，他们就会骂起来，陈歌骂她胡说八道，她骂陈歌南京放炮。陈歌骂傻瓜笨蛋，她骂陈歌低能弱智。骂着骂着，小雅就会哈哈大笑。她有很久没有这样笑过了——为自己的无赖。如果一定要说青梅竹马，这会儿倒是有那么一点儿青梅竹马的感觉了。垃圾尽管垃圾，可垃圾也能是很特别的吧？七彩塑纸，光艳可爱，挂在树上是悦目的旗子。香水瓶子，娇小玲珑，扔出去的时候飞弧出一道芬芳……他们之间的这些话，算是什么样的垃圾呢？

小雅不知道。她只知道：垃圾是得分类装的。只有分类才最科学。他和她的这类垃圾应该装在风中。左耳进，右耳出。左耳和右耳之间，是思绪的透明翼翅如天使般拂过她的容颜，让她绽开微笑的瞬间。

这就够了。不过是垃圾，你还想从垃圾中得到些什么？她问自己。

当然，垃圾中，也有一些不太像垃圾的。

一天早上，小雅刚到办公室，他的电话就来了。说他在海边。小雅似乎也听到了涛声。

“哪里的海边？”

“想你的海边。”

就是这样，突然间他就抒情起来了。小雅就骂他酸。

“吃一些酸的很利胃的。什么时候我把你拐出来，我们去逛个一年半载的，你肯定比我还酸。”

“一年半载之后呢？”

“不要你。把你抛弃。”

小雅笑。他这话多多少少是有些负气的。

“准备把我拐到哪里？”

“青海，西藏，云南，贵州，你不是喜欢这些少数民族的地方吗？到时候，没钱了，就把你卖了，让你过够少数民族的瘾。你想当白族还是哈萨克族？苗族还是傣族？”

“我们家人找不到我，要报案的。”

“傻，用假身份证，不会出现问题的。有很多人试过，没事儿。除了公安机关的专业人员有识别身份证的技能外，其他行业的人都没有这方面的信息资源。”

“你用过？”

“用过。”

“干什么？”

“以后你会知道的。喂，你到底去不去？”

“不去。你要是一不高兴不要我了，我可怎么活啊？”

“你可以表现好点儿，让我再要你。不然我就把你卖了。”

“卖多少？”

“三千。”

“你一个臭男人都值五十万，我才三千？”

“就三千。”

…………

是。应该是三千。肯定是三千。小雅明白了：她两次都没有借给他那三千块钱，他还是介意的。钱不能意味一切。但钱确实能代表很多。他认这个理。他不服气自己怎么就不能让小雅舍出三千块钱来。这证明，在小雅心里，他还不如三千块钱。这更证明：他没有得到她的爱。

也许，这三千块钱对他们两个来说，都意味得太多了。

在这样看起来混混沌沌的聊天里，小雅知道，自己是清楚的，陈歌也是清楚的。他们都是在该清楚时就清楚，该混沌时就混沌的人。如果没有这种能力，也就不能这么聊了。这么聊着，她很心安。

十

慢慢地，小雅证实了：他经常在用一些小小的计谋。比如，有一段时间天天给她打电话，有一段时间，一个电话也不打。有一段时间天天在网上挂着，有一段时间，又无影无踪。小雅正开始形成秩序的心情，就会跟着空一阵，满一阵，高一阵，低一阵，多一阵，少一阵的。

这时候，小雅承认自己想他。非常想。小雅知道：他对她的那些腐蚀开始显现效力了。有好几次，她都拿起了手机，想要发给他一句随便什么话。她知道，她无论发什么，一个字两个字甚至什么都不发，他都会给他打电话。但一按到“写信息”那一格，她就犹豫了。又退了回去。手机显示屏上彩虹七色，沙鸟飞翔，一切如初。

常常的，坚持得有些倦怠的时候，心情不太好的时候，小雅也是那么想妥协。妥协也是一种诱惑。小雅不止一次地设想过自己妥协的那一刻。那应该也是很惬意舒怀的吧？妥协就是败了。败了就可以毫无顾忌，就可以将所有的规则和约束置之不理，就可以想放开手脚为所欲为，就可以自暴自弃——这是人们最常用的一个形容词。自暴自弃里，下滑降落里，一定也会有那么一种非同寻常的快乐和幸福吧。不然，为什么那么多人那么容易就会自暴自弃呢？

但一定是他得有足够的力量让她暴弃。丢盔卸甲若不是因为对手的矛长剑利，而仅仅是因为自己的惰性，她总是会替自己委屈和不甘。

在他们正常联系的时候，陈歌的语音里，也会时不时地刺激一下小雅。小雅偶尔提到过去的某件事情，他就会淡漠地说：

“忘了。早就不记得了。”

或者是：你曾经好像怎样怎样。

或者，他会很积极地评价小雅的生活现状：

“何杨挺好的。”

“你们家挺好的。”

“你们好好过日子。”

——本来很健康的几句话，从他口里说出来，让小雅听过去，就一句一句都歪歪扭扭起来，像患了重感冒。小雅觉得，他就在用这些信息告诉自己：你已经是过去时了。我已经不打算打扰你了。我对你的热情已经消耗完毕。我已经开始向新的爱情靠拢。

这些都会深深浅浅地戳痛小雅。开始小雅还不怎么明白他到底戳痛了自己什么。直到他开始反复地向提一个女孩子。他说那个女孩子刚进他们公司没多久，很年轻，很有个性。他不厌其烦地对小雅描摹着和那个女孩子的种种细节。小雅终于忍无可忍。

“你很喜欢她，是不是？那就赶紧追她吧。”她说。

“追不追是我的事，不用你操心。”

“那你对我这么讲她干什么？我不打算写她的传记，没兴趣听。”

“吃醋了？”

“你的醋？呸！”

小雅就这样结束了这次谈话。陈歌马上又打来了电话，她没接。她会为他吃醋？这太可笑了。

但，更可笑的是，小雅发现，自己的心里，的确不舒服。陈歌对那个女孩子的热情和上心让她不舒服。如果他把这一切都给她，她肯定不会要。但他想要是给别人，她还真觉得难受。霸占。想到这个词，小雅觉得自己都把自己吓了一跳。这两个字对她来说是太显性，太陌生了。自己不要，还不想给别人，自己有这么荒唐，有这么不讲理，有这么可笑，有这么赖皮——有这么坏吗？

有。她知道自己有。其实，她早就是一个坏孩子了。在何杨面前，她贤淑，单纯，温顺，娇柔，小鸟依人，是一个绝对的好孩子。但对于陈歌，她就是恶劣，粗鲁，直率，狡诈，虚伪，贪婪……坏。没有办法的坏。

而在心底，她其实是多么喜欢做一个坏孩子啊。坏孩子有糖吃么？有。好孩子有糖吃么？也有。不过好孩子的糖是等人发的，所以就有数，少。坏孩子的糖是自己抢的，所以就没数，多。好孩子的糖少，所以就小心翼翼地吃着，格外珍惜。坏孩子的糖多，所以就挥霍无度，满世界掉糖纸——所以就更坏。

她一直是个好孩子。只有对陈歌，她才会变成坏孩子。因为，他也坏。

她知道他坏。

后来，陈歌再提那个女孩子的时候，小雅就很平静了。她很由衷地鼓励陈歌去追她。

“你真大方。”陈歌笑道。

“又不是我的东西，我凭什么不大方？”

“你不想要吗？”

“什么话！”小雅很严肃。

“你把自己扎得太紧了。”

“因为我怕冷。小雅说。”——战争中，流血就是冷。失败就是冷。不愿意冷，就要穿好防弹背心，就不要留一丝破绽给对方的枪口。

这样的情形发生了几次，小雅隐隐地烦了。第一次或许是偶然，第二次，第三次，越多就越是必然，越必然就只能越是伎俩。她鄙夷这些伎俩。伎俩只能称之为伎俩而已。

小雅不得不承认：何杨确实是最知道她弱点的男人。正如不算计就是最大的算计一样，对她来说，最好的伎俩，就是不玩任何伎俩。最致命的伎俩，就是对她死心塌地。因为，她的心里，已经养了一只久经训练的警犬，在一瞬间就能辨别出许多气味。也许她在当时无法言明，但警犬会叫，会让她在叫声中警惕。之后警犬也会咬，用尖利的牙齿撕开那些气味的裤腿，让他们露出白森森的骨头。

此后的小雅开始更加不动声色。不动声色可以是一个强者的姿态，可以是一个弱者的姿态，可以是一个愚者的姿态，也可以是一个智者的姿态。小雅把他们杂糅在一起。需要哪种姿态，她就让自己显现出哪种姿态。

十一

过了一段时间，小雅去省城进修。学校的电脑室二十四小时对学员开放，很方便。那天晚上，她一打开QQ，就看见陈歌的头像亮着。陈歌问她怎么在省城，她说她在进修。她问陈歌怎么看出她在省城，陈歌说通过IP地址可以查出来。她问陈歌在哪里，陈歌说他在保定。没说两句话，陈歌就说有事，下了。

第二天午饭后，小雅正要去外面买水果，宿舍的电话响了。小雅接起，是陈歌。

“我在门口。”陈歌说。

小雅没有吃惊，仿佛他来找她是再正常不过的事情。在她下了楼，远远地就看见陈歌在传达室那里站着，同学们三三两两地出去进来，小雅一边和他们打着招呼，一边和陈歌寒暄着，不知怎的，两个人就很客气起来了。

下午没课，他们先上了植物园，然后在一家饺子馆吃饭。天气已经越来越冷了，很多人都穿上了毛衣，还有一些人穿着短袖。“二八月，乱穿衣”，这些俗语形容得总是惊人的准确。

点菜的时候，陈歌让小雅点，说是女士优先。小雅让陈歌点，说他是客人。陈歌当即就说：“那我客随主便。”小雅就点了。她点了两荤两素，斟酌着把菜价控制到了一百元以内。如果她买单，太少了不好看。如果陈歌买单，太多了也不好意思。做办公室主任几年了，点菜的学问小雅还是知道的。

正赶上用餐高峰，整个大堂里乱哄哄的。他们基本上没说什么话，只是吃。都好像很饿的样子。最后还是陈歌买的单。八十六块钱。还是很合适的。陈歌打开钱夹的时候，小雅转过了脸欣赏着身边水箱里游动的鳗鱼。从玻璃屏的暗影中她看见，陈歌的钱夹很薄。

宾馆也不是很好的宾馆。中低档。进了房间，陈歌先上卫生间，好大一会儿才出来。然后是小雅。小雅在里边简单清洗了一下。她怕陈歌会抱她。如果他一定要抱她，她不想让他闻到什么异味。——她发现自己的心态真是可怕：他不抱她也很好，她也不指望什么。他要抱她好像也不错，她也不会拒绝。不拒绝不等于说喜欢，只是她可以接受，甚至还可以稍稍迎合。他这么远跑来看她——这次他不说公司有业务了——不容易。距离真是有意思，居然能成为许多合理的缘由和借口。可真的，他真是挺不容易的。虽然谁都不容易，可他的不容易到了她跟前，她不接一接也说不过去。

小雅出来，顺眼一看，发现门后的保险钮已经按下来了。她坐到床边，陈歌坐到另一张床边。他们的膝头挨着，对坐。呼吸很近。陈歌看着她笑。小雅说:“你笑什么?”陈歌一把把小雅揽了过来,裹到自己怀里。

“妖妖。妖妖。”他催眠似的喊她。

“妖妖。妖妖。”他似乎是在想要催眠她的同时,又把她唤醒。

“妖妖。”——他多么懂得。这个时候,他只叫小雅的网名。他仿佛在用这个名字告诉小雅,这一刻,忘了你的过去吧,忘了那个叫小雅的人,忘了有关于她的一切。跟着我来,跟着我走,跟着我去,跟着我飞……

他身上的气味从来没有这样特别,热的,烫的,炙烤出的男人的气味,清爽浓烈。他的手插进小雅的衣服,他吻着她的额,她的眼睛,她的嘴唇,她的耳垂,她的脖颈。

“你真好吃,你真香。”他掀开她的衣服。

“我要你。我要你。”他的呢喃就要把小雅腌醉了。“我要和你做爱。我要和你做爱。我要和你做爱……”滚滚的岩浆顺着这些模糊不清的话流淌出来,所到之处,房舍倒塌,森林隐没,任他成为宇宙之皇。

“不好,这样不好。”小雅说。可她的身体积极地吞噬着他的抚爱,仿佛饿了很久了。后来,小雅不再说话,她想,随他吧。随他吧。抗拒什么呢?既然自己也是那么想要。如果要的时候一定要失败,那就失败吧。如果一定要失去什么,那就失去吧。就像她不知道在哪里听到过的一首歌:

今夜就让我失去思想,你爱对我怎样就对我怎样,我要让我的自由跟着你的自由,我要让我的翅膀跟着你的翅膀。

今夜就让我失去思想,随你到地狱随你到天堂,地狱里的欢乐也一样无邪,天堂里的背叛也一样善良。

今夜就让我失去思想，让我只为你，只为你，为你疯狂……

但是，纷争还是开始了。在他把手伸到最敏感的地方之后，小雅捉住。——还是没醉。醉不了。小雅感觉到他坚持的手正青筋剧跳，心脏如锤擂着他的皮肤，暴硬的欲望正一怒冲天。是。这是对的。他还年轻。她也还年轻。孤男寡女在一起，是世界上最美的事。那她为什么还要说，不可以？

为什么不可以？难道这就代表着她对家庭的责任？婚姻的维护？爱情的贞洁？良心的底线？不，什么都代表不了。她的阻拦多么虚伪。或者，只是她对自己缺乏信心？再或者，只是一种更长久的引诱？像不同的人吃糖，有的人是一口吞下去，有的人是嚼碎了再咽，有的人，是一口一口的舔。

陈歌停住了。暗红的眼睛看着小雅。

“别这样折磨我，小雅。”他说：“我是真的喜欢你。”

“我知道。”——其实是你自己知道。

“你是我花费心血最多的女人。”

“我知道。”——也许这只是因为你还不曾得到。所以就更不能让你得到。

“我爱你。我一见你就没有办法了。”

“我知道。”——我也是没有办法。

“你让我觉得我太失败了。”

“我知道。”——所以你才要一次次想攻克我。如果你胜利了是不是就意味着我失败了？有双赢吗？

“你对我太苛刻了。”

“我知道。”——我也对我自己苛刻。视你如己，其实也不算苛刻。

“小雅。”陈歌说：“给我。”

他的眼神让小雅不能正视。

“我知道你想要。我用我的命打赌，你想要。”陈歌说。他紧紧地贴着小雅的乳。

“是。”小雅说。她是想要。她一直都想要。哪怕这不是爱情，仅仅是疑似爱情，她都想要。但，不能。人从来都不是想要什么就可以要什么的动物。

小雅静默片刻。

“有套吗？”小雅说。

“什么套？”

“安全套。”小雅说：“怀孕了怎么办？”

“我娶你。”

“不。”小雅说。

陈歌沉默，停住。小雅整好衣服，坐起来。她忽然发现自己给他设了一个多么幽默的圈套：他如果不带套，她不会同他做爱。他如果带套了，这样的准备太居心叵测，她更不可能和他做爱。这种时刻，再出去买是很滑稽的事情。而他怀孕娶她的回答更是自砸自脚：难道他只有在她怀孕之后才会下决心去娶她？平日平常平时平素所说的爱情都不足够？

无论陈歌怎样，结果都是一个：他不能让小雅信任。小雅不能信任他。

陈歌再也没有说话。

“对不起。”小雅最后说。她说得很诚恳，很简洁，很利落。在确实歉疚的同时，这三个字让她感觉更多的却是畅快。男女之间，率先说对不起的那个，一定是胜者。因为这三个字的背景，是发言者收放自如的姿态：可能性一，我根本就不喜欢你。你完全是在自做多情。对不起。可能性二，我的心里也有你，但我不得不拒绝你。闪了你。对不起。可能性三，我给你的情意不及你给我的那么多，你亏了。对不起。可能性四，即使我给你的更多，我也并不在乎。我是一个强大的人。没有你，对我而言，并不是什么了不起的损失。所以我有力量率先放手。恕不奉陪。对不起。

…………

小雅不知道陈歌听到的，是哪种味道的对不起。其实无论是哪个都不重要。重要的是，她说了。她终于说了一次，奉还了他的曾经说过的那个对不起。不仅还了，而且略有赢余。

十二

一天晚上，夜已经很深了。小雅正在沉睡，电话突然响起。小雅看了看表，凌晨一点。她用毛巾挡了挡儿子的耳朵，接起了电话。号码很陌生，小雅有种预感，但她没说话。

“小雅，是你吗？”果然是陈歌的声音：“对不起，这么晚了还打扰你。”

“有事吗？”小雅没说“没关系”。她不能纵容他。她要让他知道她的生气。这是恰好何杨出差，如果何杨在家呢？而且，即使何杨不在家，也还有儿子和保姆。

“你过得好吗？”

“很好。”小雅说。她想，那种调子又来了。

“我在新疆，布尔津。你听说过这个地方吗？”

“没有。你怎么在那里？”

“我特别想你。”陈歌自顾自的，絮絮叨叨地说。小雅听出来了：他醉了。他讲新疆的雪山，戈壁，工艺品，羊肉串。小雅静静地听着。他说了很久，有时候语音激亢，有时候囫囵不清，有时候又像是在低低的啜泣。然后，他终于困了似的，自顾自的挂掉了电话。

第二天上午，他又把电话打到了小雅的办公室，道歉。说新疆和内地有两个小时的时差，他还以为没那么晚，而且，确实喝多了。

“我乱说话了没有？”

“没有。”小雅说。

小雅问他在新疆干什么，他说公司在这里接了一笔广告业务，是给一个景区做整体推销设计。工作之余，他发现有许多事情可以同时做，便和几个朋友合计着，凑了一些钱。投资是各自入股，到期按比例分成。还感叹这里的前景应该是相当相当好，因为国家开发大西北的气候，当地政府对投资者的政策十分优惠，低本高利，毫无问题。

小雅无声的笑。如果说“低本高利”她只是怀疑，那么“毫无问题”就是天方夜谭。世界上的事有什么是毫无问题的？往往毫无问题的，问题最大。

“你们能投资些什么项目？”

“开煤球厂，包地。”

小雅大笑。

“别笑，这是真的。”陈歌说。他说新疆的寒冷期非常长，人们习惯于烧炭，但是烧炭的弊病很多。价格昂贵不说，对空气质量的影响也很大，一入冬这里的天就是灰蒙蒙的，直接伤害着人们的身体健康和居住环境，同时也浪费了优质的煤泥——人们都把煤泥当垃圾白白扔掉了。如果开设起煤球厂，利用这些煤泥做蜂窝煤，就可以消其害利其废，成本极低，再加上当地政府的趋向引导，一定会有很好的市场。包地则是因为新疆的闲地很多，广袤无垠，几乎是想要多少就有多少，且承包费非常低，每亩只有十几块钱，还可以先赊着，简直等于白捡，随便种点什么油葵和棉花，一年就能得到双倍的回报。

“好像说得很有道理。”小雅说：“祝你成功。”

过了一段时间，陈歌打来电话，说煤球厂已经投入运营，销路很好。又过了一段时间，他说他的地也承包好了，一千亩。

“那你就是个大巴依了。”小雅笑。陈歌说过，新疆管地主就叫巴依。

“是，当年给你们家种地的时候，做梦也没想到有一天自己会来新疆种地。一千亩呢，开着车绕一周也得一个多小时。你有时间过来，可以品尝一下巴依婆的滋味。”

“才不。”小雅说。这两个字的音节被她清清脆脆地吐出来，有些羞怯和娇嫩。她着实是替他高兴。这应该是个契机，如果能让他的生活从此真的有了起色，有什么不好呢？——如果，一切真实的话。

陈歌又聊起老家这边的情形，小雅问他家的运输队，他说几年前就不行了，车出过几起事故，赔得一塌糊涂。早散了。现在日子很不好过，父母亲上了年纪，身体不好，经常生病，需要钱，姐夫去年得了癌症，也需要钱。他的经济压力很大。说着说着，他的声音低沉起来。小雅的心情也随着他的声音低沉起来。听着他的叙述，她不知道该说些什么。不好过的日子她有过，但她从不对别人这么倾诉——除了何杨。那段日子，是何杨陪着她走过的。她忽然觉得何杨是那么亲，那么亲。亲得就像她的父亲一样。如果何杨对她这么倾诉，她会心疼他。但陈歌，她不。

“这些年，我吃了很多苦。到时候我会原原本本都告诉你的。”最后，陈歌说：“我会倒在你的怀里痛哭一场。”

收了线，小雅怔住了。他倒在她的怀里？这话真新鲜。可这新鲜对她没用。打动不了她。她还需要倒到别人的怀里痛哭一场呢。去他妈的！

小雅真想摔了电话。

这样的倾诉接下来又有了几次，小雅只是沉默，维持一种基本的礼貌和起码的仁慈。她知道，对陈歌来说，这种倾诉就是发嗲，一种变形的嗲。她讨厌这嗲。讨厌极了。嗲是女人的专利。男人嗲，只能对自己的妈妈或者是那些无数次对自己嗲过的女人。只有吃软饭的，把自己当做女人去看的男人，才会习惯和喜欢这样无缘无故地对一个没有切实关系的女人去嗲。——还有他对她以前的种种心计和企图，都像一个吃软饭的。

她对他的嗲深恶痛绝。

可她还是和他来往着，没有真的痛绝。她不想让事情没有退路。也没有必要让事情没有退路。另外，心底里，她也有些好奇：总觉得这些拉长的动作都是一种掩饰，最后陈歌会有一个亮相。那么，他到底想怎样？又能把她怎样？

一天，小雅正在开会，把手机调了振动。一个多小时的会议下来，小雅的手机像按摩棒一样不停震动着。会结束后，小雅一看，全都是陈歌。小雅打回过去，问他什么事，陈歌说：“算了，没事。”

小雅挂掉了电话。她突然嗅出了一种气息：他又要向自己借钱了。肯定。他说他在新疆干这个干那个，赚多大挣多少，其实都是在给她下饵。他还是想借她的钱。现在，他开口的时候即将来到了。

她不会借给他。决不。他不应该忘记他第二次借钱时，她说过的原则——她不想把金钱和别的东西搅在一起。如果和一个男人有了金钱关系，那她和他就决不会再有别的可能。当时她让他选择，他放弃了金钱，选择了和她的可能性。现在，他想把可能性放弃，去选择金钱。他已经开始在这二者之间摇摆衡量了。

他真蠢。他以为放弃了可能性之后还有什么机会选择金钱么？如果说以前他还有希望棋至中场，那么，现在，他已经是满盘皆输。他不明白：没有了和她的可能性，钱根本就无从谈起。可能性是一个暖箱，只有当暖箱的温度和时间都合宜了，才会孵出一只只鲜黄的小鸡。他还不明白，所有的选择都是只有一次的。不可能再来。如果他选过了，又来选，上次选了红的，这次想选绿的，那最后的结果必是：绿的在上次丢弃他，红的在这次丢弃他。

他什么都不会有了，在她这里。小雅要截断他的比较。——被他这么比较，是耻辱的。她要加速他的决定。

在拿起电话之前，小雅忽然发现，这是她第一次主动把电话打给陈歌——也会是最后一次。这是一种富有寓意的姿态。终于走到今天这一步了。她想。如果陈歌不回来，永远不知音信的陈歌对自己，究竟意味着什么？小雅觉得，也许他就是一条被冷冻在冰箱里的鱼。每次打开冰箱，都可以看看。这鱼满身霜雪，但很难变质。虽然把他取出来做一做，也许会是一道不错的菜，可凭她的手艺，没有把握把菜做好。做不好就只有倒掉。所以她宁可把他在冰箱里放着，直到断电，或者冰箱坏了。

现在他自己从冰箱里跳了出来，一定要她煮煮看。那她就只有下手了。无论味道怎么样，鱼肉是肯定要离开骨头的。童话里，整整齐齐的鱼骨头是可以给女孩子当木梳的。她也能留下一副整整齐齐的鱼骨头，给自己当木梳吗？

“什——么——事？”陈歌的声音懒洋洋的，透着一股随意的亲密。

“我想借你点儿钱。”

“干什么？”陈歌的语调紧凑起来了。

“买房子。这套房子有点儿小，想买个大的。小的等小黎毕业了给他。”

“让小黎自己买。他一个男子汉大丈夫的。”

“男子汉扶不起来也很难成为大丈夫的。”小雅说：“也不一定给他，他还不一定相中呢。只是眼下看好了一套房子，十八万，一百二十平米，价钱位置楼层都合适，就想买。要分期得二十四万，一次性付款就能少六万。已经凑得差不多了，想借你两万，先买下来新的再卖旧的，就还你。”

“那你等我凑凑。不一定有那么多。”陈歌吐出的字开始硬起来，像钢筋棍一样，一根一根都矗在那里。

“你看着办。”小雅也开始吐钢筋棍：“没有也无所谓的。”

“我会尽力的。”陈歌说。

陈歌再也没有和小雅联系过。

十三

两个月后，小辉告诉小雅，“陈歌回来了。”

“他回来干吗？”

“被警察抓回来了的。”小辉说。

在陈歌的通讯录里，小雅看见了自己的名字。她的名字在第一页。有她不同时期的固定电话：普通职员时，办公室副主任时，主任时，还有她的手机号：现在用的和已经作废的两个，作废的上面用圆珠笔打着横线。还有她住宅电话上捆绑的小灵通号……占了满满一页。

“在你面前，他真的没有暴露过什么企图吗？”警察问。这个警察看起来不过二十出头，大约刚从警校毕业，胡须里有一种可喜的茂盛。

“没有。”

“那你真的是很幸运了。”

“是吗？”小雅也以很幸运的表情笑着，回应着她小警察语气里的恭贺新禧。

“当然了。你们认识了这么多年，他要是想骗你，早不知道骗了多少次了。很给你面子呢。”他一边翻着通讯录一边给小雅讲解着陈歌的收获：“你看你看，他骗了多少？想着你在这么重要的位置，肯定是他眼里的大鱼，没想到你会漏网。啧啧，真幸运呢。”

小雅笑笑。是的，也许，她真的是很幸运的。从骗子对被骗者的角度来看，他对她是手下留情的。毕竟，小雅在他面前，曾经有那么多犹豫的时刻。他若是再狠一些，她也就随他了——而且，若是换做别的渔翁，下了这么几年的饵，却没得手，早就没耐心钓下去了。但他居然还继续着。当然，能够继续也许是因为舍不得饵。或者还因为，即使她不上钩，对他也没有什么具体的损失：一，她有钱。他暂时拿不到她的钱，但她总不至于要他赔钱。二，她有用。前一段时间，他还要她帮熟人开了几张进景区的条子。有用一样也可以换算成钱。三，她身体还不老。四，她的面目也没有那么讨厌……

他对她，终归没有狠，没有斩钉截铁地杀，或者放。终归是网开了一面。是不是对他来说，她总是和别的女人不太一样？若是对别的女人，他可以步骤严谨：树立形象，刺探敌情，对症下药，放电麻痹，迅疾收网，一走了之。喜欢表现到什么程度，魔法在哪个角落里伏击，他都有数。因为那些女人对他，也是步骤严谨：身份，存折，靓车，豪宅，产业，浪漫，实惠，甜言蜜语，床上功夫……但对她，他树立不起全新的形象，也没有成熟的实施经验。他好像不太知道该怎么对她狠，该怎么对她恶，该怎么对她措施鲜明的骗。狠，恶，骗，他对她都是有些犹豫的。于是就只有摸索尝试：一边喜欢，一边骗。喜欢是需要——也许确实喜欢。但骗也丢不下——已经成了习惯。于是，他就把喜欢和骗杂糅在一起，连同记忆一起，做成了一锅馄饨：他知道小雅过去对他的情分，便想用他对她的喜欢，把她旧日的情分温出来，然后——再一点一点温出她的钱。起初他一定以为会很顺利，他曾经看了太多女人用身体和金钱例证了对他的感情，服从了他的智慧，那么轻易。而以小雅的经历，她又那么能承担。但小雅不。他没想到：生活的艰难能让一些人学会承担，也能让另一些人学会吝啬。能让一些人学会麻木，也能让另一些人学会警觉。小雅就是吝啬和警觉的那种。

他不甘心。他已经沉醉于这样的方式：通过征服女人来征服金钱，同时用金钱来反证女人对他的爱。温柔水乡与金锭银饼两不耽误。之后，留下后者抛弃前者，获得一个杀手的快乐和成就。

杀手是不能被拒绝的。如果被拒绝，就是被杀。他怎么能被杀呢？于是就一次次的投入，成了一个顽固的孩子。他不相信，这个在少年时期就对自己有过朦胧情愫的女人，不是他的手下败将。他相信她会被他俘虏，对他倾其所有，一如其他女人。或者，应该比其他女人更甚。

这么投入的时候，他对她，或许会比对别的女人多一些真心吧？她毕竟是他家乡的女人，是从开始就知道他姓陈名歌的女人。在他最清澈的年月里，她曾经与他有过一段暧昧的情分。而且，似乎现在还暧昧着，仿佛一直可以暧昧下去。在飘来飘去的日子里，他想要在这暧昧里取暖。踏踏实实的暖。这也是他一次次莫名其妙对她发嗲的源头吧？

他不知道，那火早已经死了，只有一盆炭。热气吹一吹，炭会红一红。不吹，炭就是黑的。

他不知道的还有：他真心的成分再多，也还是想赚，也还是不想赔本儿，不会超过百分之五十。决不会。——他确实也没有赔本儿，他的全部实物投资就是一些电话费，住宿费和车费，小雅帮他的几次忙算成钱也够扯平了。而只要他不想赔本儿，他的真心就不是根儿上的。而小雅，恰恰是对根儿最敏感的人。所以，她只能以更少的真心去和他配戏。他偶尔表现出的细腻熨贴的关怀和呵护，让她贪恋。但对他，她能够吃肉吐骨头。她喜欢那肉，因为她饿。但她不要骨头。她已经吃够了骨头。骨头已经让她钙化得太厉害了。

总有一天，我会要你花我的钱的——他说过的这句话，怎么能不让小雅撇着嘴角微笑呢？

他们都是孤单的，贪婪的，计较的孩子。他们都喜欢对方亚于自己。他们都疼惜对方亚于自己。他们是一对自私的男女。从这一点上，他们很相配。只是，他自私的品质似乎不如她的自私：她没想要他的钱。而他不但想要她的感情，也想要她的钱。她的要求多低：只要一样。

可你真的不想要另一样么？小雅问着自己。当然，她当然也想要另一样。有情分的男人为自己花钱：钻戒，鲜花，巧克力，甚或只是一对玲珑丝袜……哪个女人不喜欢？只是，他的率先开口吓怕了她，她只有自守的份儿。守住钱，也守住身。

他攻得可怜，她守得也可怜。所以，他们之间，只能由最初的陌路，走到这最后的陌路。如正五和负五相加，得零。

剥了皮，抽了筋，打开膛子亮出来，就是这样吧？

十四

“小雅，你要不要和我一起去看守所看看他？”一天早上，小辉打来了电话。

小雅几乎要笑出声来。她去看他？

“你嫂子不想让我去。”小辉说。小雅明白了，小辉是想向她借钱。嫂子肯定是不会赞成小辉去看一个囚犯的。“一个囚犯，有什么好看的？朋友？他骗钱的时候想到让你这个朋友花一分钱了吗？”嫂子准会这么说。

“需要多少，你来拿吧。”小雅说。小雅拿出钱包，钱包里鼓鼓的，有钱，有代金券，手机充值卡，酒店打折卡，龙卡，牡丹卡，金穗卡……钱真是好东西。有钱真神气。即使是自己的哥哥，也得绕个弯才敢来拿。

何况陈歌？

难为他了。

从看守所回来之后，小辉对小雅讲了陈歌的事。

陈歌的简历是这样的：离开小雅家后，先到广州，工作没找到，钱却被连骗带偷，花了个差不多。正走投无路，碰到一群地痞在难为三个东北人，他上去帮东北人打了一架，和他们拜了把子，一起到了黑龙江。他不知道，那几个人在当地比地痞还地痞，用警察的话说：涉黑。他们统领了全市的蔬菜批发市场。他帮他们做了一年生意，挣一些钱，后来碰上公安系统“严打”，那些人的案底被纷纷掀出来，各自逃奔。他不知就里，被抓进了看守所，呆了半年。出来后他决定走正路：在小区做保安，去医院当保洁员，到搬家公司当苦力，给饭店送外卖……这之间他一直参加全国的高等自学考试，拿到了本科文凭。之后，他进了一家广告公司。工资不高。后来，一位朋友开了个婚介所，拉他做“婚托儿”，每相亲一次给他提成两百。一年之后，他辞去了广告公司的工作，开始专职诈骗。至今，共得款约一百二十余万人民币。

他是在甘肃作案时被警方注意的，后逃到新疆。在新疆的那段日子是最难捱的：银行稀，间距远，汉人少，他的目标格外大，几乎一直没有逃脱警方的视线，更谈不上取钱了。有一度，他落魄潦倒到身上只剩下了十五块钱。后来他瞅准时机，混随着内地赴疆摘棉的返程队伍上了火车，先到西安，又转车到了山东，最终在山东落网。

“这么多钱，他都干什么用了？”小雅问小辉。他这么多钱，居然念念不忘她的三千。他真该死。

“买房子，置行头，花了不少。也给家里了不少。”

“他家以前不是有运输队，底儿挺厚实的么？”

“早就不行了。车出过几起事故，赔得很惨。他爸妈年龄大了，身体都不好，他姐夫还得了胃癌，活不了多长时间了……”

“怎么早没听你说过？”陈歌的这些老话，从小辉口里说出来，不知怎的，小雅听着就格外有些生气。

“早对你说这些又有什么用？”小辉很诧异：“现在说也是没什么用的。”

小雅沉默。是的，没用。

他在广西叫陈曲。他在湖南叫陈画。他在四川叫陈图。他在江西叫陈景。他在贵州叫陈风。他在内蒙古叫陈雨……

十五

那天早晨的阳光很好。小雅来到单位，在自己的办公桌上看到了一张浅绿色的汇款单。两万元。汇款地是山东。汇款人是陈沉。

他在山东叫陈沉。

十六

小雅把汇款单放在口袋里，出了门。她在大街上茫然地走着，转了一圈又一圈。不知道什么时候，她发现自己进了一家肉店。她在一个柜台前站住。

“小姐，你要点什么？”

“看看。”小雅说。

“看吧。看看不要钱。”售货员说。他的脸上挂着明晃晃的笑。

小雅认真地端详着一块排骨。粉红色的肉，一条条的骨，规律整齐地映入到她的眼帘。她突然想，这块排骨在挂到这儿之前，会经历怎样一段历程呢？它会经过多少人的手？养猪崽，喂大，检疫，到屠宰场，杀，控血，褪毛，剖开，截肉，然后找到这块排骨，运送到这里，清洗，挂钩，上架。

售货员也看着面前这个女人。这个女人是有点奇怪，对着一块排骨发什么愣呢？而且，眼睛里好像还有泪光。

“这块排骨很不错。比我身上的长得还好呢。”他敲了敲那块排骨，说。排骨在小雅面前晃悠起来。

周围有人笑了。很捧场。小雅没笑。她只是聚精会神地看着那块排骨。它晃悠的姿态很优美，幅度也很适宜，简直像一只怪异的钟摆。

被月光听见

一

一个暧昧的春天，刘帕和小罗离了婚。他们离婚的原因很简单：小罗嫖了娼。

小罗在审计局工作，审计局掌握着审计各单位账目的生杀大权，威风，气足，名头儿压人，金字招牌即使是小喽罗们也能得到许多隐性的实惠。别的不说，一年四季的衣服鞋子都是人送，鄂鱼、华伦天奴和皮尔卡丹在办公室天天扎堆儿，挂起来就是精品一条街。只是不成文的规矩倒也有一个：再好的东西也没人咋咋呼呼，更没人问价儿，谁心里都像办公室的那面镜子，照的年头儿越长照着越结实。有人曾说审计局是老鼠拍子，意思是虽然专逮老鼠却吃不着肉，可也有人当即反驳说：老鼠从拍子下面过，不留点皮毛能过得去么？

留点儿皮毛就能煮腥汤，小罗自然就没少喝这腥汤。那一晚他回到家后，已经十一点多了。刘帕还没睡。小罗不回家她就睡不着，倒不是多惦着，而是他回来弄出的动静让她不得不再醒过来，那感觉就像做爱做到半路有人来电话讨债一样，别提多难受了。所以干脆就泡着肥皂剧等他。

“又喝酒了？”刘帕看看表。

“可不是。”

“和谁？”

“上个月审计了环保局的账，今天他们局长请客。没办法，王处长一定要我去的。”王处长是小罗的顶头上司。有顶头上司压着一起去喝酒，一般都会被老婆原谅，而且碍于情面事后肯定不好意思对嘴。刘帕本来毫不在意，但是小罗最后的一句话让她疑窦丛生。她看着小罗的脸，结婚之后小罗的身材明显有些发福了，脸盘也随之水涨船高。因为是油性皮肤，还常常出些青春痘。他喜欢让刘帕给他摸这些痘，说这些痘就像别人身边的女人，隔着手就显稀罕。当他换好睡衣在刘帕身边躺下时，撒娇地示意了一下自己的渴求。但是刘帕没有动。

“快，异性按摩，一分钟十块钱。”小罗说。一边去拉刘帕的手，刘帕躲开了。

“在哪个饭店吃这么久？”刘帕说。

“竹林酒家。十点多散了，又唱了会儿歌。”这是新开的一家饭店，外面确实煞有介事地种了许多竹子。这些拙劣的花样屡试不爽，在开业之初都能引来大量的食客。

“没干点儿别的？”

“你还想让我干什么？”小罗笑。

“王处也去了吧？”

“当然去了。”

“他唱歌怎么样？”

“低音像猫叫，高音像狼嚎，不高不低像犬吠，但是掌声如潮。”小罗的心态开始放松。可是他的幽默在刘帕眼里已经是猫面长成了虎脸，越来越狰狞。她确定了小罗的撒谎。刘帕扶了扶靠枕，微微地坐远了一些。在下班的路上她刚巧碰到了王处长的爱人，两人聊了几句，她告诉刘帕今天是他们结婚二十周年，要丈夫推掉所有的应酬，好好地庆祝庆祝。一个庆祝结婚二十周年的女人是不会刻意骗她的，那么王处长很可能就没有去。王处是靠老婆起家的，老婆在家里的地位众所周知。他曾经因为喝多了酒而被老婆打得沿着家属院跑了十几个溜圈儿。当然也不是没有可能去，但如果说王处去吃饭的可能性只有百分之十的话，那么把老婆放在家里还有心思去唱歌的可能性只有负百分之十。这样另一个问题就派生出来了：小罗为什么这么晚回家？或者说为什么撒谎？

“说吧。”刘帕裹紧了睡衣，冷冷地说。她一口咬定他谎言的背后站立着一个女人。看着刘帕冰山一样的脸，以查账为本职工作的小罗感觉到自己就像刚刚起程不久的泰坦尼克号一样，脆弱的胸腔正在四处进水。他蓦然认识到那些整天做假账的人有着让他多么敬佩的坚强，自己在假账中浮沉了那么久，想着总该练就了一招半式，没想到会这么不堪一击。他立马决定实行自己常说的那句话：坦白从宽。于是他三言两语就对刘帕和盘托出。做假账是累人的，而一个漏洞百出的假账更累人。与其让她误以为有一个麻烦啰嗦的情人，也许还不如承认是嫖了一次娼。毕竟，嫖娼只是一次偶然性的支出，而情人则是一种长期的损耗。相比之下，前者更有可能让她原谅。

“真的就是想刮个脸，谁知道三弄两弄就被她们弄进去了。我看不好，要走，她们说我要是走就要喊人。”

“她们？几个？”

“一个，只是一个。另一个看风。”

“只是？心里挺遗憾的是不是？还想二龙戏珠着吧？”

“胡说什么。”

“胡说不如你胡做。”

“你到底想怎么着？”小罗恐惧这样的谈话。

“我能怎么着？”刘帕说，又回到主题上，“你说怕她们喊，她们会怎么喊？”

“不知道。肯定不会有什么好果子。喊来了人，就什么也说不清了，不做也会以为我做了。”

“所以不如做了，再回来家蒙我。蒙得过就蒙，蒙不过就算。反正是夫妻，我不能也不敢把你怎么样。”

“刘帕。”

“你以为她们真会喊么？”

“我不知道。但就是她们的威胁，我也怕。”

“不是怕，是喜欢。因为她们的威胁正好可以成为你寻欢作乐的借口，你不配合这事儿他们做得了吗？”

“刘帕，我们结婚三年了，你一点都不了解我么？不要把我当成敌人，好不好？”

“我去外面找一牛郎，你还能把我当老婆么？”

“我也没想到会这样，我也是受害者！你以为我喜欢那些肮脏的鸡么？”小罗大叫。然而叫到半路便没有了底气。

“所以我觉得奇怪。”刘帕说，“这还不如你有个情人更让我高兴些。”

他们就在这样的唇枪舌剑中大战了几个回合，枕头像飞机一样升过空，茶杯像炮弹一样落过地，玻璃渣子像地雷，卫生间也当过碉堡，有激战，有冷战，也有免战的安静瞬间，但刘帕的主阵地小罗还是没能攻克。他们离了婚。房子是小罗的，刘帕搬离。她不想回父母家住，就另租了这间房子。有人问刘帕为什么离婚，刘帕用一句最寻常的话来回答他：“感情破裂。”

“破裂？两口子天天煨着一盆火，谁不裂呀？糊巴糊巴还用着的多呢。”民政局办手续的那个女人说。

“有新碗等着，不想糊巴了。”刘帕笑着说。

“只要你不再婚，我还会一直等你原谅的。”最后一个夜晚，小罗说：“你什么都好，要是再宽容些就更好了。你会知道，宽容才是生活的真谛。”

二

“吃菜要吃素，穿衣要穿布，锻炼要走路，当官要当副”。这首民谣上的前三条快乐标准刘帕已经都实践了。现在她每天步行上下班，这有点儿累，不过累得很舒服。从单位到家一共是七站路，每站路步行五分钟，再加上上下楼，刚好四十分钟。她曾在一本医学杂志上看到过，每天坚持步行四十分钟两周时间便可以减肥一公斤，要是这么计算，刘帕坚持半年了，现在应该只有九十斤。可事实上，刘帕一斤也没有减掉。刘帕知道不应当这么算，公式是简单的，很多事情都不能用公式去算。

刘帕是在离婚之后开始这项活动的。她现在的家只是一个习惯性的称呼，确切地说，这只是一个住处。这是刘帕租的房子，一套古老的两室一厅。是两户合住的那种，客厅、卫生间和厨房都公用。厅只有三四平米，什么也放不下。厨房和卫生间一溜儿排着，东西两边是卧室。刘帕住东室，胡萍住西室。两人都不做饭，所以没有煤气费。水费和电费两个分摊，从来没有出现过什么麻烦。两个单身女子，如果没有什么太特殊的怪癖给对方造成影响，还是很容易和平共处的。

房子确实很老了，据说至少有三十年的历史。这一片都是这样的楼，在这个商品房林立的繁华地带，像一群灰扑扑的乡下老人。刘帕却很喜欢这样的楼，觉得它老得亲切踏实。然而政府似乎对它的老也有些看不过眼了，这几天外面都搭好了脚手架，开始修整。据说是为了申报全国优秀旅游城市，要把这些旧楼全部换上新装。即使改变不了败絮其中，但至少可以做到金玉其外。

回到家里，胡萍已经回来了。两个边洗漱边聊天。胡萍说刚才楼下有个居委会的老太太特意上来告诉她，民工们已经开始刷涂料了，要她们无论多热，晚上都要把窗关好。这种老房子的窗户分两层，里层是玻璃，外层是纱扇，纱扇的插销都变了型，没什么用了。要是不关好玻璃窗，顺着脚手架进这样的房子还是很容易的。有很多居民都在窗户外装上了防盗栏，她们的房东因为不住在这里，自然懒得装。“难道还会有人入室劫财么？”刘帕说。“财倒是没有，可我们有色啊。”胡萍说。两人大笑。胡萍趁势又给刘帕讲了一则笑话：一个劫匪去抢银行，正逢一个女职员值班，劫匪让她交钥匙，她不肯，说：你就是强暴我我也不会交钥匙。劫匪打量了她一下，说：想得美！

十点多的时候，胡萍让刘帕陪她上趟街。说她没有卫生巾了。刘帕说自己有。她已经换上了睡衣，不想再下去了。

“什么牌子？”

“娇爽。”

“我只用护舒宝。”胡萍说这话的神态很决然，刘帕忍不住想笑。我只用某某牌子，这是现在许多女孩子的宣言，刘帕觉得没什么意义。只要用着合适就行了，牌子真的那么重要么？以此类推，衣服，饮食，交友，刘帕都没有什么很强的原则。甚至在婚姻大事上，她也是这样。当初找小罗并什么太特别的感觉，只是知道自己该结婚了，刚好有这么一个男人，各方面还都合适，就结了。如果碰上的不是小罗而是条件差不多的其他人，她也一样会结婚。——似乎有些人尽可夫的无耻。但这是真实的。和小罗离婚之后，她难过了一段时间，她甚至为这难过感到高兴，这难过证明她对小罗多多少少是有感情的，证明她对自己和小罗并不是像自己一直以为的那么轻慢。

不过刘帕也没有驳斥胡萍。任何人都可以有自己的态度，就像她有自己的态度一样。一般情况下，她都习惯于隐蔽自己的态度。

“别换了，我也穿着睡衣呢。”胡萍说。

“人家会笑我们是一对梦游症患者。”刘帕说，终是没有换。睡衣虽然拖沓，却比任何衣服都要舒服。这是不争的事实。如果有人为伴，再拖沓的事情似乎也可以做得有勇气一些。

街上已经有些寂寥了。树荫很厚，浓浓地遮着路灯的光。阴影一叠叠地打下来，像骇然的黑色剪影。两个人披头散发，拖着长长的腿，嗤拉，嗤拉。“不像是梦游症患者，倒象是出灵了。”胡萍说。买了卫生巾回来，路过一家“欢欢”夫妻保健品专营店。其实她们每天上班都要路过，却从不曾进去。看着那里门庭冷落，似乎也总是没人进去似的，但据说利润高得吓人。刘帕一直有好奇心想进去看看，可总是有些怯，不好意思。倒曾经听小罗讲过一耳朵，说那里面的东西和真的像极了。到底怎样像呢？她往门里看了一眼，一个男人正百无聊赖地坐在柜台里面看电视。胡萍也往里面看了一眼。

“你进去过么？”胡萍问。

“没有。”刘帕说。

“进去看看。”胡萍说着就进去了，刘帕犹豫了一下，跟了进去。她们短短地站了一站，刘帕飞快地溜了一眼，觉得自己的眼神就像在跳芭蕾，在墙上的一打黑色的塑料袋子上做一个大踢腿，再在顶层柜台里“神枪手”“霸王花”“知心爱人”上做一个深蹲，又在中层柜台上一个“欢乐颂”字样的男性器具边做了个紧凑的追赶步，她就转身走了出去，胡萍也随后跟了出来。出来后就忍不住吃吃地笑。

“做得还真象。就是有些太夸张了。”

直爽和无耻有时候是不容易分清界限的。对于胡萍这样没心没肺的评论，刘帕不知道自己该如何应答。似乎她应该更大方一些，毕竟她是结过婚的，而胡萍没有。可她就是无法开口。拥有经验有时候是让人羞耻的。两个人走在街上，一瞬间都没有话说。那些东西在身后晃荡着，追着她们的脚。刘帕注意到，自始至终，那个售货员都没有看她们一眼。凭这一点，这里的生意就应该很好。刘帕想。

“有男朋友了么？”刘帕终于问。她碰见胡萍带一些男孩子来过，注意到那些男孩子都不重复。

“要说有，多着呢。要说没有，也没有。”胡萍说，“不知道算是有还是没有。”

“这算什么回答。”

“真实的回答。”胡萍说，“一个一个谈效率太低，干脆就四处撒网，重点捕鱼。结果自己沉不住气儿，也看不出别人的耐性。现在的男人好像都一个德行，见两次面儿就想把你哄上床。”

“上过了？”刘帕笑，带着点儿不经意的顽皮。她一般不这么打听别人的隐私。不过她预料这对此刻的胡萍是一个不会被拒绝的隐私。

“和几个上过。都一般般，没什么特别的感觉。”胡萍说。刘帕又沉默了。尽管有心理准备，她还是有些惊讶。和几个。胡萍说得如此轻描淡写。到底和几个？和每个人上床时是什么样子？什么才是特别的感受？她无法想象。

“是不是觉得我很轻浮？”

“没有。”刘帕说。能这么问出来她就觉得胡萍不是个轻浮的人。但话说回来，若换了她，她不会这么做，做了也不会这么说。

“有时候，总得试试才知道。”胡萍说。

“你不怕将来的老公在乎么？”

“我又不是疯了，告诉他干嘛。”

“可这是躲不过去的。”

“我干吗非得找那些躲不过去的人当老公？”胡萍得意地笑。刘帕不由得也笑了。不知怎的，她觉得胡萍很可爱。

“刘帕，你说他们卖的那些东西，有谁会用啊。那些用的人又是怎么想的？要是有需要，随便找个差不多的人，不都比那些假东西强么？至少暖和和的，全方位立体，还恒温。”

刘帕沉默。

“不过，再想想，这么做似乎也有好处。没有那么多麻烦事，情啊，爱啊，家庭啊，社会影响啊，统统都不用管，一个小玩意儿就都解决了，多单纯。”胡萍朝空气打了个榧子：“回头买一个！”

刘帕微笑着，始终沉默。

三

已经很久了，刘帕的夜晚都是和自己的手指度过的。

小罗是和刘帕进行肌肤之亲的第二个男人。第一个是在大学期间。其实那时刘帕已经临近毕业了，一天晚上，一个男生忽然来找她，给她一个本子，上面画的全是她的速写：站着的，走着的，跑着的，嗔着的，笑着的，沉静的……他说他是美术系的。扉页上写了一段话：“你不知道我是谁，这并不要紧。你可以把我看做从你身边走过的每一个陌生的人。”刘帕真的并不认识他，但是一看到这句话，刘帕心里就涌起一种无名的酸涩，她哭了起来。他们走下楼，在偌大的校园里散步。走到一个小花圃里的桂树下时，那个男生抱住了刘帕，他们躺到了地上。夏天，他们穿得都很薄，不知怎的他就和刘帕贴在了一起，他一点一点抚摸着刘帕的身体，亲吻着，用他的下体顶撞着刘帕，但是他没有进去。刘帕的腿抿得很紧，后来，她擦着那男生满身的汗水，忽然觉得十分难过，就把腿分开了。但他还是没有能够进去。他们就这样缠着，缠到深夜。第二天刘帕在宿舍里醒来，闻着头发上淡淡的青草味道，觉得像一场梦一样。

她再也没有见过那个男生。

和小罗是在快结婚的时候，刘帕打开了自己。小罗家人多，他们只有在刘帕的宿舍里。宿舍两边隔壁都有人住，墙不断音，所以他们每次都很紧张，总是匆匆了事。小罗总是意犹未尽，刘帕则是警惕与新鲜并存，警惕大于新鲜。婚后，他们在自己的房子里充分放松，很快找到了感觉。有时候，小罗会一夜做两三次。“象压缩饼干在胃里被泡开了，性饥渴啊。”小罗这么形容自己。而刘帕则在小罗的热情开发中，渐渐尝到了愉悦和甜美。为了把两人世界的这种幸福延长，他们说好三年之内不要孩子。两年之后，他们的浓甜渐渐回归到了正常的指数，没有当初的那么贪厌，但也还没有陷入疲惫和衰退。就在这个状态里，他们离了婚。

这之后，刘帕的夜晚就开始和自己度过。其实在漫长的少女时代，很多夜晚似乎也都是这么度过的。起初刘帕也以为，自己不过是从单身又回到了单身，和以前没有什么太大的不同，就像一湖水，投了一粒石子，荡了几圈涟漪，又恢复了伊始的平静。但是，慢慢地，她才感觉出来，一个人的夜晚已经失去了自己怀想的那种单纯。湖面平静了，但是石子还在，它不动声色的在她的房间里掩藏。白天时它销声匿迹，晚上就出来把她笼罩。它已经成为刘帕的一种习惯。它使夜晚不再是刘帕一个人的夜晚，而必须是刘帕和某个对象的夜晚，即使这个对象的真正实体还是刘帕自己。

零食好吃，可不吃也能过。刘帕曾觉得两性之间的欢爱就是一种零食。而自己是不怎么稀罕这种零食的。然而离过婚之后，她才发现自己对这种零食的感情并不像自己以为的那么无谓。这种零食已经让她上了瘾。

为了在萌芽阶段就杀掉这种瘾，她把过去的衣被统统地洗了一遍，想把小罗的气味全部洗掉，柠檬皂的清香也确实让她度过了几个安宁的夜晚，可是一天晚上，她在换枕套的时候，突然在枕芯里又闻到了小罗的气味儿：烟草味儿，汗腥味儿，口水味儿，头发上的油味儿……这是男人的味道，暖烘烘，厚仆仆，壮壮实实，劲劲道道。是她曾经一夜一夜被缠绕的味道，是她曾经一夜一夜被覆盖被包裹的味道。她把枕芯抱在怀里，抑制不住地开始了自己的狂想。她想起了无数个和小罗在一起的夜晚，想起夜晚里的每一场云雨，想起了云雨里的每一处细节，想起了细节里的每一个动作，想起了动作里的每一缕呼吸……这种狂想一下子把她身体击中，让她潮湿如河。

那个夜晚，她是和小罗一起度过的。她把小罗在脑子里做成了一个文件，选择，复制，粘贴在手指上，让他进入了自己。手指上的小罗有些单薄，有些瘦弱，却很纯净，很温柔。他在她的浅处轻吻，他在她的深处游戏，像金色池塘的一尾小鱼，由沉静到欢跃，溅起她两岸妩媚的浪花。然后，这鱼迅速地被荷花的蕊液和荷叶的清香喂养得粗壮起来，拍打得有力起来，灼热起来。直至越涨越高的潮汐蹂躏了整片水面。直至荷花和荷叶都把它紧紧簇拥起来，让他像一个骄傲的君王。

她就这样以小罗永远也不知道的方式幽会了小罗。以后的很多个夜晚，她都这样邀请了小罗。毕竟小罗是唯一和她有过真正肌肤之亲的男人。他留下了让她邀请的证据和理由。她也常常会想起小罗嫖娼时的情形，那是什么样的呢？她不知道，她也不能问。她只有想象。她也有能力想象，因为她熟悉小罗的身体。可那女人呢？她不知道那女人的任何信息。于是她就把自己想象成那个女人，想象她如何勾引小罗进门，如何把他拽到里间，如何为他宽衣解带……既然是妓女，她的对象自然就不会仅限于小罗，于是她又开始邀请别的男人进入她的舞池。有的对她略微表示过好感，有的给她讲过一个带色儿的段子，有的用眼风掠过她的裙裾，有的和她只是初次相识，有的甚至只是她在街上注视过的一个强壮的背影，可他们都曾被她仔细选择，复制，粘贴，舞蹈在她深夜的指尖。

在这样的瞬间，她往往也会对小罗的错误达成适度的理解。在那样的异性攻击下，有多少男人会不软弱？如果有人能守住，一定得有一些神仙的基因才行。而小罗显然没有这种基因。然而，适度的理解并不等于真正的接受。她对小罗的理解仅限于把自己想象成妓女的那些时刻。当她从夜晚走出，这种脆弱的理解立马就烟消云散了。妓女只是她的一种幻想角色，而小罗嫖娼却是一个不争的事实。用一个幻想角色来接受一个不争的事实还可以被自己通过，但在幻想角色的背景缺失时还傻乎乎地让自己去接受那个不争事实，她就觉得自己太赔本儿了。毕竟，幻想角色不会给人带来真正的伤害，而不争的事实带来的伤害也是不争的。

于是，白天，她中规中矩温文尔雅地和所有的男人打着交道，见到小罗或者接到小罗的电话时依然冷若冰霜。晚上，她是自己盛宴里的主持，风情万种，宠集三千。她在白天和夜晚中自如地转换着双重角色，笑容甜美，节奏分明。她决不混淆自己的白天和夜晚。白天原则的坚定和夜晚欢娱的超级两不相关。她清楚自己在做什么。她知道，让自己的白天和夜晚泾渭分明是一种最基本的理智，不然，就是一个不折不扣的让人耻笑的花痴。

想象无罪，刘帕对自己的想象没有任何的心理负担。她曾在一本杂志上看过一篇关于自慰的文章，文章说有资料表明男人中有自慰经历的男人达到百分之八十左右，而女人则达到百分之六十。这个数字让刘帕忍不住笑了，女性的比例之大出乎了她的意料。看来自己并不算多么出奇。文章还对自慰者给予了充分的理解和关爱，说自慰是一个人对自己的身体的一种自然行为，与他人无关，也不涉及道德不道德的问题。认为自慰者思想有问题的人是陈腐观念的持有者，根本不必去理睬他们。当然，自慰也不是一种值得鼓励的行为，如果有人不喜欢做，那也很正常，因为生活中还有那么多事情需要去做。

刘帕喜欢这样的说法，这从科学的角度有力地证实了自己是个很健康的女人。她觉得这种健康的肯定对自己的意义是格外重大的。除了享受这种无忧无虑简单利落的健康，现在的她还能做什么？

"先生，请和我跳个舞吧。"每个夜晚，她都会这样对那些男人们说。

"舞池在哪里？"她想象那些男人会这样问。

"就在我的手指上。"她温柔地回答。然后，宴会开始。

当然，从来没有一个男人能够拒绝得了她的邀请。在很长一段时间里，刘帕就这样乐此不疲地发送着深夜的请柬，如同发送一封封电子邮件：地址，主题，浏览，粘贴，发送。写信的人是她，收信的还是她。整个过程流畅，简洁，迅捷，利落。效果实实在在，却又是秋波无痕。

翻手为云，覆手为雨。刘帕不止一次地暗暗感慨：古人的词语真是妙不可言啊。

刘帕的夜晚是和自己的手指度过的，她觉得这挺好。虽然有时候，她用双臂抱住自己的那一刻，也会突然泪流满面。

四

在刘帕夜晚的嘉宾里，处长张建宏也多次在被邀之列。

他们处是宣传部的文艺处，听起来很有色彩的一个处，工作起来却单调得不得了，无非是在三八、五一、七一、八一、十一、元旦、春节等节假日期间搞一些例行的文艺活动，另外围绕市委市政府的中心工作做一些随机宣传，活动结束后发个内部简报，再在报纸上发个图文消息就完了。“不管是东南风还是西北风，都是我的歌我的歌……”刘帕喜欢用这两句歌词来形容自己的工作。她已经在文艺处蹲了五年，五年没动。是动不了，也没有兴趣去动。她很理解别人在仕途上有所图谋，但她没有那份心劲儿。

张建宏是从组织部调过来的，在组织部是个副主任科员，到文艺处就当上了处长，等于提了半格。组织部和宣传部在行政地位上是平等的，但在实际情境中总比宣传部的地位要高一些似的。“进了组织部，容易有进步。进了宣传部，容易犯错误。”这是两部门之间的小调儿。同在一个大院工作，他和刘帕早就认识。刘帕到宣传部的第二年，他来年度考核，考核是要进行单独谈话的，他和刘帕聊了不到五分钟，但感觉很愉快。刘帕是个非常敏锐的人，一句话就能点到实质，但是她用表情很好地中和了她的敏锐，让人觉得她敏锐得并不尖刻，像穿了棉衣的刺猬，既聪慧又温暖。张建宏刚来时，两人的关系是很近的，说是同事，更像是朋友。后来刘帕离了婚，张建宏就开始注意分寸。一段时间之后，他就知道自己的分寸感是多余的，刘帕完全有悟性懂得在尊重领导的基础上和他巧妙地拉开距离，对自己离婚独身的角色很清晰，这使得张建宏不由得又起了怜爱之意，时不时会把柔情渗透在言行中。对这柔情刘帕既不熟视无睹，也不受宠若惊，同样显示出了自己的悟性。

张建宏是喜欢自己的，刘帕知道。尽管张建宏和她单独在一起时，总是沉默的。男女之间的事情就是这样，有时候一句话都不用说，但是连空气都会有颜色。

刘帕最开始感觉到张建宏喜欢自己是在他调来一个月后。那时正赶上宣传系统举行运动会，他们俩都参加了拔河比赛，先是男队和男队比，然后是女队和女队比，最后是男女混合队比。他们俩都算是少壮派，就被精选进了混合队。因为不是精中之中，他们的位置都排得比较靠后，刘帕又排在了张建宏之前。第一轮是和文化局代表队对阵，宣传部的力量很占优势，一上去，中间的红结就飘向了他们这边儿。文化局队眼看着不行，也懒得再费劲，就顺手一丢，宣传部的一帮人便像多米诺骨牌一样倒了下去。刘帕摔在了张建宏的身上，在摔下去的一刻，一种松弛和舒适感在瞬间如电流一般传遍了她的全身。她作势要起，却没能起来，突然间就感觉自己的腰被一只手轻轻地扶了一下，扶得体贴而有力。在忙乱和笑闹中，她回头看了一眼张建宏，看见张建宏的眸子里有一抹彩霞般的东西在微微荡漾。

接下来的几场比赛里，他们依然脚扎着脚，手碰着手，肩摞着肩。逢到要赢被对方放倒的时候，她依然会倒在他的身上。只是倒的味道一次和一次不同，如同煲汤一样，一分钟和一分钟都不同。

第二年夏天，市委大院里种了许多凤仙花，花开的时候一片红艳艳，很诱人的神情，刘帕忽然想起小时侯妈妈给她用凤仙花染指甲的情形，和同事们聊起，张建宏说：“我小时侯也染过的。”人们轰地笑了。张建宏说：“真的，我是个独生子，妈妈老是怕我不成人，是把我当女孩儿养大的。”又看着女人们说，“我现在是没这个福气了，不过你们倒还是有条件怀怀旧。昨天我还在杂志上看到说，用凤仙花染指甲可以预防灰指甲病，既美甲又健康。”一席话说得刘帕心动起来。周五的下午，下班的时候，刘帕就采了一些回去，把白矾、盐和花弄在碗里拌好研碎，用创可贴把稠答答的碎花团儿在指甲和脚趾上各染了八个，特意将食指们都漏过，红红白白地衬出效果。——创可贴是她的发明，按说最适用的是桃型的豆角叶，可哪儿去找豆角叶呢？

一夜包裹，不单是指甲红了，连指肚儿都红了。刘帕又刻意地洗了两天手，才洗干净。周一上班的时候，张建宏一眼就看见了她染的指甲，可是他只是漫不经心地瞥了一眼，什么都没有说。他不说，刘帕自然也不会特意把手伸给他看。过了一会儿，他问刘帕：“有指甲刀么？我的指甲长了。”说着就伸手给刘帕看他的指甲。刘帕说：“没有。你的指甲不算长。”张建宏说：“这还不算长？再长就能当筷子了。你的不长啊？”刘帕就伸出了手。两只手放在一起，一大一小，一黑一白，一糙一嫩，更显得刘帕指甲盖上的几点红像晶莹莹的宝石。张建宏怔了片刻，笑道：“还真的染了红指甲呀？难看死了。”刘帕说：“难看不看，谁要你看。”就把手握起来，径自转身走了。张建宏拿起报纸，半天没翻一个版。刘帕知道，自己腕上这双手，已经长到了张建宏心里。

还有一次，他们去剧院看节目彩排，回来的路上，出租车司机热情非常地请他们吃自己刚买的枣，张建宏就抓了一把放在兜里，然后两个两个地拿出来，递给刘帕吃一个，自己吃一个。每次拿出来的时候，刘帕在后面冷眼看着，发现他都要把两个枣比一比，把那个红一些的给刘帕，自己吃青的。刘帕装作不知道，大大方方地接着，吃着。在车轮沙沙地响声中，衍出一片甜蜜的沉默。

他们的喜欢就是这样么？有感觉而没有证据，有情绪而没有思维，有倾诉而没有表达。有一切的点儿，却没有一个完整的面儿。有无数的神经末梢，却没有一条轮廓清晰的脉络。

这样的喜欢，就是这样。这样的他们，就是这样。说又有什么用呢？表达又有什么用呢？刘帕知道，她无所谓，但张建宏是一步也错不得的。他和妻子的感情平淡宁静，算是一对模范夫妻。要想仕途稳当，这样安恬的后院是必要的前提。所以就只能是这种哑人似的喜欢，所以就只有沉默。这种沉默有些窝囊，但也有些温暖。有些真切，但也有些暧昧。一个人的刘帕是有些眷恋这样的沉默的。她对张建宏的表露从不拒绝，她知道没必要拒绝。张建宏是什么样的人？不至悬崖就会勒马，用不着她替他勒缰绳。她也从不为此乱心。有什么可乱的呢？他们之间，若论感觉是如此地触手可及，但仔细追究，其实什么都没有。而且一旦追究就会显得无比滑稽。就像鱼在水里潜泳时是那么自由飘逸，但一出水面就会窒息而死。

她眷恋这种沉默，就像小鱼眷恋着冰河下的波流。鱼戏莲叶东，鱼戏莲叶西，鱼戏莲叶南，鱼戏莲叶北。而鱼哪里都不想戏的时候，也可以在莲叶的清香下畅想和酣眠。

五

在街上和一个朋友吃了晚饭，刘帕回到家里已经是十点了，收拾收拾洗洗涮涮，上床就到了十一点半，平时她也都是这个时候上床。刘帕关了灯，拉上窗帘，脱得光光的，蒙上一条棉布浴巾，躺在床上听音乐。只要不出去，她的夜生活一向都是比较单调的，一般都是听听音乐看看书。因为是租的房子，将来免不了要搬家，她就没有置办电视冰箱之类笨重的电器。她有一台小巧的东芝录音机，是她考上大学那年姨妈送给她的礼物，是托人从日本带回来的原装品，质量非常好，放起音乐如同双耳长上了翅膀，可以在明净的蓝天上轻盈翱翔。

刘帕听的是俄罗斯轻音乐，里面收着《小苹果》、《你好，忧愁》、《喀秋莎》等一些经典的曲目。她喜欢这些音乐，总觉得这个民族的音乐能够于浪漫中含着一种博大的悲凉，于厚重中含着一种浓郁的诗意，且能够把幸福和苦难融汇诉说，还能够把疼痛和抚摸一起呈现，倾听着它们，真的就是一种神奇的享受。一次，宣传系统举行联欢，她唱的是《山楂树》，后来有人议论说："怪不得这个女人会离婚，现在这年头，还念着几十年前的老经。"议论传到刘帕耳里，刘帕笑了，说："说这话的人逻辑不顺，喜欢念老经的人恋旧，是不会离婚的。应该说：这个女人既喜欢念几十年前的老经，怎么还会离婚？"当即有同事开玩笑说如果真的有人当你面这么说了你该怎么回应，刘帕道："我就说：因为当初和我结婚的男人没有像老经那样老。"

她戴上耳机，把音量调到最高处，音质依然纯净如银，没有一粒尘埃。刘帕闭着眼睛倾听着，突然，她觉得有什么东西冰凉凉地架在了她的脖子上。她睁开眼睛，床前站着一个人。黑乎乎的脸，比黑夜更黑，看不清眉眼，显示出一种奇怪的细长，仿佛是一截烧焦的树桩擎在颈上，像电视剧里那种头带黑丝袜的抢劫犯。

刘帕的意识一下子清醒过来：这就是个抢劫犯。

她立刻明白什么事情发生了。她没关窗。她原本打算听完音乐再关窗的。但明白又有什么用呢？现在重要的是面对。

"钱在桌上的包里。"刘帕说。

"多少？"

"四百多。我就这么多钱。"

"你起来去拿。不准开灯。"男人说。

"我穿上衣服，可以吗？"

“不行。”他每说一句话，尾音里都带有一种特殊的平音，似乎是哪个地方的方言，刘帕确定自己在哪里听到过。如果她能够躲过这一劫，这是她能够向警方提供的破案线索之一，她知道。她快速地回想了一遍，没有结果。刘帕起来，把浴巾在胸上缠了个圈，将余角掖紧，在黑暗中找到包，拿出钱。

“存折呢？”

“在我办公室的保险柜里。”刘帕说的是实话。

“有没有信用卡？”

“没有。我从来不用卡。”

“胡说！”男人的刀在空中高高地划了一下，刀锋离自己和刘帕都很远，这使得他的动作有些夸张和虚弱。他说，“找！”

刘帕打开灯，男人下意识地抬起胳膊护了一下脸。其实他根本不用这么做，黑丝袜正亲密无间地笼罩着他的整个头，皮肤的光泽从袜孔中很规律地闪烁出来，五官的轮廓既层次分明有又朦胧统一。

“谁让你开灯的？”他说。

“不开灯怎么找啊。”刘帕说。她走到墙边，打开壁柜。故意让柜门在墙壁上磕出一片声响。她断定他有二十多岁，也断定他是一个生手。如果不是生手，他不会说找，而会说让她去拿，也不会让刀子离她这么远，让威胁的力度受到微妙的损害。更不会容许她弄出声响，试图去惊动他人。生手是有破绽可寻的，她有可能从破绽中获得生机，然而生手也是最容易在恐惧中冲动的，所以她也一定要掌握好时机。

找完了壁柜，刘帕也停止了去惊醒胡萍的努力。其实她早就预料到，以胡萍一向的性情，是不会为这些细节来关注她的。素日两人在自己房间的活动就互不干涉，有时候她听见胡萍的房间里很晚了还在倒腾什么，有时甚至有男人的说话声，她也从没有问过。进一步讲，即使胡萍注意到了，也帮不上她什么忙，自己反而会为她招致出一份危险。

她只有自己面对。

“再找也是白费，”刘帕说，“这里真的没有存折和卡。根本就没有的东西，我怎么给你找出来？你要是不信，你就指着让我找。”

男人站着，似乎有些手足无措。他的沉默让刘帕更加确定他是一个生手。一个老练的劫匪是不会在这样的境况里沉默的。

“我这儿还有一些值钱的东西。”刘帕拿出一台商务通掌上电脑——那是去年春节部里发的福利，又指指那台东芝录音机：“这两样东西值个两三千块钱。”

“用袋子装好。”男人说。刘帕装好。她注意了一下袋子，是九华超市的购物袋。

“不准报警。”男人又说，一边举着刀往后退去。紧张的神情仿佛面对的正是一个全副武装的警察，而不是刘帕这样一个单薄的女子。刘帕点点头，简直有些想笑。男人说的话让她忽然想起小时侯她在乡下奶奶家过暑假，常常到环村的小河边玩耍，每次都把衣服弄得透透湿，而每次去玩的时候奶奶还是要叮嘱她：“不要把衣服弄湿。”

一个入室抢劫的男人居然会让她想起童年，这真是一个有意思的夜晚。他潜含的稚气冲淡了他裱糊的恐怖，使刘帕的一部分戒备不知不觉地转化成了悲悯。

他跳上了窗户。

“其实，”刘帕说，“你可以打门走的，走窗户太危险了。”

男人一手拎着东西，一手拎着刀，看起来高极了。他矗在窗台上盯着刘帕，似乎是在判断她的话里是不是有陷阱。刘帕也看着他。确定他要走，她才有心情比较从容地观察他了。根据他与地面和天花板的高度差，他应该在一米七五左右。穿着一件深蓝色的汗衫，裸着宽宽的肩膀和粗壮的胳膊，胸口几团生机勃勃的黑红色肌群，因为紧张而显得僵硬。胳膊上突起着一些小小的颗粒，如同公园小路上嵌着的碎石子儿，粗糙坚实。在腋、胸和腿处，旺盛的体毛像草一样窜出黑黝黝的地表，长得兴兴头头。

这是个有力的男人，斗不过。刘帕很清楚这一点。好在她从一开始就没想到要和这个男人斗。她曾经在报上看过类似的分析，说女人在面对这种罪犯的时候，一般会有四种结果，一是既打击了罪犯又保护了自己。这种人是智慧和勇敢的。二是打击了罪犯但没能保护自己，这种人是勇敢和不幸的。三是没有打击罪犯却因此保护了自己，这种人是智慧和不幸的。四是既没能打击罪犯，也没有保护自己，这种人，只是不幸的。谁都想做第一种人，但做第一种人的几率往往又是最小的。刘帕知道做不了第一种人，她没有条件勇敢。那就尽量做第三种人吧，第三种人的上限就是努力把不幸降到最低点。如果仅仅损失这些东西就能够让他离开，简直就能称之为大幸了。

“你什么意思？”男人终于问。

“我不想让你为了几个钱就摔断了腿。”刘帕说。

男人跳下窗户，一步步地走过来，刀子像根深秋的黄瓜，蔫蔫地垂在他的手里。刘帕静静地站着，一动不动。与刘帕擦肩而过的时候，他的脚步忽然有些踉跄，身子微微一晃，蹭掉了刘帕的浴巾。男人的体味山洪一样袭击了刘帕的山谷，刘帕的大脑顿时成了真空。一瞬间，男人把刘帕压在了床上，刘帕下意识地想要叫喊，可是被他的手迅捷而有力地捂住了，他就那么捂着，捂着，刘帕只能呼吸到他的指缝里漏出的几缕气息。在推搡和挣扎间，刘帕忽然浑身瘫软。

她接受了强暴，并且抵达了高潮。那一刻，男人停了下来。

“好么？”他低声问。刘帕不语。她抓掉了他头上的丝袜，看见了他的脸。

男人还是从窗户走的。他没有拿录音机和掌上电脑。他说：“钱我先用几天，我会还给你的。”

六

这天，临下班的时候，张建宏告诉刘帕，回家准备准备，明天要上山了。山指的是翠玉山，是市里开发的一个国家级风景名胜区。前两年挂了国家森林公园的牌子，今年又申报上了国家地质公园的牌子，揭牌仪式在后天举行。揭牌仪式稍后有一台文艺晚会，是他们处组织的。程序都安排得差不多了，需要再盯盯的就是一些琐碎细节，这种类型的晚会无论事前准备多么精心，到现场的时候总会有这样那样的问题，主持人的台词不顺溜了，地毯的位置不合适了，音响和磁带放出了颤音，鲜花和彩球影响了摄像等等，像衣服里的跳蚤一样，不穿的时候不易寻找，穿上的时候又让人不胜其烦。

这次也不例外，问题照旧以别的方式出现了。蒙牌子的红绸被一个小孩子用水洒湿了，临时又赶回市里买。几个方块队穿的统一服装坐在一起色调不好看，得重新排。礼花燃放点离会场太近了，得往后撤。吹着充气彩虹门的鼓风机坏了，又去翠玉宾馆的厨房去借。部长临时加进了几个节目，演员的进场次序和工作餐的份数都得做相应的调整……节目完了之后又是清场，打扫，将物品装车，送人，结账，把刘帕和张建宏忙了个焦头烂额，不亦乐乎。一切工作都结束已经是夜晚，回市里的车已经全走了，张建宏给部长打电话要车，部长说部里的车都去省城送客人还没有回来，让他们就住在翠玉宾馆，明天再派车去接他们。

他们和宾馆的办公室主任、保卫科长和一个副经理一起吃了晚饭，男人们喝白酒，刘帕喝干红。他们很会讲笑话，逗得刘帕笑靥如花，喝了不少酒。席间还闹了一个有趣的段子：刘帕喜欢啃鸡爪，这个饭店的鸡爪做得味道不错，刘帕就啃个不停。那办公室主任见了，灵机一动，说："我想了一个好上联，你们都是宣传部门的才子，能对吗？"刘帕满手是油，头都没抬，说："请讲。"主任说："小女子凤爪拿凤爪。"众人喷饭。刘帕看见副经理手里正占着一个猪蹄，便道："大丈夫猪蹄掰猪蹄。"保卫科长见刘帕嘴头厉害，连忙帮衬道："小女子对大丈夫，好对子，不过小女子可是大丈夫的小女子啊。"众人轰笑，刘帕没想到这一层，眼光瞟向张建宏求救，张建宏示意她看墙，刘帕瞥见墙上有一幅圣母图，心里有了底，悠然道："小女子固然是大丈夫的小女子，可大丈夫也是小女子的大丈夫。不然，在座的大丈夫们怎么能来到这个世上呢？"无庸置疑，这场饭局，两个人的宣传部代表队占尽了上风，大胜而终。

饭后刘帕洗了澡，在幽静的山道上散了一会儿步，在路上接到了小罗的短信，祝她生日快乐。她这才想起今天是自己的生日，本来有些轻快的心情又莫名地阴沉下来。回到房间不久，张建宏来敲门，胡乱聊了些节目上的事，一时间竟然没什么可说的了。

"你一个人出去散步不怕啊？"张建宏问。

"怕什么。一个人挺好。"

"碰上恶贼你就不说好了。"

"我这等恶女怕什么恶贼？"

"还挺有自知之明的。"张建宏笑。

"我要是连这点自知之明也没有，不如一头栽死算了。"斗着嘴，刘帕也笑着，笑容有些凉。今天是她的生日，她已经二十九岁了。这些年来，她忙活了些什么呢？一次连姓名都不知晓的青涩初恋，一场以嫖娼为尾声的滑稽婚姻，一种四季流水般无趣的工作，——还有不久前那个夜晚，那个看起来屈辱实际感觉却并不屈辱说起来应该明了实际上却是暧昧不清的夜晚，而且因为它实际上的不屈辱和不明了，使她根本无法对任何人甚至自己讲起。这就是她的全部历史么？其实她一直都是一个很淡的人，往远处看，她是没有目的和要求的。她想过的似乎就是平安实在的今天。可是当今天在她手里一天天地变成昨天的时候，她就常常会有控制不住的伤感。她觉得时间就像是冬天自己呼出的热气，含在肚子里时是身体的分量，但是一旦离开自己，就什么都不是了。

“日子不好也不是太坏，天不是太灰也不是太蓝，有时候我从树下走过，总是会有一点点怅然……”一个男孩子的歌声很顺应心境地从走廊一端传来。刘帕把头扭转向窗外。窗外是黑色的群山，没有一点人间的烟火。它撑着巨大的肩膀线条纯粹地坐在那里，沉默地俯视着芸芸众生。

“香格里拉有没有神仙？听说那里也是人间。人间与人间也不一样，所以我想去那里看看，去的时候我不找伙伴，我要做一个任性的小孩……”

“我先走了。”张建宏看出刘帕情绪不对，说。刘帕没有说话。她不想说话。她知道自己应该和张建宏道一声晚安，最好再调侃一下。可她不想。“我要做一个任性的小孩”，这句歌词打动了她。只有乖了太久的人才会写出这样的话。她就是一个乖了太久的人，她为什么不可以任性一下？任性一下世界不会有什么变化。而张建宏也正好是一个可以接受她任性的人。

“刘帕，我走了。”张建宏又说。他想刘帕可能是没听见。

刘帕走过去，给他打开门。门一直是虚掩着的。刘帕的眼睛望着门边的装饰木条，沉默着。她知道，任性的时间已经过去了。所有的任性，都是短暂的。

张建宏慢慢地走向门边。他突然有些明白了什么。刘帕从来没有在他面前这样过，她没有回应他告别的话，显然是在用沉默挽留他。离婚后的她看起来和婚前没什么两样，可一定也是有许多辛酸的，但是刘帕在文弱中又隐藏着一种特有的刚硬和倔强，她把自己包在一个厚厚的壳里，谁都没有看到她真正的疼痛，在他面前，也是这样。给人看是没有意义的，张建宏很认同刘帕的做法。疼已经疼了，痛已经痛了，没有谁能真正代替你的疼痛。不要向任何人展示自己的伤口，那除了让尊严发炎之外，没有丝毫用处。

他也是这样，从不喋喋不休自己的苦楚。然而在他眼里，刘帕毕竟和别的女人有些不一样，她的独自承受还是让他觉得心疼。这一刻，壳突然裂了，他隐约看见了里面粉白的果肉，闻到了青草一样清新而低婉的气韵。她是孤独的，寂美的，脆弱的，如一朵开在山野里的白菊，这个精灵如狐又沉静如水的女子，在这远离尘嚣的山野，终于在他面前露出了封闭已久的破绽。这种表露是信任，同时也是诱惑。

他慢慢地向前走着。他该怎么办？她会让他抱她么？似乎是能的。可她以后会有什么麻烦吗？似乎也难说。以刘帕素日的表现来看，她是一个明白人，她的诱惑应当也是安全的。如果因为这机率很小的风险而放过这个机会，是不是也太可惜了？或许这只是唯一的一次……在他就要掠过刘帕的身边时，刘帕带着薄荷味儿的长发有几丝轻轻地扫过了他的肩头，像电流一样把他击中了。他一手揽住刘帕，用背抵住房门，把刘帕抱在怀里，吻了下去。刘帕没有反应过来。她有些迷惑，当然，一瞬间便清晰起来：她短暂的任性诱惑了张建宏。她原本只想任性一下，没想去诱惑他。可是她知道自己忽略了一个问题：任性是撒娇的一种，撒娇本身就是诱惑的一种信息。如果不是已经把他当做一个特别的人，自己为什么要在他面前发射这种特殊的信息？她一向都是一个那么持重的女人。这种信息是她随便就可以发射的么？

她被张建宏拥吻着，男人温热的气息熏得她昏昏沉沉。她已经有很多日子没有切近这种气息了。张建宏似乎确实是喜欢她的，她也不讨厌他，甚至可以说也有些喜欢他。可是他们之间一直是一条无声的渠水。此刻，在这个大山怀抱的宾馆里，他突然激情四溢，仅仅是因为环境的生疏让他放松么？更重要的怕是他断定了她诱惑的安全。像她这样一个在机关里处世稳妥的女子，一直碗水不流，瓶水不动。刚才突然在单独相处的时刻对他暧昧地撒起娇来，在他的判断里，应当属于偶尔的心血来潮，而绝非是根源深植的放荡。他算定她是不会对他纠缠的，一夜风流之后，她还会如石一般，不动声色地隐匿起所有的历史，就像之前她从不对别人诉说自己曾经的一切一样。

他就是这样看她的么？刘帕突然有些愤怒起来。如果她不首先在他面前任性，他还会有勇气对她这样么？不会。他从不做没有把握的事情，不做任何看不到效益的投资。他是个精明的算计者，是个从不赔本的生意人。现在的男人就这样让人绝望么？既可以把嫖娼看做一种被胁迫的纯生理行为，振振有辞地要求被宽容，也可以把在面对艳遇时不浪费一丁点儿聪明，将每一个动作和每一个表情都要检验得天衣无缝才会把它们释放到皮肤。在机关工作中，她常常为张建宏的周全和细致所折服，生活小节上对她的体贴和关照也常常让她触动，现在，她突然觉得他这些宝贵的素质在此刻完全体现成了一种浑浊的苛刻和恶劣的投机。这种苛刻和投机中的男人，还像是男人吗？被这种苛刻和投机对待的女人，还像是女人吗？

她的记忆里又浮现出了那个夜晚，那个强暴她之后声称还要给她回来送钱的男人。她忽然想，如果张建宏也对她进行一场没有什么原由的粗暴的非礼，或许也不会像现在这样让她如此难受。那最起码证明：她是值得他为她疯狂的。在某种意义上讲，一个男人肯毫无顾忌地对一个女人疯狂，便是对这个女人的最大赞美。

哪怕，只有一次。

当然，他的疯狂也有可能伤害她，但这伤害的前提是他必须有勇气先去伤害自己，伤害自己的秩序和规则。就像那个男人。而此刻的张建宏之所以侵犯她还会这么谨慎，就是因为他确定了这种侵犯不会伤害他自己。——他喜欢她，这并不意味着他愿意为她放弃一点点自私。

她使劲推开了张建宏。

“你干什么！”她低声说。

张建宏怔了怔。

“刘帕，”他说，他顿了顿，还是觉得自己有必要说些什么，“我喜欢你。”

“谢谢。”刘帕说。她忽然觉得张建宏也有些可怜。可她不能同情他，这不是能够同情的事情。她忽然想，如果张建宏不顾她的拒绝再来抱她的话，她就任由他。——不过，在假设的同时，她也知道，这种可能性是微乎其微的。

张建宏转身走了。这一夜，他又站在了刘帕的手指上。

七

其实，刘帕是想忘记那个夜晚的，可她对自己的记忆无能为力。

男人走后，下起了雨。雨很悠闲，像一个无所事事的女人在不紧不慢地磕着瓜子儿。“叭，叭，叭，叭”。突然间，节奏有些急切起来，“叭，叭叭叭叭叭叭叭”，那一定是另外一个女人也一起来磕了。瓜子声过后，雨声连成了片，像有人在天下洗澡。再然后，雨声渐渐地安详了，像洗过了澡要睡着一样。刘帕静静地听了一阵声雨，起来关窗。路灯晕晕地亮着，从潮湿的树影间望去，可以看见行人的雨伞斜斜地开在路面上。远处小酒店和超市的招牌在雨里一韧一韧地闪烁着，像一个疏淡的女人闲散地倚在门口。

往自己的窗下看去，是漆黑的脚手架。男人早就走远了。他去哪里了呢？

刘帕一夜未眠，早上起来便洗了澡。胡萍问她昨晚洗过了怎么早上还洗，她说：“昨晚我找了一些东西，荡了一身灰，本来想再洗洗的，想着你睡了，干脆就放在早上了。”

“找什么？情书啊？”

“情人。”刘帕笑道。

“怪不得看起来那么快乐。”

“是吗？”

去单位的路上，刘帕的速度比平时慢了些，似乎有一种一定要慢下来的心情。雨淅淅沥沥下了一夜，刚刚停下，现在天还灰着，但灰得很亮，仿佛是一块巨大的磨砂玻璃，玻璃后有着若即若离的光。空气中浸着足足的湿润，树叶吧嗒吧嗒地滴着水，小巷里的晾衣绳上还缀着一粒粒的珠子，如吊镶的圆钻。川流的人群，熟悉的喧哗，一切似乎都和昨天一样，但还是让她感觉隐隐陌生起来，恍惚间有了隔世之感。仅仅是一场雨，你和往日没有什么不同。刘帕对自己说。然而这么说的时候，她也清楚地知道：这种提示的产生，是因为终究是有那么一点或者很多不同的。

她没有打算报警。报警会成为别人的一个提醒，一个例证，也会成为一则新闻，一种谈资。她并不惧怕被别人指点，但她也并不想去招惹这样混沌的热闹。当自己能够把这件事情消化的时候，她不想去把它扩大化。另外，她也不想用报警的方式把那个男人敌对起来。他并不是一个坏人，她觉得。尽管他抢劫了她，也强暴了她。

跳出她的窗户，他会是怎样的一个人呢？他的身板很直，也很壮。他的嘴里有一种烟草的香味儿，在行动前，他一定是抽了很多烟的。这种香味儿很干净，在抽烟前，他一定没有喝酒，也一定刷了牙。有些男人的烟味儿是很浑浊的，远远地就让人觉得刺鼻。这种香味儿也很柔和，像是小罗抽过的一种叫“散花”的烟。因为这个牌名的悦耳，当时她还特意把烟盒拿过来看了看，闻了闻，因此对这种烟的味道有所记忆。对于作案的过程，他一定是筹备精心的，但是在行动前和行动中，他却一直没有远离情绪的紧张。他并不是一个擅长此道的男人，那么他为什么要来冒这样的险？他经历了什么？他一定是个有些故事的男人，他的故事超出了刘帕的想象。他的脸是方型的，五官很平淡，但是也很耐看，有点儿像影视演员尤勇，乍一看似乎有些凶凶的，但不知怎的再看看总让人觉得还是善。入室抢劫这样凶的事情，他从开始做就没让她多么胆战心惊。他强暴她的时候，开始还是很有些粗鲁的，可是后来他也许也判定了自己的处境并没有什么实质性的危险，就变得温情起来，但是他的温情并没有削减他的力度，于是二者巧妙地融合让刘帕品尝到了意外的快乐。

为了金钱破窗而入，他原本就是一个抢劫犯。为了自保委屈求全，她原本就是一个受害者。但在身体缠绕的那些时刻，她不得不承认，他们都只是男人和女人，再简单不过，再纯粹不过。这种简单和纯粹，她不能否认是一种享受。即使，他们是如此陌生。

但或许，这种享受的源泉，也正是他们的陌生。

刘帕的脸红了。胡萍也说她看起来很快乐。是的，她品尝到了快乐。她没有必要对自己也撒谎。这种快乐是她不打算报警的另外一个原因。在整个事件中，她不是一个单纯的受害者。她的身体在强暴这个环节上是不拒绝的，甚至，是喜欢的。对此，她无罪可讨。那么，剩下的只是四百多块钱的损失了，而拿走这钱的又是一个并没有完全丧失良知的和她有一夜欢情的且已经承诺还要把钱还给她的男人，她为什么还要去报警呢？从各种角度考虑，她都不打算报警。她想起曾在报纸上读过的一篇犯罪纪实，那个罪犯是个采花大盗，记者问他为什么越做越大胆，他说："因为那些女人都不敢主动去报警，她们都怕丢人。她们不报警，我有什么可怕的。"报道下面，编辑发了很长一段"编者的话"，劝责那些被伤害的女人们不要恐惧传统封建思想的桎梏，要勇敢地拿起法律武器为维护自己的合法权益而斗争。刘帕知道这些话有它的道理，不过她也觉得这些话离自己很遥远。她不会用这些话来指导自己。只有自己的态度对于自己才是最重要的。她只想以自己的态度去处理自己的事情。

那天中午下班之后，刘帕没有回家。她在单位附近的一家小餐馆吃米线和包子。她的午餐常常是这么打发的。吃过包子后她会在隔壁的一个书店看会儿书，差不多到点儿了再去单位。米线有鸡汤、排骨汤和牛肉汤三种料汤，今天她要的是鸡汤。刚在桌边坐下，小罗也走进来，在她对面坐下。

"你怎么找到这里了？"

"我就等在大门口，一路跟着你走过来的。"小罗说，"山上的活动还顺利吧？"

"还行。"刘帕把包子盘推过来，两个人默默地相对吃着，像任何一对俗常的夫妻。

"只留青春不留痘！"饭店里的小电视正播着一个化妆品广告。刘帕看了看小罗，他的脸上痘痘依然，似乎还有更加痘志昂扬的趋势。小罗的头上已经长出了些许白发。只留青春不留痘只是一种幻想化的宣言，落实到小罗身上就已经是没有青春只留痘了。小罗老了。她想起小罗对她说过的那句话："宽容才是生活的真谛。"或许，她真的应该宽容他了吧？其实，她已经开始宽容他了。经历了昨晚的事情，她似乎有些理解小罗了。或许，他当时真是迫不得已的，当然，他也是快乐的。快乐中有着迫不得已，迫不得已中有着快乐。自己以前为此忿忿，是因为只看重了他的快乐，而不愿意相信他的迫不得已。现在，她不仅仅是相信了，而且还实践了。实践了才知道，在界限分明的黑白中间，还有大片的灰色。就像在看似互不相犯的井水和河水之间，还有无数隐藏的地下溪流。

"妈妈住院了，高血压。"小罗说。老太太一直挺喜欢刘帕的，知道他们离婚就一口咬定是小罗的错，不时地给刘帕打电话让刘帕去吃饭，为儿子能和刘帕复婚而积极地发挥余热。

"现在怎么样？"刘帕问。她知道小罗下面要说什么。

"危险期已经过了。医生说还得观察一周。"小罗看着刘帕，"你知道，她一直挺惦着你的，你能陪我去看看她么？"

刘帕点点头。

八

一个月一晃已经过去了，修整过的楼面雏形初现。建筑队不但刷了涂料，还在每个窗户上用石膏线做了欧式的小拱顶，看起来洋气了许多。

刘帕的窗户依然很晚才会关上。她对自己的解释是不想让那件事情对自己的生活习惯发生明显的影响。现在，小罗天天打电话到单位，也常常来接她去家里吃饭，同事们都嗅出了他们要复婚的信息，不时打趣要她请客。日子似乎开始变成另外一副模样了。但她始终没有同意小罗在她住的地方过夜，也坚持不去小罗那里。毕竟还没有复婚，她不想把自己弄得不尴不尬。而且，不知为什么，当她和小罗的关系逐渐回温的时候，她常常会觉得兴味索然。她一直拖着，不想把复婚的事情明确下来。如果复婚，他们的日子是可以想象的，小罗会比以前规矩，听话，会严格地遵守作息时间上下班，有应酬时会向她请示和汇报，会在她生日时给她送鲜花。双休日两天，他们会在周六去看小罗的父母亲，周日去看她的父母亲，买的是相同的水果和熟食，之后，他们还会有个孩子……就是这样，一眼看到底。既然是一眼看到底，她干嘛还要着急呢?

“听说你要复婚了?”一天，张建宏问，神情微妙。

“听谁说的?”刘帕没有正面回答。

“都这么说。是真的么?”

“真的怎样?假的又怎样?”刘帕的语气很冷漠。其实她的态度并不是针对张建宏。她只是实在讨厌张建宏透露出来的其他人对自己的这种格外的关注。张建宏没有再说别的。冷漠是一种别样的拒绝，拒绝他的好奇也包括关切。张建宏知道。他以为刘帕的弦外之音还是那个山上的夜晚，那个夜晚是他落在她手里的把柄，有了这个把柄，她怎么对他都不过分。而事实上，她对他再怎么冷漠也不会过分。他一直想找个合适的机会把那件事情再处理一下，但看样子也只好再等等了。

夜会这样的静，刘帕从来都没有发现。而夜的静又在于夜的不静。每一点滴的声响在夜里都如阳光一般明晰，却也同阳光一样无法触摸。她听到暖水壶的木塞发出的咯嘣咯嘣的声音，壁柜里塑料袋子的皱褶慢慢舒展的声音，桌上的闹表一轻一重起落的声音，还有窗外墙缝里蛐蛐的吟唱，脚手架上偶尔掉落的土渣，很远的街道上行人的脚步，出租车司机在在等绿灯时的唠叨……夜像一个失语的老人，默默地包裹着这一切。他看到了多少东西呢？在这个繁华而又荒凉的世界上，白天似乎只属于日新月异的奇迹，而夜晚则属于守口如瓶的秘密。

每个夜晚，刘帕依然会一丝不挂地躺在床上，但她已经不听音乐了。她在夜的声响中像猫一样分辨着哪个声音是朝着自己而来。他说过他会送钱来。刘帕知道这是不可能的。可她就是控制不住自己的期盼。她觉得他来的可能就像不可能一样大。为什么不呢？也许他认为自己是个罪犯，可他应当知道她对他是没有敌意的。也许他还没有挣到钱可以还她，可他应当知道她根本不在乎那点儿钱。也许他不敢再冒险了，那他就这么忘记了他的身体和她的身体之间有过一次多么亲密的友谊么？

她又想起了张建宏。相比于这个陌生男人，张建宏应该是更有条件让她接受的，但她拒绝了他。不能接受朝夕相处的人却能接受不速之客，她不能明白这到底是为了什么。也许真的只是因为熟悉和陌生？因为熟悉而顾虑，因为熟悉而萎缩，因为熟悉而异化了彼此的激情。因为陌生而舒展，因为陌生而自由，因为陌生而放肆了彼此的渴望。真的是这样么？

他是不可能再来的。刘帕知道。可越是这样她就越是想象着他来时的情景。这种最不可能的想象像一支全新的舞曲，给她的指尖带来了前所未有的快感。如果他来，刘帕想，那他会是个多么天真的罪犯，他天真的罪对她而言，是多么多么好啊。那实在是一个不同寻常的夜晚。她在期盼的想象中自然地交织着那个夜晚的情节，像老牛反刍一样咀嚼着那个夜晚的一切，觉得真是不可思议。

清早起来时，她为自己的夜晚惊异，但是夜晚躺下时，她又开始了新一轮的思念之旅。现在的自己是一个多么奇怪的女人啊。她想。那个夜晚似乎把她的什么东西打开了，让她再也不同于从前。

一个起了风的夜，风声像孩子的手，呜呜地敲打着窗棂，刘帕躺到十二点多，正准备起身关窗入睡的时候，听见窗户上传来一种声音，声音很小，但是很清晰，像鼠牙在认真地咬噬着什么。她静静地等着。男人掀开窗帘，跳进屋。两人相顾沉默。

“你的钱。”男人说，“都在这信封里了。”

刘帕伸出手，两人的手碰了碰，又碰了碰。这两碰把刘帕早已满是浆汁儿的身体碰开了口，钱掉在地上。他抱住了刘帕，刘帕任他抱着，任他掀开她身上的浴巾。黑暗里，她看见男人眸子的亮光，看见窗帘被风吹着，如摇曳的旗。

风越来越大了，把其他纷纭琐碎的杂音都囫囵吞进自己的肚里。刘帕觉得自己就像风中的树枝一样舞蹈着，她忽然是那么感谢这风，这风让她感觉安全。

“往后别来了。危险。”风停下的时候，刘帕说。

“没什么，天天在上面走，习惯了。”

“你是做什么的？”

“就在建筑队，”男人指指窗外，“正在别的地方刷房子呢。”

“你是哪儿人？”她又注意到了这似曾相识的口音。

“吴瓷县。”男人说。刘帕蓦地想起来，张建宏就是吴瓷县人，只是他的方言味儿淡化得几乎已经没有了。有一次他的老乡来找他办事，他不在，刘帕和那个人聊了几句。难道这个人和张建宏也有什么关系么？她立刻毙掉了自己的联想。吴瓷县几十万人呢，哪有那么巧？

“那天是你的第一次吧？”

“是。”

“怎么把我当成了目标？”

“我踩过两次点儿，看你每天进进出出的，都是一个人，穿得也挺好的，就想着你可能会有钱。”

“隔壁那个女孩子和我也差不多，你怎么不找她？”

“你比她脾气好。”男人说，“有一次，我看见你们一起在楼下买菜，她吵得不行，你一直在说算了算了。”

刘帕笑出了声。他是真下了功夫呢。

“那你怎么知道我住这间屋子？”

“一看见阳台上搭的衣服就知道是你了。”男人说：“你怎么一个人过？”

“离婚了。”

“你这么好，他为什么要和你离婚？”

“是我和他离。”刘帕说，“我好什么？因为我怕你摔断了腿？”

“不单是这个。”男人说，“其实刚进屋的时候，我就是想要点儿钱。后来不知道怎么，就想和你睡。睡的时候我就想，能和你有上这么一回，就是坐牢也值。”

“怎么走到抢钱这步的？”

“不说了。”男人说，“反正是没办法。”

“那你怎么真又给我送了回来？”

“我答应过的，当然得给你。”男人说，“还是那天的钱，我根本没动。其实当时我就已经不想拿这钱了。”

“为什么？”

“因为你好。”

“那你怎么还拿？”

“要是不拿，又觉得好像是单为和你睡才来似的，有些不好意思。”

“不好意思就不要睡。”

“非睡。”男人翻身又压上来。刘帕抱着男人的头，让他贴在自己的脸上，忽然觉出一种从未有过的亲切和酸楚。这个不知名的男人温热着她，她被一个不知名的男人温热着。他和她的温热是如此的单纯和朴素，又是如此的荒谬和传奇。每个人都是孤独的。如果寻求身体的欢愉必得等到上帝分给我们的另一半，那未免要有太长的时光都要沦陷给寂寞了。也许，仅为着一瞬间的相互取暖，这种艳遇就该可以拥有被原谅和理解的因由吧。刘帕突然这么想。她还觉得，和这个陌生而又切近的男人相比，小罗和张建宏的存在似乎都淡成了一缕青烟。

“以后别来了。”最后，刘帕又说。她冥冥之中觉得自己好像很快就要离开这里了。

“你要结婚了？”

刘帕笑了笑。

男人翻身出窗的时候，微茫的月光正透过脚手架的围纱洒在她的窗户上。刘帕看着那月光网里男人摆动的背影如一尾鱼，许久许久。在无边的夜色中，她的脑海里突然闪出很久以前读过的几句诗：

我的身体里有一条河
爱情一直在里面穿梭
我的皮肤是我的岸
可什么才是我浪花的歌

九

早上来到单位，张建宏照例已经在了。刘帕问好，张建宏放下报纸说："今天迟到了。"她看了看表，果然迟到了三分钟。她做了个鬼脸："就这一次。"

"一次复一次，看你下次还说什么。"

"我会说：就这两次。"

张建宏笑了。刘帕知道签到时他一定给她打过了掩护，便很乖地给他的茶杯续上热水。张建宏瞥了她一眼。"一次是值得原谅的。"他说。他在双关山上的那一吻么？刘帕不由得笑了。

"在路上捡钱了？那么高兴。"

"好不容易迟到一次，当然要高兴。"刘帕说。一面不由得照了照包里的镜子，清晰地看见自己的脸上荡着粉嘟嘟的光晕。怎么会高兴呢？她忽然觉得自己有那么一点儿无耻。

传达室给张建宏打来电话，说有亲戚来找，让他听声音确认一下。接完电话的张建宏长叹了一口气，刘帕问怎么了，张建宏说找他的人是他的一个表弟，一直在这里打工。最近他母亲脑子里长了一个很大的瘤，要做开颅摘除手术，可是家里穷，没有钱，想让他帮忙找个便宜点儿的医院。医院他已经联系好了，现在这位表弟又来找他，想让他再帮忙找一下市里最好的脑外医生去亲自主刀。

"那点儿名气是容易买的么？红包最少得两千。"张建宏说。刘帕笑笑。她忽然觉得有些不安。当她站起身，正想走出去时，一个人走了进来。

"哥。"他呆了呆，慌乱地看了刘帕一眼，喊张建宏。

"我表弟。"张建宏向刘帕介绍说。刘帕点点头，走了出去。

就是他，就是夜晚那个男人。生活看着是那么疏松，其实却是多么严格啊。

刘帕忽然觉得有些恶心。

一瞬间，她做了一个决定。办公室只剩下刘帕和张建宏的间隙，刘帕把自己的决定告诉了张建宏。

“我要复婚了。”她说。

“什么时候？恭喜。”张建宏笑道。

“下周。”

下班的时候，张建宏喊住了她。

“复婚的事情真的考虑成熟了么？”他问，神情很恳切。

“怎么了？”刘帕微笑着。

“山上的事，是我不好。我很抱歉。”张建宏艰难地说，“但是，我是怎样一个人，你是知道的……”

“我知道。”刘帕说，“没什么，我早忘了。”

“关于复婚，我有几句话，你想听就听。”张建宏用笔端着桌子，“当然，你和他是有感情基础的。但是，我想，既然离过婚，那肯定是有问题的，不然不会走开。复婚虽然是好事，但是也要慎重。不要因为自己暂时没有依靠而去轻率决定。如果山上的那件事情让你觉得自己是一个容易被人欺负的女人，那我真的很抱歉。”张建宏顿了顿：“我保证那是最后一次。”

刘帕站在那里，沉默许久。张建宏的话让她充满了温暖。她觉得此时的张建宏很可爱。单位里的人已经全走了，整幢楼都没有一丝声息。她走过去，轻轻地抚摸了一下张建宏的头发。

“谢谢你。”她说。张建宏呆呆地坐着，仿佛被魔杖点了一下。刘帕知道他没想到自己会这么做。这不奇怪。因为在这之前，连她自己也没想到。

十

那天晚上，110冲进来的时候，刘帕和男人正在进行。门是被踢开的，雪亮的手电筒光照在他们身上，像两根诡异的柱子。警察气势汹汹的吆喝声震得墙壁刷刷响，刘帕裹上浴巾，看见男人在簌簌发抖。

今天晚上的自己是愚蠢的。她知道。其实看见男人再次从窗口跳进来，她就有些预知了自己的愚蠢。

她说："不行。"

她说："你走。"

男人身份的确定让她觉得自己必须拒绝，不仅仅因为他是张建宏的表弟。换作她认识的任何一个熟人和他有关系，她想自己都会有这种感觉。不过她低低的语音和隐隐的吃惊把她的拒绝淡化了。她没想到他还会来。在办公室见过他之后，她想他再也不会来了。这个不知好歹的男人，这个愚蠢的乡下人。

"不行。"刘帕说

"为什么？"男人说。

"不为什么。"刘帕皱着眉。她几乎开始痛恨男人这样的询问，仿佛他有这种权利。其实他有什么权利？但反过来，她又觉得自己的痛恨也很可笑。男人固然没有权利，但他们之间从一开始就和权利这样的词没有任何关系。

"你不用怕，我不会告诉别人的。"

刘帕沉默着。几乎要笑出来。男人的这种安慰居然是一种居高临下的怜悯，但简直也可以理解成另一种威胁。而奇怪的是，无论是怜悯还是威胁都让她觉得有些可爱和亲切。如果说怕，她应当是比他怕得多的。她有体面的工作，有正统的身份，有漂亮的容貌，有无数比他要好得多的世俗的可能。在这个城市，如果事情被人知道，这对男人来说就是一桩可以炫耀的艳遇，对她来说则是一场灭顶的灾难。可她怕么？不，她只是对白天的相遇感到厌恶。她只是对今天认识的那个男人感到厌恶。

在她寂寞的沉默中，男人不知趣地伸出了双臂。刘帕推了推，在他的拥抱中迟疑了。她厌恶今天白天的男人，但这是在晚上，是在他攀着脚手架爬进她窗户的晚上。白天和晚上还是有些不一样的吧？可也许这正是他的特别之处。他不像她一样在乎对方是谁，不像她一样在乎白天的相遇。在他的意识里，也许她就是他夜晚的一个女人。他似乎确定白天的相遇并不代表什么，在夜晚他依然可以是她的君王。以后还会有男人以这样野蛮的自信和混帐的勇气来对待她么？

她不知道。她知道的只是：自己居然有些贪恋着这样的野蛮和混帐。

“最后一次。”男人靠近她说，“明天这层脚手架就要拆了。”

是的，这确实是最后一次了，如果这个夜晚被实践的话。楼已经修整好了，脚手架正在从上往下拆，很快就要全部拆掉了。而她也要复婚了，她已经通知了房东，下周就要接收房子。这是她和这个男人的最后一次机会。

幽暗的房间里，他们静静地对峙着。房间一点一点明亮起来，是路灯的灯光。光总是能跑得很远。无论是多么弱的光。无论是多高的窗户，无论是多么厚的窗帘。男人犹豫地伸出手，刘帕躲开了。她突然又是讨厌他的犹豫，仿佛自己在盼着他斩钉截铁。这个夜晚，这个男人似乎什么都不对：勇敢不对，怯懦也不对。他要听她的话，什么不做就走，似乎也是不对的。那她到底要的是什么呢？

男人终于抱住了她。不由分说。刘帕挣扎着，但他毫不松手，像螺钉一环一环地卡着螺母，僵硬，紧张，又含着一种强烈的眷恋。他今晚肯定是特地洗了澡的，刘帕闻到了公共浴池里那种特有的气息，也感觉到了他饱满的欲望。他把今晚看成了什么？是最后的狂欢吧。

她妥协了。或者，她原本也是想的。

男人很快读懂了她的想，把她抱到了床上。

也许，她一直都是愚蠢的。

在闹哄哄的人群中，男人七上八下地穿好了衣服，戴上手铐，被两个警察扭到墙角蹲下。他和刘帕一起沉默着。满房间里只有胡萍的声音在喧嚷。她说她今天有点儿事，回来得晚，下了出租车就往上看。自打这栋楼开始整她就养成了这个习惯，居委会的人特意告诉过她们要提高警惕的，所以她一向很注意。看着看着她就觉得不对劲儿似的，那个窗户怎么好像有一块儿黑糊糊的东西，还会动。她马上就想到是不是有人趁着脚手架没拆在入室抢劫。

“我数了数，天啊，正是刘帕的屋子，她一个人可怎么好啊，赶快就报了警。你们的速度也太慢了点儿。”胡萍很熟络地埋怨着一个警察。

“人们出事儿的时候嫌我们慢，犯事儿的时候就嫌我们快了。”警察笑着说。然后他过来问刘帕男人是几点上来的，刘帕没有说话。他又问刘帕明天能不能去公安局配合一下做个笔录，刘帕还是没有说话。

“刘帕，你没事吧？”胡萍过来摸摸刘帕的头，又像孩子似的哄道，“没事，啊？没事。”

刘帕知道按照被强暴女人的通常表现，自己应该哭，从而顺理成章地接受人们这样那样的抚慰。可她没有。她觉得自己似乎应该说些什么，可一时间她想不好。缺了她的哭声和语言，忙乱乱的人群似乎少了一种重要的润滑剂，大家都显得有些干涩起来。

我们还是先走吧。一个警察说。他们去揪那个男人，沉默许久的男人仿佛刚从梦中醒过来，胳膊往前徒劳地挣了挣，说：“是她自己愿意的！”

一个警察当胸给了他一拳。

“是她自己愿意的！”男人绝望地重复。

另一个警察踢了一下他的膝盖，他差点儿跪下。他被两个警察象木偶一样提着，晃了几晃，影子打在墙上，有点儿像在演木偶戏。

“是她自己愿意的……”男人又说，声音越来越低，“……我妈还在医院呢……她晚上开着窗等我来，好几次了……”

脸颊上又挨了一个耳光，有人骂道：“还敢他妈的瞎得得！这会儿想起你妈在医院了？你还知道你是你妈生的啊？开窗有罪啦？这么热的天儿，谁不知道开窗凉快啊？”

男人再也说不出话来。他们挨次走向门口。

“放开他。”刘帕静静地说。

所有的人都瞪大了眼睛，看着刘帕。

“是我愿意的。”刘帕说。

“你疯了！”胡萍说，“刘帕，你看好，这儿有警察在，你还怕他杀了你不成？”

“我说的是真话。”刘帕说。

胡萍咬了咬嘴唇：“那你怎么不早说？”

“不想。”

“你要是愿意他怎么还爬窗户？”一个警察的口吻开始带上了嘲讽。刘帕想，他一定觉得她是一个神经病。

“这是我们的私事。”

“叫我们来了就不再是私事。”警察的语言冷冰得像从中央空调里渗出来：“他是谁？”

“我同事的表弟，我们是在我的办公室认识的。”刘帕清晰地报出了张建宏的手机号码，警察很快打通了，让男人和张建宏通话确认，然后打开了男人的手铐。

“对不起，你们继续。”走的时候，一个警察说，引起一阵大笑。

房间里沉寂下来。男人仍站在墙边。刘帕望着屋顶，电棒管滋滋地响着，不知疲倦。胡萍回到自己房间里，没有一丝声响。

“谢谢。”男人说。

刘帕什么都没说。她指了指门，男人走了出去。刘帕跑到卫生间里，干呕起来。胡萍走出来，默默地帮她捶了一会儿背。然后，两个人又默默地站在门厅里。胡萍的房门半敞着，在沉默的间隙，刘帕看见胡萍的纸篓里卧着一个长方形的包装盒，包装盒外面印着一个男人裸露的生猛的背部。——正是“欢欢”专营店里让她目光曾经停留过的那个“欢乐颂”。

胡萍也发现了刘帕的发现。她返回卫生间，一下一下地拉着水箱，水“哗哗”地一声声泻出来，像无处可去的河流，冲击着一道道薄脆的堤岸。

十一

事情很快传得满城风雨，人们在背后议论了刘帕很长一段时间。小罗来询问事情的真相，刘帕说她无可奉告。并说复婚的事情就不要再提了。小罗大度地表示如果是这起意外事件让她很受伤的话，自己积极复婚的态度是不会变的，他说他怎么会离开她呢？他知道刘帕是什么样的人。现在是刘帕最需要他的时候，他不会走开的。他说如果不是怕刘帕恼怒，他甚至想感谢命运给他了这样一个将功补过的机会。不过，他也责备刘帕太软弱了：“承认自己被强暴又怎么了？是领导的表弟就该放过他么？再说，你以为承认自己愿意和一个陌生男人上床会比被强暴的名声好听点儿么？”

他说这些话的时候，刘帕一律沉默。她的沉默让小罗又触摸到了往日的自信。他知道刘帕这一段的日子不会太好过，很可能连带着自己也会成为别人的谈资。不过这又有什么关系呢？不会有人能够对他们保持持久的兴趣，在这个没有耐心的城市里，很快会有别的新闻代替他们成为焦点。

与事情有所牵连的张建宏在人们的议论中也始终保持着沉默，他和刘帕看起来一如既往。直到有一天，他们一起去审查节目，在空落落的剧院中，他说："我知道你是为了我。"

"和你没关系。"刘帕说。

"不为我，你不会救他。我知道你是个什么样的人。"张建宏说，"这份情，我会在心里记着的。"

"真的和你没关系。"刘帕说。

"你以为你的否认有意义么？我再笨也知道你不会喜欢他那样的民工。"

看着张建宏诚挚的神情，刘帕灿烂地笑起来。在刘帕的笑容里，张建宏惶惑地注意到了刘帕的手，他发现她的每个指甲盖上都涂着一层极淡的银光，宛若一汪汪小小的湖。每一汪湖面上，都开着一朵极玲珑极淡雅的花。

山楂树

一

这张软卧的票号是14上。

爱如一进软卧间，就看见了这个男人。随着推拉门的动静，他闪电般地看了爱如一眼，马上又垂下眼睑，一动不动地躺在那里。

爱如斜睨着他，心里有些不安。那么高的个子，这个铺容下他是有些勉强的。也许是怕把床单弄脏，他竭力向外伸着双腿。因为连鞋都没有脱，他的鞋底儿简直就要顶住门了。可他似乎又有些怕冷，双手便紧紧地抓着墨绿色的毯边。身上那件银灰色的毛衣还带着折痕，显然是新的。咖啡色裤子也裤线儿笔直。细长的眼睛，眉毛很深。漆黑的头发有点儿蓬乱，但乱中又闪烁着很清爽的光泽。看得出，是干净的。

爱如蹑手蹑脚地理出自己要用的洗漱用品，把行李整好。牙刷在牙缸里轻轻地碰撞了一下。火车开动了。窗外的阳光不时把树木和房屋的阴影拉到他的脸上，那些稍纵即逝的光斑使得他的脸显得神秘而温和。

爱如用双脚踩着两个铺的边儿，努力把行李包向上擎着，想和男人的行李并放在行李架上。可男人的铺边儿因为占得很满，只找到了一点儿下脚的地方，爱如几乎是在踮着脚尖维持着重心。多半的力都用来平衡身体，手上留下的劲道就很有限。爱如双臂向上端着，端着，终于一顿，把包先放到了上铺。爱如缓了口气儿。她忽然觉得背后有些异样。回头，男人的眼睛又睁开了。他目光炯炯地看着爱如，那目光很奇怪：一点儿也不色，也没有正常的友好和热情，甚至也没有一般般的好奇，或者无聊。他是怕自己偷他的东西么？爱如忽然有些激愤地想。带着明显的情绪，她又回头看了一眼那个男人，那个男人仍旧目光炯炯地看着她。爱如承认自己顶不住了。她不再回头。

男人的包是鲜红色的，看着很大，也很鼓。包旁边还放着一个黑色画夹。黑红配，色彩效果不错。爱如把画夹拿起来，想搁到合适的地方，却发现画夹太大，竖放是不可能的，只有横放。而横放又没有足够的空间，除非把它压到包下或放到包上。正犹豫着是不是询问一下男人的意见，一只手从爱如背后伸过来，大大的，是男人的手。爱如把画夹递给他，一眼也没有回头看，自觉给了他一个小小的报复，心里微微有些快慰了。

她把行李放好，打开门，走了出去。许久，爱如才觉得自己才能够稍微形容一下那个男人方才的目光：他是空洞的，明澈的。如一个孩子的目光。

爱如忽然想起：她依稀是见过这个男人的，在她和晓光第一次回山里的时候。这个男人好像也背着这样一个黑色的画夹。和他同行的，还有一个丰满艳丽的女人。

一边走爱如一边看着手里的票，忽然想起一个笑话：某位丈夫很爱吃醋，一天他不在的时候，妻子让一名男推销员进了家，两个正聊着，门铃响了，丈夫回来了，妻子慌做一团，忙把推销员推到一个窗口，说："赶快跳，赶快跳！"推销员道："太太，这是14层啊。”妻子道：“这种火烧眉毛的时候，你就别讲迷信了。”

14，看着这个号，想着刚才那个男人的目光，爱如的心忍不住沉了一沉。一种莫名其妙的感觉很快由远及近地包裹住了她，让她很不舒服。其实她从不迷信数字的，但今天，此刻，不知道为什么，这种不舒服开始如此强烈地困扰着她，强烈得让她不能忽视。

鬼使神差的，在车厢的尽头，她找到了乘务员。是个胖胖的女人，眉眼疏淡，仿佛很好说话的样子。

爱如讲明了自己的意图。

“为什么？”

“因为同房间的是个男人。就我们两个，不太方便。”

“你还挺封建的。”乘务员严肃地说，“没有别的空铺了。不好调。你乐意别人不一定乐意呢。而且也难找和你一样单枪匹马的人。都是合家带口的，和你一调人就四分五裂了。再说，你觉得有问题的铺，谁还愿意去啊？又不是傻子。一个萝卜一个坑，谁看自己的坑都是好坑。”

“能不能给我调个硬卧？上铺也行。”爱如决定退步。

“不行。价格不一样，不一回事儿。还得和列车长协调呢。麻烦死了。”她抬起脸，研究着爱如的表情，“其实车上能呆多长时间？满打满算也就一天。不是还有两张空铺吗？说不定很快就填满了。到时候都在人前，怕什么？就是填不满，外面人来人往的，你又不是没有嘴，谁敢把你怎么样？身正不怕鞋歪，凑合凑合，不方便也就方便了。”

她喋喋不休地诉说着，一张一翕的厚嘴唇把爱如吞吐得头昏脑涨。爱如终于明白，与换铺相比，忍受她的唠叨才算是一场真正的折磨。

她去卫生间洗了个手，沮丧而归。在门前定了定，爱如走进去。一进去她就窝到了自己的铺上。这次，男人的眼睛没有睁开。他的上眼皮严丝合缝地盖着下眼皮，没有一点儿动静。但爱如知道，他没有睡。

肚子咕噜咕噜地叫起来。爱如小心翼翼地打开行李，取出一包山楂片。她往口里放了一片，酸酸甜甜的味道很快在舌尖儿弥漫开来。

爱如吃山楂的嗜好，是在表姨家培养的。

那一年，爱如六岁，哥哥八岁，弟弟四岁，都是脚挨着脚长的。流火的七月，他们都放了暑假，三人为众地在家闹腾。爸爸出差了，妈妈生了病，烧了好几天也不见退。正碰上表姨进城探亲，看三个孩子欢得实在不行，就把两个大的带回了山里，好让爱如母亲清静两天。兄妹两个当然是不肯，哭得要死要活。末了还是拗不过大人，被拽上了公共汽车。

到底是孩子，上了公共汽车就换了一个天地，开始研究大大小小的车轱辘。远远地看见山就已经眉飞色舞，唧唧喳喳。等到进得山，住下来，很快就羽化成了轻盈的小鸟。两天下去，他们就成了山里的熟客，放下碗就出门，到下顿饭的时候才会回家。表姨家是浅山区，山不高，都是些大缓坡，山村里面又没有汽车，只要孩子不傻，就不用担心安全问题，所以就可着他们跑。

那时候，当然是很快乐的。山草莓的甜，山梨的脆，山杏的酸，在他们的嘴里都是美味。吃是他们最大的娱乐。爱如从没有吃过这么多的稀罕的零食，还全免费。除了采摘果实，他们的娱乐方式还有很多种：剥掉嫩柳枝儿的皮制成叫叫儿，吹出粗细不等的音符；爬到树上掏鸟蛋，捉刚生下来的雏鸟；到野地里采野花，用细草茎编成精致的蝈蝈……就连没什么吃头的山葡萄，也因为果实的丰盛而成为他们手中不厌其烦的玩具。村子附近有一条小河，叫兔耳河，不知道为什么叫兔耳河，大约是因为河里有过兔子的耳朵？或者是河的源头像兔子的耳朵？没人追究，似乎有那条河开始就是这个奇怪的名字了。那条河也是他们快乐的重要基地。山清水秀这个词，有了那条河才算有了意义。他们整日间的河边玩耍，捡石子，垒长城，过家家。当然没有不湿鞋的道理：汩汩潺潺的小河水，任他们光着屁股打水仗，因为浅，河水又是从高往低流的，多大的水都存不住，流量很恒定，无论怎么摔倒都淹不死人。他们被娇惯得无法无天。他们摸鱼、钓鱼、捉蝌蚪。为了这些鲜美的营生，他们发明了不少行头：从扫帚上抽出一根细竹梢，再绑上个木棍做成鱼竿。鱼钩也多是自做的，用一根细铁丝一撅就成。由于河水清澈无比，真如柳宗元老先生所言，鱼儿们“皆若空游无所依”，一举一动都明晰可见，所以根本用不着浮漂，他们只需盯着鱼儿看着它上钩，一提一个准儿。出水的鱼儿扑扑棱棱活蹦乱跳，弄不好就会逃之夭夭，为了抓住急欲逃跑的鱼，他们经常是手忙脚乱跌跌撞撞，弄得浑身上下水叽叽的，每个人都是鱼儿。忙活半天，有了收获，他们就会在小河边的卧牛石上，拣几棵干柴，点上堆火，烧烤战利品，战利品多的时候，一顿饭都顶上了。

有时候他们也会去学校玩。学校是在半山腰上，里面有个不算小的操场。放了假的学校空无一人，他们把大铁铃乱摇一气，从破窗户钻进教室，找粉笔头写上aoe，扮演学生和老师。正对着学校的另一面，也是一屏山，两座山的距离并不很远，那边山上的小道人家也能分辨得出，到了迟暮的时候，总可以看到有人赶着牛在山道上慢慢地走着，有时还会隐隐地传来三两句不成调的歌声。有一回，他们还看到了西洋景：两头牛在小山道上相遇了，各不相让，于是角对角较上了劲儿，两旁的人狠命拽也分不开。僵持了很长一段时间，终于其中一只体力不支，腿一软便从道上摔滚了下来，死了。据说那头老牛劳动了一辈子，一直勤勤恳恳，任劳任怨，脾气也好的很。却不知为何那日为什么那么想不开，牛脾气，牛脾气，大约指的就是这种牛的脾气吧。

听说那户人为此很伤心了几日。有人劝他把牛肉割下来卖，还可以补些钱口，他却始终不愿意，后来表姨讲，这是合山里规矩的：因为牛耕田耕了一辈子，死了再吃他的肉，显得没良心；另外，这种摔死的牛的肉总归带些凶险，如果吃了怕会染上不吉利。

那头老牛最终被就近埋在了兔耳河旁。记得那座小坟上，总要开一些小小的蓝花朵，并不很香，却总是很耐看，而他们谁也不愿意去摘它。

…………

后来，和晓光结婚后，爱如不止一次地想，如果没有那几年去表姨家度暑假的经历，她一定很难进入山里媳妇这个角色，也一定不会越做越渐得滋味。

二

爱如这次是回婆家探望生病的婆婆。

婆家。这个词爱如说起来总是有些不好意思，有些拗口。这个世俗的，滑溜的词，总让她觉得有些皮不沾肉的滑稽。如果不是别人刻意要她辨别，她是不会主动区分什么婆家和娘家的。讲起婆婆来也总是说妈。单位有女同事曾经酸溜溜地笑她：“喊婆婆这么亲，婆婆把你迷抹得可以呀。”爱如笑笑，不语。

爱如嫁给晓光是颇转了几道弯的。十八岁那年，爱如师范毕业，回到了小县城教书。小县城真是小，亲戚朋友给介绍过几次对象，相过几次亲之后，已经路人皆知。本来无所谓失败成功的事，造出来的声名却把爱如趁成了一个眼比天高却又不知道天到底有多高的尖心女子，让她进退两难，好不狼狈，只好匆匆谈起了朋友，想要堵人的嘴。这自然是频率越高质量越低的下策。结局都是革命尚未成功，同志仍需努力。很快她就明白了：万事都能将就，唯有这事得讲究。不然想堵人的嘴，反而让人家抓的把柄更多。这把柄处处都是能伤自己的，在这小地方，躲又无处躲，藏又不能藏，只能干受着。

其间有一次恋爱，不仅谈不上成功，简直就可以说是致命的失败。那个男孩子是爱如初中同学，父亲开了县里唯一一家啤酒厂，生意做得很大，据说钱多得如他们啤酒厂的大麦芽。一次他父亲赞助教委搞教师节文艺晚会，他作为嘉宾出席，碰上了在台口催场子的爱如，就追了起来。男孩子长得一般，但搁不住往死里打扮，整天白衫黑裤，又开着车，拿着花，言语又不多，稳稳重重的，仿佛不说则已，一说就顶千钧。也仿佛不爱则已，一爱就要爱一辈子。看起来就是个不折不扣的情种。爱如开始还拒绝着，觉得和他不是一路人，后来就有些迷惑：难道有钱就是不可靠？有无数先例说明，无钱比有钱更不可靠呢。即使是有些毛病，人也多少会为爱做些改变的吧。于是三番五次推挡之后，内虚加上外热，一堆火就没有理由地烧起来。烧到后来，热极了，稍一差错，免不了就脱衣解带，把自己的底牌先交到对方手里。

交底牌的目的原本是为了换底牌，但对方的底牌始终没有换来。爱如只好听凭对方发牌，也是这时才发现自己的历练还是不够，这个牌局凶多吉少。果然，不久就发现对方有了起新牌的迹象。爱如哪受得了这个？当然，将自己的满把牌略施小计地塞给他也不是不可能，只是太委屈自己了。现在认输是委屈一会儿，一辈子斗下去就是委屈一辈子。爱如不想再因小失大。然而惨败中又想挽回些面子，就先主动出击，和那男孩子郑重谈了分手。两人在咖啡店见了面，都是爱如说。爱如一五一十地宣讲完毕，末了总结道：“其实一直很对不起你，你虽然得到了我的身，却一直没有得到我的心。我心里有别人，始终没忘掉。现在，我不能再勉强自己了。”男孩子当即买单付账，起身后方才冷笑道：“得到你的身就可以了。你以为我稀罕你的心？”爱如两眼昏黑，差点没吐出血来。

正是心灰意冷的时候，市里一所新开的小学向全市范围内招聘老师。爱如想到了树挪死人挪活这句古话，心思一动，立即报了名。之后全力转移情伤，做起了准备，上网查资料，买最新的教辅书，还利用闲时到其他老师那里听课，留心吸取经验。本来她就是好的，哪里搁得住这么用心，在应聘中笔试和口试都是遥遥领先，就顺理成章的去了市里。校长对她很满意的一点儿就是她还是个姑娘，不用拖儿带女考虑那么多问题。爱如万没想到自己心里的短在别人眼里居然算是如此重要的长，想起来就想笑。是觉得可笑。自然也是有一些苦笑。

到市里来的第二年，人渐熟了。介绍对象的人又越来越频繁，爱如发现年纪渐大的自己居然还可以热销，方才真的明白了树挪死人挪活的好处。当然，是挪大点儿的树坑才好。事情似乎就是这样：地方越大，空间就越大。在乡村二十二岁就算剩姑娘了，到县城便可宽容到二十四五，到市里就可二十六七，若是到了北京，想来三四十岁也是寻常吧，只怕一辈子不嫁也听不到一句闲言。

就在这大点儿的树坑里，她碰到了晓光。那是六一儿童节前夕，学校让各班组织搞一项有意义的社会活动。她想带孩子们去参观市历史博物馆。这个活动很符合所谓有意义的主题要求。而且只离学校两站地，不太远，走路就到了，租车之类的麻烦全免，省事得多。爱如事先和博物馆联系了一下，谈妥了有关事项，最后问是否有解说员？解说是否收费？对方笑了笑，肯定地说有解说员，至于收费，他有些调皮地说：“我们的解说员好久都找不到对象练词了，这次你终于给我们找来了这么多的听众，请问您是否收费？”说得爱如吃吃地笑起来。

去的那天，爱如带着孩子们刚刚到博物馆，就要过马路的时候，博物馆出来两个人，帮着爱如把孩子们带过了马路，爱如感激不尽，一迭声地道谢，其中一个男人微笑道：“怎么不问问我们是否收费？”爱如顿时明白，原来他就是电话里的男子。男子长相个子均很一般，唯一不一般就是他的笑容，很干净，很明亮。

那个男子就是晓光。

后来爱如告诉晓光，说她没想到历史博物馆里的人会笑得那么干净明亮，晓光挠着她的胳肢窝道：“难道我们历史博物馆的人都得笑得像历史？”

恋爱谈得差不多了，爱如就带晓光回去见父母。之前爱如虽然对父母都交代了个清清楚楚，父母还是摆出了架子来问。是没话找话的需要，也是一种慎重的姿态。父母问晓光老家是哪里，晓光就说自己独子一个，考学出来后，老家只有父母。有个妹妹很小的时候就夭折了，等等。爱如父亲把那个小小的地名重复了一遍，威严地道：“听说是靠深山了。”晓光说：“是深山里。像你们《朝阳沟》里唱的那样：山沟里空气好实在新鲜。”爱如知道父母是不太满意她找个这个深山里的婆家的，就殷勤地续着茶，是巴结父母的意思，也是要父母体恤自己的意思。父母自然也明白，一边心疼着女儿，一边也就由表及里地对晓光亲厚起来，续着续着，直到晓光告辞，茶还是温温热。俩人的婚事，就算定了下来。

晓光带爱如回老家的时候是瞅了个星期五，也是坐的这趟火车。晓光老早就告诉过爱如：车上得十四个小时。下午上车，在车上过一夜，第二天一早下车，下了火车搭便车还得两个小时，然后是三个小时的山路。爱如之前也查了无数遍地图，基本是一个省从东界走到西界，其中一半基本是平原，另一半基本是山地。看路倒也不远，问题是这趟火车用行业术语是普快，翻译到坐车人那里就是极慢，慢得不能再慢。当初修的时候花的代价很大，就是为了解决这深山人外出的问题。为了解决得彻底，就修得七拐八拐，竭尽周详，恨不得把所有的村落都拾捡到，而在行车过程中，又是每站必停。但因为票价便宜也确实方便，山里人又少有天大地大的急事，这么多年过去，也就认死这辆车了。

一路走来，果然如晓光所说。晓光的家就在深山的最里边。爱如原来以为平原没了就是山地，晓光说，决没有她想当然的那种界限，一刀就利利落落地把山地和平原分开，而是渐行渐入。大块的平原走完之后，被浅山隔开，出现小块的平原。然后随着山高，平原就没有了，成了大块的平地。再然后，就只有琐屑的平地，接着连琐屑的平地也很稀罕了，这便是进了深山。

下了火车还得搭两个小时便车，想想真是够远的。可第一次去婆家，又是和晓光一起，幼时又有在山里住过的经历，再远也不觉得可怕。下了火车，搭了便车，下来走山道时已是半上午。在车上颠了十几个小时，刚走的时候爱如还觉得松散了一下筋骨，很舒坦，再走就发现自己的筋骨松散过了头，成了疲惫。这才明白：山不是童年的山了，路也不是童年的路。那时候是走亲戚的，短日子，何况年小，再重的山，再长的路，她只玩够自己的就行了，不要负担别的任何杂质。但现在，不一样了。这山成了作业，这路成了任务，小人也成了大人。大人的肩，总要担那么一些东西的。

尽管骑虎难下，路还是要走的。晓光一路逗着哄着，总是在爱如觉得自己再也走不动的时候，晓光指着一片零零落落的房子道："到了。"到了才知道：还远着呢。

爱如勉强挨着，两边的风景也无心看，只觉得除了山还是山，除了路还是路。间或会碰到一两个穿着拙朴的人，看见晓光就问："回来了？到家喝口水？"晓光答应着，和他们擦肩而过。爱如问晓光是否认识，晓光说不认识，但也不生。山里人就是这样，见了外面来的人是都要这么打招呼的。因为山里本没有几个人，不用说他是山里孩子，即使是山外的陌生人，见一次就记到老了。

歇歇停停，晓光再背背，不知走了多久，远远地又看见一处村庄，爱如习惯性地晓光到了没有？晓光正色道："再走一个村就到了。"爱如简直要哭出来。晓光看着她的脸色道："不然先借碗水喝吧？"就随意进得一家门去，取出一瓢水，递给爱如。爱如接过去，就着清灵灵的水，看见水里的天一泓蓝蓝，半是委屈半是撒娇，眼泪终于下来了。这时大门吱呀一响，有个老妇人叫着晓光的名字走出来，说："进家歇吧。"爱如看看晓光，晓光也看看爱如，道："你说怎么办？是不是在这里吃点早饭再继续赶路？"爱如沉默。妇人喝道："晓光，你个臭孩子，还往哪里赶路？"爱如这才明白果然已经到家了，晓光原来还是在逗自己，不禁又羞又急，身上的疲惫却如瓢里的水一般，瞬时洒了一地。

吃过午饭，下午随便逛逛，晚饭一吃，很快就到了睡觉的时候。原以为有过童年睡山的经历，又走得这么累，会很快睡着的，这时候才知道，山里的夜晚和自己记忆里想象的愣是这么不一样。记忆里的感觉是踏实的，广阔的，安稳的，连睡觉时的呼吸都觉得可以很长远。而现在，却连翻身都觉得扭捏，仿佛是睡在山尖尖上，似乎随时会从床上掉下来，生，怯，提心吊胆。

空气是清凉的，也是潮的。被子是新的，照例也是潮的。新床单给人的感觉也很腻。爱如穿着线裤，不敢脱下来，总担心有什么东西爬到皮肤上。公公睡在厢房。她睡在东里间，婆婆睡在西里间。晓光睡在两个里间之间，也就是堂间。堂间摆的这张床相当于沙发，谁来谁坐。这个格局，爱如是熟悉的。表姨家就是这样。山里多数人家的堂间，都摆这么一张床。

里间上没有门，只挂着一道帘子。爱如很久都睡不着，只是盯着帘子看。虫鸣很响。各种各样的虫鸣。高声的，低声的，长声的，短声的，拐了个九曲十八弯的，执拗的一根筋的，从窗缝里，床底下，丝丝缕缕地挤进来，跳到爱如的耳朵中。从来没有这样失过眠，爱如简直有些烦躁了。晓光那边也静静的，睡得很死。她突然觉得有些滑稽，有些不可靠。自己来到这个深山老林里，简直太没有原由了。为什么？她是喜欢晓光，可晓光出生长大的地方对自己又有什么意义？这山儿是他的，不是她的。爱如觉得自己不过是一个旅客，司机不在，她被一个人孤零零地撇在了车上，下不去，也走不了。

布帘子轻轻一掀，晓光猫一样进来了。从黑夜的剪影里，晓光比白天壮大了许多。晓光坐到她的床边，朝她俯下脸。爱如迎着他的目光，扑闪着睫毛，把眼睛里的光朝他洒去。晓光定了定神，把光吸进唇里。这吻贴心贴意，货真价实，把爱如吻软了。然后晓光钻进被窝里。他身体的清凉让爱如警醒了一下，她推他，不要他动她。他却不听她的。他把爱如抱得更紧。爱如有些慌乱地看着那道布帘子，她知道那里不会有人进来，那是安全的，可她还是怕。婆婆隐约传来的鼾声让她觉得难堪。她和晓光之前已经有过两次亲密接触，但尚未由表及里。总是在水深火热的时候，爱如泼盆凉水把烈焰浇灭。不是不想。而是想到自己已经没有了底牌，她不知道该如何应对。——现在，也是不知道该如何应对。或许，这根本就是不能用计划来应对的事。爱如有些恍惚了。

但晓光很执着。他身体的清凉很快消退下去，变得酷热起来，散发出烈酒的气息。他不容置疑地亲吻着爱如，进入了她的身体。爱如咬着被角，强迫自己不发出声音来。没有办法。她想。晓光的身体是那么重，那么有力，她最后只能全盘放弃抵抗。她软绵绵地挂在晓光身上，任由他。她要做的，只是守护好自己的双唇。而在这空前的坚持和压抑中，她觉得自己的身体变得奇怪起来，如涨潮的海水一样，感觉到了浮力，一浪高过一浪，地震来了。

“疼吗？”平静下来的时候，晓光问。

爱如不语。晓光的手摸过来。

“爱如。”

“晓光。”

两人都轻轻笑了。

“我不疼。”爱如说，“也没流血。”

晓光沉默。虫鸣有些焦躁起来了。

“是不是淘气过？”晓光终于伸出手臂，把她揽在怀里，“是不是？”

爱如沉默。他居然这样问她。她怎么也没想到。

“是。”她终于说。

“以后不要淘气了。”

“是。”

爱如一下子抱住晓光。她蓦然明白：自己这辈子，就晓光了。

虫鸣淡下去，晓光的鼾声在外间响起，和虫鸣和在一处，爱如从没有觉得这样安心。她细细地认记着，想要把这些虫鸣一一存储。她知道这些以后就是亲戚了。如果说这山是晓光的根，那晓光就是自己的根。自己的小根套在晓光的大根里，虽然现在还隔着一层皮，但日子久了，那皮就会被血，泪和汗这些水水沤透，那时候，她就成了真正的山里人了。

那天早晨，晓光的母亲给他们做了荷包蛋。每人两个。爱如把自己碗里的，挑给了晓光一个。她看见婆婆满意地动了一下嘴角，露出些笑的意思。

三

山坳开始多起来了。窝藏在其中的小山村也越来越多了。黑色的屋顶看起来小小的，像母鸡下出的一只只蛋。如果是母鸡，想来也该是乌鸡吧，——不然不会下出这种黑色的蛋。爱如想着，便微笑起来。在她微笑的当儿，她看见一个寨子从眼前一恍而过。一丛黑屋顶后衬着一大丛青葱，不知道是什么树。杨树？楝树？香椿树？甚或如晓光的老家寨子后面一样，是一片竹林？晓光曾经带她去看过那片青翠的竹林。他说，他们最盼望的就是竹子长出竹笋，那些竹笋炒上肉，什么作料都不用，只拌上盐巴就吃出了最鲜嫩香醇的美味。他们小时候，总有那么一次，母亲会让他们吃个够。他们兄妹两个，常常一人一碗，坐在门槛上，外面是如洗的鸟鸣，身边是他们小嘴巴发出的清脆的吧嗒声……晓光说有一次，他正吃着，突然从空中俯冲下一只大鸟，青色的翅膀，一阵风声，忽地一下就立到了他的碗边，从他的碗里叼起了一块肉，飞走了。爱如知道他没有骗他，可她还是觉得遥远。不过也还是挺好玩的。

想到那只鸟，爱如不由得又微笑起来了。

“能给我几片吗？”男人终于开口了。

爱如把山楂片递过去，男人取了几片，慢慢地放到嘴里，细细地嚼着，让爱如觉得自己的大刀阔斧简直有些不好意思。

“你去哪儿？”爱如问。男人开口让她有些心安了。

“回家。”

“什么地方下？”

“斗水。”

爱如一振。她确定是两年前碰到的那个男人。那次也是。她和晓光上车时，他和那个女人已经在车上了。她和晓光下车时，他们还没下。比她早一站上车，比她晚一站下车，很吻合。

“我见过你。”爱如说，“两年前。那时我和爱人是从六道泉往城里回。”

“不记得了。或许是。”男人很淡然。一点儿也不意外。

“听说过六道泉吗？”爱如有些怀疑他不是山里人了。

“当然。”男人点头，有了些探究的兴趣，“是考什么学出来的？没听说过六道泉还有你这样的姑娘。”

“我是六道泉的媳妇儿。”

“噢。”男人笑了。爱如突然觉得他笑得和晓光很一样。山里人都有这样的笑容吗？

“斗水离六道泉有多远？”

“按火车轨道算，得四五十里吧。”男人看着爱如，“按山头数，大约也就两座山。”

爱如嫣然。这才是山里人的口气。

“回家干什么？”

“婆婆病了，回去看看。”

“一个人？”

“他已经回去两天了。”爱如道，“你爱人呢？那年火车上和你一起的，是你爱人吧？没和你一起回？”

“不知道。”男人说。随着这个奇怪的回答，他的神色突然有些迷茫下来，仿佛做梦似的，笑容里带出的光泽，一瞬间就没有了。

列车缓缓地停下来。小贩们围到车窗边，热情地向车里兜售着包子，小黄梨，茶叶蛋，和一袋袋的山楂。山楂红得真漂亮，怪不得晓光说山楂还有一个名字叫胭脂果。爱如记得很清楚，自从进山以来，每站都有卖山楂的，果然是靠山吃山。两块钱一袋，不贵，当然也说不上便宜。

爱如掏钱买了一袋，付账的时候才发现身上只有一块钱零钱，卖山楂的女人连说算了，爱如不同意。递了张大票过去，小贩却说找不开。

“自家种的东西，吃就吃了吧。”女贩黑红的脸漾着笑，“哪有恁薄气。”

男人递过来一块钱。爱如想起城市的大站里常常有拿着客人的钱却不给货或者拿着客人的大钱不给找的事情，心里感叹着这山里的人的淳朴。

车适时地开了。爱如一边道着谢一边想要分出一半山楂给男人，男人突然学着那女贩的口气道：“哪有恁薄气。”两人都笑了。爱如拎着山楂上了卫生间，一会儿便拎着洗净的山楂回来了。洗净的山楂如净了面的山里女子，更加红润饱满，健康可爱。

看着山楂，男人却许久没有吃。爱如忍不住，自己先捏了一个，放进嘴里。真是酸甜可口，绵润生津。爱如吃了一个，又一个。男人看着她吃的样子，神情似乎有些困惑。

“那么好吃？”

“是啊。”

“牙受得了？”

“还行。”爱如说，“我的牙比我的人还刚强些。”

男人笑起来。

他拿起一颗山楂，把玩在手里，左右看着，似乎想要看出什么奇迹。就这么揣摩着，把手指肚上都染了一层轻红。

他始终没有吃。

广播里传出了清爽的音乐，男人放下山楂，重新躺下，从枕头下面抽出一本书，封面是几个半裸的花花绿绿的女郎，很不顺眼，典型的地摊文学。几个黑色的大标题触目惊心：《十八岁少女淫窟劫难史》、《艳妇情场失陷记》、《被轮奸的姑娘啊，你路在何方？》……勾引大于感叹，诱惑多于同情，与其说是警钟鸣响，不如说就是为了让人想入非非。男人却大模大样地歪在铺上，一页页地翻着这些棵艳丽茁壮的毒草，还不时对书笑笑。似乎全然忘记了房间里还有一个年轻女人。

爱如感到一种微微的尴尬和窘迫。他居然看这样的书，让她刚刚建立起来的对他的亲切和默契不由得打了些折扣，甚至有些觉得轻度的受辱。当然，这种书她也不是没看过，有正常好奇心的人总有看这种书的经历，问题是，他不能在此刻当着一个年轻女人的面看这种书，这是最起码的礼仪。

爱如看了看男人。她知道自己的眼神是冷的。男人从书中露出眼睛："你要看吗？"

爱如摇头："你看得很投入，我不夺人所爱。"

男人又笑了："这书很有趣。"

有趣。爱如怔了怔。他没说好看不好看，没说带劲不带劲，更没说刺激不刺激。他只是说：有趣。她的心随着这个词熨贴下来，似乎一只在河上打转的船突然找到了顺流的方向。而有趣这两个字就是两只有力的桨。话，有时候确实不需要说太多啊。

"我知道钱钟书读字典的时候常常会读得哈哈大笑，大约也是觉得有趣。"爱如说，"你的有趣是怎样的？"

"这些作者编得有趣，假得有趣。"

"你怎么知道假？你体验过？"

男人怔了一怔，微微笑了，笑得很安静，一副不和爱如认真计较的模样。他又拿起那颗刚才把玩过的山楂，继续摩挲。山楂的皮被慢慢地褪掉了一层，露出娇嫩的浅玫红。

“你的脚真臭。”他突然说。

爱如的脸红了。他这话说的一点儿都不靠谱儿，不过倒是真的，爱如昨天晚上和朋友吃饭，回来太累，没有洗澡，袜子都没脱。可这不靠谱儿的话里却有一种奇怪的效果：不但让爱如因短处被揭而显得羞怯软弱，还以一种直率而亲昵的真实在他们之间的墙壁上掏了个硕大的洞——这么快就达到了可以用臭脚丫子开玩笑的地步，多么家常的语境，多么迅捷的情谊。聪明人真多啊。

“你的脚也不香。”爱如仓皇反驳。

“只要不洗，天下的脚都一样的臭，”男人道，“区别只是，有人脱了鞋，有人没脱鞋。”

“这是我的自由。”

“我知道，我知道。”男人点头，“这是你的自由。每个人都有每个人的自由。”

爱如不知道该说什么了。

夕阳开始缓缓地由金黄醉成一片橙红。男人偎窗而坐，凝神看着窗外。爱如坐在自己的上铺，居高临下。这真是个奇怪的男人。她总是忍不住要看他一眼。爱如看见，阳光在男人的瞳仁里聚成了两团小小的火焰，刚开始是金黄，然后是橙红，鲜红，淡红，最后斑驳成一片彩影。直至，连彩影也消失了。

“我写过的唯一一首诗就是关于太阳的。”男人说。

“是吗？”爱如静静地说。现在，她已经有些习惯这个男人不着边际的聊天方式了。

“那首诗在我们的校园诗大赛中还获了一等奖。”

爱如仍旧静静地等着。

“其实就一句话，分成了四行。”

男人婴儿般地仰起脸，看着爱如，一字一顿："太阳，你是一颗，没有斑点的，山楂。"

爱如笑了。写得真好，真新奇。没有斑点的山楂。只有山里的孩子能想起来吧？这样的比喻。

"好不好？"

"很独特。"爱如点头，暗笑他居然如孩子般讨赏，"画过山楂吗？"

"当然。"

"山里的一切都是你的主题吧？"一个作家一辈子都在写他的童年。爱如突然想起这个著名的言论。如此说来，一个画家是不是一辈子都在画他的童年？

"是。"男人说，"所以经常回家看看。"

"这次也是回去写生？"

"写死。"

爱如大笑。

"父母身体好吗？"

"还好。"男人说，"我只有母亲了。"

"兄弟姊妹呢？"

"还有个姐姐，招赘在家。母亲跟她过。"男人突然呈出温柔的神采，"姐姐的孩子真可爱。"

"你有孩子吗？"

"曾经有过。"男人认真地看着爱如，"掉了。"

"对不起。"爱如心一紧，又跟一句，"对不起。"

"山楂弄掉的。"男人说。

这话说的，简直牛头不对马嘴。爱如的眉头随着这句话涩了一下。这是个别致的人，然而确实也是个没谱儿的，神神道道的人。这就是艺术家风格？

爱如不想说话了。

窗外渐渐地暗下来。夜色初降。外面有人的话，爱如可以想象出他们观望这辆列车时的心情：窗内灯光明亮，人们相对而坐，似乎有无尽的温馨和浪漫。餐车和软硬卧间的窗户因为帷幔低放，更让人翩翩联想。

曾经，爱如也是窗外观望的人。

那大约是她和哥哥到表姨家度暑假的第三个年头了。一天，他们几个小孩子商量去看火车。他们走了很远很远，从下午直走到黄昏，才来到能够看火车的那个小山坳。然后，他们等火车。

山很静。四周耸起的峰峦把个好端端的银河掐头去尾，只剩下中间一段。牛郎和织女站在两座峰头，似乎伸手可牵。一弯上弦月斜斜地挂在山的一角，如少女的耳环，仿佛只要山一动，便可叮当作响。月光溶溶地洒落山间。若有若无的风声，若即若离的花香，若明若暗的树影，若动若静的群石……那是一个“若”的世界啊。

或许是他们累了。或许是被这“若”震住了，也或许是有些害怕。他们都不说话。突然，一道雪亮的光出现在他们面前。月光顿时黯然。火车来了。长长的火车像一道奇异的长布景，一截截地从他们眼前飞过。他们眼珠不错地看着：这道光里，有人在慢慢地走，有人在沉沉地睡，有人在木木地坐，有人在开心地笑，有人喝茶，有人打牌，有人看书，也有人坐在窗边，向外看着。他看见了什么？他能看见他们吗？

火车过去了，一切归于沉寂。他们该回去了。他们不情愿地站起来，往回走。这才觉得饿，觉得冷，觉得腿沉。当他们慢吞吞地拐过一个山脚时，突然听到了悦耳的马铃声：不知哪家大人听说他们去看火车，赶着马车来接他们了。

那一天，他们全都昏睡在了马车中。

四

婚期在即的时候，爱如和晓光又回了一次山里。这次有上次的经历做底儿，走得就不那么慌张和绝望，有了欣赏的心情。大事已定的晓光也松弛得很彻底，下了便车，走那段山路的时候，他背着手，像个山民。他教爱如辨认野杜鹃和野山茶。教她挖掘能吃的地下块根，教她如何查看草叶折断的痕迹，判断有什么动物经过。一路走着，爱如一路吃着各种他找到的野果和树叶，有一种生漆树的嫩尖，爱如很是喜欢，吃得嘴角都绿了。晓光喂她喝水漱口，却又在一边说笑话逗她，让爱如把衣服都笑湿了。他把手伸到爱如怀里，说是替她擦水，却抓住爱如的乳房不丢，爱如倒在他怀里，仰看着阳光从树阴洒下来，温酒一般。

露水很重。晓光说山里的露水都是这样的。他说他到了能独立做事的时候，家里人就开始让他自己上山，拣蘑菇，采木耳，挖草药。山里的孩子早已跟父母跑惯了山，识山形，知山路，没人会怕你走迷了山。跑山一般都要走几十里的山路，天不亮就得出发。这时的露水是地生的雨，走几步，露水就会将他全身打透，即使是大夏天，也会冻得他上下牙齿咯咯地打个不停，浑身直激灵。越往里走，深山越静，飞禽走兽也就越多。最吓人的就是身边突然扑棱棱飞走的山鸡，会让他寒毛直竖甚至跌倒在地，半天反不过神来。爱如问晓光是否害怕，晓光说这些深山的精灵也有自己的和平原则，人不犯它，它不犯人。远远的听到人的活动就会避而躲之，相闻两不见。但据说有人和黑熊打过照面。晓光还讲了一个半真半假的笑话，说某村有个人很爱吹牛，说自己在抓熊上特有经验，有两人不信，跟他进了山，要看他如何抓熊。三人逛了一天，也没找见一只熊，吹牛者说熊们可能都闻到了他的气息，早逃了。是夜，他们住在游走猎人搭建的小木屋里。第二天早上，吹牛者去小解，突然看见一只熊迎面走来，吓得他连忙奔向木屋，哗地推开门，等熊冲进去之后，他把门在外面锁好，对着屋里喊道：“我把熊给你们抓来了，你们先处理吧，我还要再去抓一只。”

走到村口，他们碰到一对正在拾粪的老夫妇。晓光叫他们“蛇叔”“蛇婶。”过去之后，爱如问晓光两人的名字怎么这么怪，晓光说他们新婚洞房时，他和一群小孩子在外面听房，那时候还是纸糊窗，他们把窗户舔了个洞，看到蛇叔和蛇婶正要做好事，蛇婶仰躺在床上，忽然蛇婶坐了起来，说帐顶上有什么东西蠕动。蛇叔也吓了一跳，举起灯，总算看清楚了。原来是两条蛇也在帐顶上做好事，当时蛇叔和蛇婶一起笑了，议论说蛇和他们一起闹洞房，一对在上，一对在下，这是吉兆。当时他们这帮小孩听了都笑得喷出了饭。后来就叫他们蛇叔和蛇婶。

爱如回头，看着他们弯腰驼背两鬓苍苍的模样，怎么也无法想象他们洞房花烛的情形。吃饭的时候，蛇婶送了一碗腐乳肉过来，算是表了一点儿心意。

第二天早晨，婆婆给爱如做了炒凉粉。卖凉粉的人转到晓光家门口的时候，爱如简直不敢相信：还有这样叫卖的？

“凉粉。凉粉。”他的声音一点儿都不铿锵。如果说城里叫卖的小贩所喊出的每一个字尾都带着爆出来的感叹号的话，他的声音就都是陈述句。仿佛在和你聊天，仿佛怕吓着你，所以他平静地告诉你这个词：凉粉。这是凉粉。

爱如问婆婆怎么这么深的山里头还有人来卖凉粉？婆婆说邻村有一家做凉粉的，只要天好就会在相邻的几个村卖。一天能卖四五十斤，五毛钱一斤。每斤能赚两毛钱。一个月卖二十天，也两三百块钱呢。

炒的时候，爱如在一边看着。婆婆用刀蘸着水，把凉粉切成一小块一小块，然后放锅搁油。油很多。婆婆说凉粉吸油。油烟四起之后，凉粉下锅。婆婆任凉粉在锅里熬着，久久不动。爱如问：“不翻翻？”婆婆道：“熬出一面硬来，才好吃的。”果然就熬出一面硬来。那面硬已是泛黄了。然后婆婆把豆酱，盐，一一放入，香味一下就出来了。这时婆婆便开始来回煎炒，直到全部凉粉都变成了酱黄色。再炒上一阵，婆婆说可以了，爱如便把蒜瓣放进去，婆婆抓住味精包，抖了几抖，起了锅。

很好吃。地道的红薯粉。看着爱如吃着凉粉的样子，婆婆问在城里可吃到这样的凉粉，爱如说吃不到。婆婆又把一些煎硬的碎末拨给爱如，要爱如尝尝，那自然是最精华的部分。爱如吃完了，婆婆才说想要他们去参加一个村人的婚礼。这自然是有些炫耀自家儿子和媳妇的意思。爱如为难地看着晓光，晓光说：“好。”

中午，他们去参加了那个村人的婚礼。不用找，闻着唢呐声就到了那家门前。门口支棱着一口大锅，爱如暗自叫它“大傻锅”。心想这得供多少人吃饭啊。锅边一头肥猪已经化整为零了。几个男人大约充当临时屠夫。嘴角叼着烟卷，他们一边堂而皇之地看着晓光，一边用眼角斜着爱如。晓光和他们打了招呼，爱如跟着晓光进了院子。听见那几个男人发出一阵响亮的笑声。晓光的公公也在其列，却很正经的，很威严的，不打招呼，不看爱如，也不笑。爱如记得晓光以前说过，在这里，儿媳妇和公公是不能多说什么的，听说有个村子里，公公骑自行车驮了儿媳妇一程就惹来不少人耻笑，那个儿媳妇为了洗刷屈辱，居然就自杀了。

晓光付了礼金，和爱如站在院子里。爱如发现所有的人都盯着自己看。脸顿时红了。晓光道：“你倒已经是新娘子了。”爱如要拉着晓光走，一个容长脸面的主家媳妇追出来，怎么也不肯放。说：“晓光媳妇这么俊，不能走，给咱争争光。让她们知道，她们闺女嫁到这儿不委屈。咱们村标准高着呢。”——已经晓光媳妇了。左说右拉，到底也没走成，爱如就看了一次新媳妇。

那新媳妇一身红裙，肤色有点儿黑，真是没有爱如漂亮，但今天是她的大日子。她注定是最打眼的。进家门时，迎接新媳妇的不是城里用的喷式彩带，而是农村最经典的麦秸。撒的人骑在墙头，调皮的，如背书似的一起喊：“一撒金，二撒银，三撒财富满家门！”铿锵有力，气壮山河。然后，满院大笑。

新娘子来到新房前，娘家嫂子把迎娶衣从新娘身上取下，挂在新房的门上，一边挂一边念：“今年挂迎衣儿，过年得大喜儿。迎衣把门鼻儿，生孩带小鸡儿。”在喜床上坐定之后，婆家嫂子给新娘子梳头，叫“上头”，婆家嫂子就是那个容长脸面的媳妇，她一边梳一边道：“一梳金，二梳银，三梳骡马一大群。四梳四状元，五梳五举人，多梳一木梳，儿孙一嘟噜。”梳着梳着，她忽然揪过一边看热闹的爱如，拿梳子朝爱如头上作势梳去，同时道：“另梳一把俏闺女，你早嫁男人你早享福。”

爱如羞臊得夺门而去，身后又甩出一阵大笑。

红着脸吃了一顿荤荤素素的大宴，回到家里。正收拾东西准备走，主家又派人送了菜过来。爱如一看变了脸，原来是剩菜。看到婆婆很珍爱地把那碗菜放到灶台上，爱如道：“这怎么能吃？”婆婆道：“有什么不能吃的？剩虽然是剩，可不干净的他们也不会送来。”爱如无话好答，和晓光一路上都在说这剩菜的事。直到上了火车，还不饶过。晓光道：“这个村子就是一大家子。一家子人吃剩下的，再分到各自碗里。哪有那么多忌讳。其实他们都是这么想的。”

爱如哑然。

五

广播里响起了柔和的女声，有板有眼地歌颂着餐车上的山珍海味。吃晚饭的时候到了。有人呼朋唤友，相约着去餐车。爱如没有。她不打算去吃饭，也没想买盒饭。她在电视上看到过一篇报道，说的就是火车上的饮食问题，看了她就决定不再在火车上吃饭。为了应对这漫长的旅途她早有准备。她从行李里拿出一桶“康师傅”，对男人晃一晃：“来一个？”

男人摇摇头。

等到爱如吃完面，男人才说：“我从不吃方便面。”

“吃不起吧？”爱如开玩笑。

“是。”男人笑，“以前真的是吃不起，后来吃过一次就觉得，这东西真是不能吃。这哪有粮食味啊？不是人吃的东西。再差的粮食都比方便面好吃。”

爱如沉默。这话和晓光说得一模一样。

流动小餐车被乘务员推了过来。这已经是第三趟了。第一趟是十元，第二趟是八元，这一趟是五元。随着趟数的增多，爱如知道，它会越来越便宜：四元，三元，乃至两元。越便宜越没人买。只要过了时候，就是剩的了。剩的不值钱。什么东西都是。

“你不吃点儿吗？”爱如问男人。

“吃不起。”男人接着爱如的话开玩笑。爱如来到包间外，买了一个盒饭，拿了回去。

“谢谢。”男人说，“其实是没有胃口。”

“再没有胃口也是一顿，吃点儿吧。”

男人打开盒饭。一坨米饭，旁边是绿豆芽，西红柿炒鸡蛋，两块猪肉炖一窝粉条。说实话，也算对得起这五块钱。男人把一次性筷子掰开，正要下筷，爱如道：“把筷子上的木刺磨磨。”说着把筷子拿过来，两根对着搓了搓。男人默默地看着爱如做这一切。

“你真好。”他说。

爱如的脸红了。多久没有人用这么朴素而直接的话赞美过她了？晓光和她做过爱后，经常会说这三个字：你真好。当然，她也对他这么说过。

看来，男人是真的没胃口。他只吃了几筷子，就不再动了。把盒饭按原样封好。爱如让他扔掉，他说不。他说等到明天早上，有山民在哪个站台赶早站的时候，——赶早站就是早早来到车站卖山货和茶叶蛋——可以把这盒饭送给他们。即使他们不吃，拿回去喂他们的鸡猪也比扔了强。

爱如不禁一动，想起全村人分吃酒席剩菜的事情。山里人真是最怜惜东西的。她婆婆第一次来城里看他们小家的时候，正碰上收电费的，听说一月电费要小一百，张了半天大嘴，把爱如的犯罪感都逼迫了出来。

“最后的晚餐。”男人突然说，“谁是犹大？”

“你。”爱如不客气地回敬他的无厘头。

“是的，是我。”他笑。

然后他提议玩牌。爱如说玩牌没意思，男人道：“赌点儿什么吧。”

“赌什么？”

“山楂。”男人说着便把山楂分做均匀的两堆，一共九十九颗。他把多余的一颗放在了中间。

“让它当裁判。”他说。

他的牌计显然高爱如不止一筹。一个多小时之后，爱如的山楂全部归顺到他的领地。爱如一边帮他拢山楂一边道：“这些山楂全是你的了。你这个土财主。”

“是啊，全都是我的了。我也只有这些山楂了。”男人慢慢道，突然话锋一转：“每年我收到老家人寄来的山楂时，我妻子就会用你刚才说的话来嘲笑我。她总是一遍遍地说：这些山楂是你的，都是你的。我知道她的潜台词是：你这个山里的乡巴佬，除了这些山楂是你的，这个城市里的任何东西都和你没关系。”

突然说起来了家事。爱如不知道自己该如何回应这个没谱儿的男人。说这些话的时候，男人的口气很平静，甚至还在笑着。

爱如沉默。

“我的孩子，是山楂弄掉的。真的。”他突然又说。

“你要是怀孕了，千万别吃这么多山楂。”他接着说。

爱如怔住。受刺激太深了？神经不太正常？似乎有点儿。不过，好在看起来尚没有什么暴力倾向。那就听听他说吧，反正旅途寂寞。权当是一个临时的心理医生。作为一个山里媳妇，对山里男人，她自信还是有几分理解基础的。

“你妻子，”爱如的语速也放慢了，以示自己的慎重和小心，“她很喜欢吃山楂吗？”

“我和她是上大学的时候认识的。”男人没有接爱如的话茬，眼睛看着车顶，“你知道，我写了那首诗，没有斑点的山楂，她很喜欢，我们第一次约会的时候，她给我唱了一首俄罗斯歌曲，名字就叫《山楂树》，那首歌真好听啊。

“每个冬天，只要有冰糖葫芦，我就买给她吃。她吃过之后留的木棒，我都一根根地藏着，没事儿的时候就拿出来闻闻，那味道可真好闻啊。”

棒管滋滋地响着。

“为什么孩子会掉？”爱如终于问。

“为什么？”男人笑笑，突然又收住了笑，沉默了很久，“她怀孕的时候，吃了很多山楂。所以孩子掉了。”他睁大眼睛，认真地重复着，露出纯真的眼白。

“山楂和孩子有关系？”爱如不得不把问题具体化。她怕他会一直重复下去。

“山楂有收缩子宫平滑肌的作用，能诱发流产。”男人说，“这也是我后来才知道的。”

爱如下意识地看了一眼茶几上的山楂。鲜红的山楂顿时狰狞起来。

“这么年轻，你们还可以再要的。”也知道这话没有新意，可她实在想不出别的语言来安慰。

“孩子就像一场爱情，一次就是一次。不能用下一次来代替的。”他说。他的反驳让爱如有些羞愧。

“那怎么办？总还是得往前过。”

男人笑笑。

爱如爬上自己的铺，将毛毯和被子盖在身上，想想直接睡似乎不太好，就又徒劳地说，她认为夫妻之间如果感情有了问题，就得尽量想办法修补。如果实在没办法修补，就干脆分开。还讲了一个故事，说有个年轻人得到了一个珍贵的犀角，可那犀角总是有一股难闻的臭味，怎么都清除不了。年轻人为此大伤脑筋，郁郁了几十年。直到成了白胡子老头，忽然有一天，人们发现这个老头满面喜悦，都问他是否解决了犀角的问题，老头说他解决了。人们问他怎么解决了，他说他把犀角扔掉了。

“其实，你可以不这么过的。”爱如说。

“我已经不这么过了。”

“分了？”

“分了。”

这么说他们已经离婚了。大约就是在上火车之前？爱如不知道自己该说什么。

“那就好。”

“那就好。”男人傻傻的，又像是别有深意地跟着重复。

“想回老家散散心？”

“是。”男人说，“回老家。回斗水。”

斗水。只有一斗水？山里的名字全都如此。正如六道泉是有泉水的。影寺村是有庙的。双庙村是有两个庙的。老柿村是有一棵老柿树的。黑岩村则必定有一块巨大的黑色岩石。都是那么直白，光听名字就可以知道个大概。然而这直白却因与自然息息相关而生出一种清素之美。不像他们城市街道的名字，百分之百写实：卫东路是卫校东边那条路。政后街是政府后面那条街。还有一条站边巷，名字起因是因为在汽车站旁边。每次路过站边巷爱如都觉得气愤：那么多有学问的人都干什么去了？也是直白，却直白得蠢，直白得笨，直白得愚不可及。

“六道泉有电吧？”男人突然问。

“有。”爱如说，“斗水呢？”

“也有。十年前，为了帮电业局的人埋线杆，我父亲摔死了。”

爱如沉默。慢慢地捋着自己的呼吸。男人是家里的山。山里的男人更是山上的山。山上的山倒了，碎乱的石块砸下来，女人和孩子就得背着。

“我母亲是个民办教师。你问你爱人，他或许知道。我母亲教的地理最好，每年全乡统考，她这个没去过市里和省里的民办教师，教的地理成绩，都是第一名。

“我们那算是中心小学，在各个自然村里，还有一些更小的所谓小学，通常是只有几户人家、四五个孩子。由于孩子都太小，来往不方便，所以也设一些分点。我母亲便在这样的一个分点里教书。每天她都早早起来，准备好饭，一般都玉米粥，山里的玉米粥越熬时间长越香，越甜，我喜欢喝。后来离开山里，就很少喝了。没人有那种耐性给我熬。妻子？妻子也不行。城里人的时间金贵，山里的人的时间贱。可想起来，还是觉得山里人的时间才是时间啊。城里人的时间？那是鞭子。

“是，我爱玩。山里孩子可玩的东西多。我最喜欢的季节是冬天，为什么？因为这是我们男孩子们的季节啊。最刺激、最冒险、最勇敢的季节。你们六道泉有河，我知道。我们斗水也有。水对山真是很眷顾的，哪个村子都要多多少少地绕到。一到冬天，我们就在结了冰的小河里滑单腿驴、滑冰板，要是下了雪就更好了，我们会到林间小道上去放爬犁，那种风驰电掣般的感觉不亚于现在的飙车。坡陡，路滑，速度也快，弄不好就会撞到树上，极具刺激性和挑战性，因此都是背着大人偷着玩儿。我们时常会冲击得人仰马翻，险象环生。撞碎爬犁，刮破衣裳，身上青一块紫一块，被父母知道挨几顿揍的事都是常有的，但只要下了雪，肯定还会玩。

“母亲早早地给我们熬好粥，就乘着浓雾和露水起程了，步行七八里山路，到一个只有几户人家的小村里上一天课，中午就在那几户人家里轮流派饭，很晚的时候，才回来。通常她总会顺道砍一些柴，揪几把野菜。估计时间差不多到了，我就来到院子里。一边玩着，一边朝山边的小路上张望：一旦看到一个疲倦的身子缓缓地移动着，背上鼓鼓囊囊的一堆东西，我就知道，那是母亲回来了。这时候，我们家的小灶房里已经冒出了呛人的烟来，夹杂着几声咳嗽，那是我的姐姐已经开始准备晚餐了。

“还有一种玩也是下雪之后才能玩的，玩的是技术和技巧，那就是‘滚灰雀’。刚下完雪，灰雀没的吃，都跑出来了。一清早，眼睛还没睁开，就能听到它们找食儿的叫声。雄鸟是长得最好看的，头顶的红缨十分绚丽，衬着白雪，也象幅画似的，老远就能看到，叫得也格外好听。我们叫它国王。要是能逮到几只国王，这一季的雪就都没白下。我们用小木方和竹签制成滚笼，把它挂在树上。滚笼的形状就像是一座楼房，中间的主搂高出两边的侧楼，主楼的四周布上一些谷穗，鸟儿需要停落在侧楼的顶端才能吃到谷子，但侧楼的顶端是一个可以滚动的机关，只要落上去就会滚落到笼子里，成为我们的猎物。滚笼里还要放进几只国王，它的叫声可以招引来远处的国王，我们就在边上静等着，看它们扑棱一只，又一只。

“父亲死了之后，电通到了我们的村子里。但我们很少用。不是因为父亲，而是觉得电费贵的吓人，于是我们家和大多数人家一样，习惯点煤油灯。你见过煤油灯吗？没有吧？是，和《红灯记》上李玉和提的那盏灯差不多，光线没有那么亮，但是很柔和。有时候玩得晚了，还没走到家，就看见灯点起来了。黄澄澄的光线从窗户那儿映出来，就是一幅奇妙的画。多厉害的画家都画不出那样的画，绝对的。

“那真是一盏特别漂亮的灯啊。”

…………

在男人的颠三倒四的讲述中，爱如睡着了。她甚至做了一个浅浅的梦，梦见了婆婆。婆婆似乎是为了爱如和这个男人如此漫长的聊天而生气。她阴郁着脸，脸上写满了愤怒和困惑。

浅梦之后，爱如醒了。她听出男人也醒着。她没有出声，也没有动。两个人静默在黑暗中。

六

总的来说，爱如和婆婆处得还算不错。但也免不了有摩擦。第一个春节，爱如回家过年，学校放假早，爱如回去的那天是腊月二十三。到家时，婆婆正打算出门赶集去买瓜子糖果和串亲戚用的点心。要爱如跟着去，爱如嫌累，就没去。婆婆就独自去了。黄昏时分，婆婆回来，忙着打烧饼，打好了烧饼给老灶爷上了香，一边说着“一碗水，两根葱，打发你老上天宫。你老告诉他老说，俺家四季都太平。好话再多也不多，坏话一句不要说，俺们全家都和气，你让送子奶奶多给男孩少给女。”爱如没想到老太太对传统礼仪遵循得如此周到，顿时后悔自己回来得太早了。预感到这会是一个严厉的春节。

果然，晚饭后，婆媳两个就有了不睦。婆婆要爱如吃两份烧饼和芝麻糖，说是不但自己要吃，也要替晓光吃一份。这些东西爱如本来就不喜欢吃，还得替晓光吃，爱如就觉得又荒唐又委屈，说自己吃不了。婆婆说吃不了也得在每份儿上咬一口，应应景，爱如说这何必呢？老太太道：“年轻人，不懂。要你吃你就吃。”爱如说：“啃得豁豁牙牙的。多不好。”婆婆道：“没人嫌弃。”几句话下来，虽然没有下雨下雪，也都见出冷来了。

“二十四，扫房子。”爱如的任务是擦洗桌椅，搬挪坛罐。懵懵懂懂忙了两天。再然后是，“二十六，去割肉。”接着“二十七，洗萝卜。”洗了萝卜是为了盘饺子馅，炸丸子。再然后，神圣的二十八到了，“二十八，蒸枣花”。这一天晓光也回来了，男女老少齐上阵，婆婆早一天就发好了面，要蒸每人两个的人口馍，谓之“大馍”。要蒸供神的枣花馍，还要蒸豆馍和包子。蒸完了这些还要放上油锅炸丸子，煎油豆腐。从早到晚，紧紧张张。爱如的任务是烧地锅。——这么大的厨房工程量是必须得烧地锅才能在一天之内完成的。爱如倒是满喜欢这项工作，她喜欢看炉膛里的火苗蹿来蹿去，变幻无穷，又暖和又有趣。

“妈，还有几锅？”爱如朝着屋里喊。

婆婆不语。

“妈，还有几锅？”

“死丫头！”

婆婆突然骂了爱如。爱如被吓着了似的，不敢再说话。

最后一锅的时候，爱如终还是忍不住了，问：

“妈，火撤不撤？”

“死丫头！”

这一次爱如听得真真的，是骂自己呢。爱如的眼泪刷地下来了，扔下火就向外走。走出了门才发现前面都是山，可往哪里去呢？爱如找到一块石头，坐上去就哭起来。

晓光很快就找到了她。大约是从婆婆那里知道了怎么回事，给爱如解释说蒸馒头的时候是不能问这问那的，不问的话就是好日子过不完，一问就是好日子有数了。爱如道：“哪来这么多穷讲究！”晓光道：“老人家的规矩，你就将就些。”爱如又纠缠她怎么可以如此骂自己，晓光的语调突然低下来，说：“她把你当自己的女儿才骂你的。以前都是我小妹妹烧火。咱们家多少年都没有女孩子替她烧火了。她这会儿也在屋里掉泪呢。”

爱如紧涨的心松软下来，回到家里，婆婆已经做好了饭，热腾腾白哗哗的馒头映着她枯黄的脸，爱如的怨气突然就无影无踪了。吃过饭，婆婆从里间拿出一件红毛衣，胸口镶满了假钻的那种，给爱如，说是在集上买的，三十块呢。爱如连忙穿上去，左右摇着给她看。

大年初一，婆婆给了爱如压岁钱，五十。爱如收着了。然后，婆婆和公公坐在一起，要孩子们给他们磕头，爱如跟着晓光跪下去，眼泪又掉下来。她知道，这泪是不含一丝一毫委屈的。

初一那天，爱如还挨了骂。一是她要晓光去打水，婆婆骂了。说大年初一不能打水。原因是有没死三年的小鬼会往井里和河里乱尿。二是爱如要扫地，婆婆也骂了，说是扫地会把新年的金银财宝扫光光。婆婆再骂的时候，爱如只是笑，结果婆婆又笑骂:“还怪皮实哩。”

事情到此当然没完。去年春天，婆婆来市里看病，病不大，是妇科炎症，爱如陪她去看了，开了药，要她在他们家多住了几天，其间也发生了些不愉快。老太太闲不住，总是想干活。爱如不想让她干。一是不想担当名声，说婆婆病了还帮着干活。二也是知道她不懂怎么干这市里的活。可婆婆是劳动惯的人，一闲就浑身不舒服，闹着要走。也只好让她干。她整天拖地，洗衣服，把玻璃擦得亮晶晶的，连楼道里人家放的垃圾袋都一一拿下去，为保洁员装到垃圾车上。爱如说她太勤快了，她还以为是表扬，道:“力气是奴才，歇歇就回来。多干些怕什么?”

干是干着，单看婆婆用水那个劲，可真够瞧的。水涨价了，先前一块八一吨，现在两块五一吨。爱如用水是很注意的:洗菜的水再用来洗抹布，洗衣服的最后一道净水存到一个大塑料桶里，可以用来涮拖把，冲马桶。可婆婆用是不管三七二十一的:接一大塑料盆水淘菜，然后，哗啦倒掉。碎叶子也不知道拿漏勺捡出来，害得下水管堵了又堵。刚刚洗完衣服，水哗啦倒掉了，又上厕所，小便也冲两次，大便更是冲无数次。

看着婆婆用水，爱如实在是心疼。似乎这自来水是他们六道泉的小溪，可以免费地取之不竭。几天过去，爱如忍不住了，和婆婆散步的时候，委婉地说了几句。婆婆的步子一下子就慢下来。爱如有些犹豫，可还是接着说:“妈，你别难受。我是想和你过长日子，才说出来的。这城里不比山里。城里有城里的规矩，城里有城里的难处。”

“我不知道城里的水是要钱的。”婆婆说，如孩子般红着脸，“我以为就水不要钱呢。”

第二天，爱如有些担心，以为婆婆会对晓光说什么，也担心婆婆要走。可婆婆什么也没说，只是按爱如说的去做，而且比爱如更省。省到后来都有些牛头不对马嘴。连厨房的洗碗水都舍不得扔，等到冲大便用，弄得马桶周围油光闪闪，爱如又说了几次才改过来。那天下午下班一进家，爱如就闻到一股怪味，她跑到卫生间，发现婆婆的大便没冲。她找到阳台上，问婆婆是不是忘了冲大便，婆婆道："塑料桶里存的水用完了，我想先洗围裙，等洗完围裙我再去冲水，就不那么可惜了。"

爱如扎煞着两手，哭笑不得。晚上把这些事情对晓光讲，也没有埋怨，只是说笑。晓光正色道："她上了年纪，能这样已经不容易了。你担妈，妈其实也担着你。那天她跟我讲，说你从不关卫生间的灯，不是老费电？我给她解释说节能灯开开关关的，其实更费电，她这才明白。山里有山里的琐碎路数，城里有城里的琐碎路数。你细给她讲，她会留心的。"

爱如靠在晓光怀里，只觉得这个男人怎么看怎么慈悲，怎么靠怎么踏实。

婆婆住了半个月，临走时，只留够了路费，把剩下的钱都交了爱如，爱如死活不要，婆婆道："城里拉尿都要钱，你留着，大小派个用场。"

爱如数了数，三百四十五块。爱如把钱放在衣柜的一角，没花出一分。

七

"你能帮我数数这些山楂有多少颗吗？"男人终于说。

爱如抻起身，接过去。

"三十六颗。"

"可是你说多奇怪，我每次数出的数字都比上次少一个。"

"那是因为你每数一遍就要吃一颗。"

“你这个女巫。”男人似乎笑了。

“睡吧。”爱如说。她看见，男人已经把鞋脱掉了。

脚灯昏黄的光线向上散射，到了爱如的上铺那里，几乎什么都看不见了。然而爱如能看见男人的脸。他的眼睛圆圆地睁着，似乎在被什么牵扯。面部的肌肉一动不动，犹如大理石般凝固着。

他是一个有心事的人啊。他怎么了？

“你说吧。”爱如说，“睡不着，就随便说点什么吧。其实我也睡不着。”

男人开始说了：

“爸爸死后，我上了初中，姐姐却辍学了。两个女人供我一个。我往死里学，终于考上了大学，美术专业。我喜欢画画。为什么会迷上画画？因为我觉得自己心中有画，那画就是我面前的大山，生我养我的大山。我所有的画，都只有两个主题：山，还有女人。是这两样养育了我，我永远也忘不了。永远。

“你说，我也算是个有才华的人吧？写诗能拿一等奖，画画画得也不错。两支笔都可以，文武双全。这些还是能吸引女孩子的，是不是？凭着写诗的笔，我和她谈了恋爱，凭着画画的笔，我留下了大山和她的样子……开始，她不愿意做我的模特。不知道费了多少口舌，我终于还是说服了她。画山我不需要模特，可画女人我需要啊。你说那年你看到的那个女孩子，那就是她。是，就是她，我后来画的女人画，都是她。后来，我开始带她回家，写生。那时候，我们已经结婚了。

“我爱她。当然，我爱她。不然不会带她回去。虽然我知道在城市，人们对带一个女孩子回家很无所谓，但山里不一样。将一个女孩子带回山，就在我母亲和姐姐心里烙下了印，如果我下次再带别的女孩子回去，那就坏了我家的名声。简直就和离一次婚差不多。所以说这是一件慎重的事。甚至可以说，这是一件关乎我家庭名誉的事。由此，你可以知道她对我有多么重要。连我自己都不知道她对我有多么重要。

“我把她带回了山里。每年我都会把她带回山里几次，写生。她在山里可真美啊。真美。就连她怀孕时的样子，都是那么美。我深切地感受到，女人和自然就应该是浑然一体的。她们简直不能彼此分开。不能。后来，我曾经无数次地想，要是我知道把她带回山里会毁了我们的感情，我还会把她带回山里吗？答案是：会的。没办法。只能这样。

“那大约是我画山中女人系列第五十三号作品的时候。我带她回老家，写生。写生的时候，我通常会找一个没人去的地方，要她裸体。我要看的就是人体在阳光下的色彩和阴影。那一次，肯定是被砍柴的乡亲看到了。就有闲话传开，说她是狐狸精，不要脸。你还别说，她在山里面的样子真的很像个狐狸呢，和山里的一切协调得无以言说。我常常开玩笑说：你这么完美，我这画笔简直是在胡乱糟蹋你。她也笑着说：就是要你糟蹋的。我们常开这些玩笑。本来她对山里是不怎么感兴趣的，在我浓厚的熏陶和感染下，慢慢的也喜欢山里了。

“可就是碰到了那起事。谣言越说越离谱。说我的要轻些，只是有伤风化什么的。大约因为我是山里的孩子，要背背我吧。那时候，她是受委屈了。风终于吹到了母亲和姐姐耳朵里，她们开始坚决反对这桩婚事，倒不是说她是狐狸精什么的，而是说她的裸体被人看到了，她们觉得丢脸。山里女人尤其在乎这个。她呢？她倒不太在乎被人看到裸体，她伤心的是母亲和姐姐怎么可以为了这件事歧视她，拒绝她。她们开始互相不接受了。

“我不能伤害母亲和姐姐，可我也不能伤害这个爱我的女人。我怎么能让她离开我呢？她已经成了我山的一部分，画的一部分，生命的一部分。于是，那段时间里，我经常带她回家，一边写生，一边试图加深她们之间的感情，但效果不大。直到她怀孕了，母亲才算勉强同意了我们的婚事。可结婚后没多久，她就流产了。

“是的，是因为山楂。她想吃酸的。酸男辣女啊。母亲很高兴，寄了很多山楂过来。谁也没想到山楂会让人流产。山里女人一辈子都吃山楂，怀的孩子照样结结实实的。她怎么会因为山楂就流产呢？但无论我们怎么不相信，检查的结果，她就是因为山楂流产了。从那以后，她再也不愿意回到乡下去，再也不愿意回到斗水去。母亲和姐姐根本不相信山楂会让人流产的说法，觉得她就是不想好好过日子，在找茬儿，两边刚刚有些温度的感情，又冷却了下来，而且，比初时还要冷。

“后来，她说她要和我离婚。她说一离婚就一了百了了。我怎么求她都没有用。她说她爱上了别人。她爱上了别人。她这么快就爱上了别人。我答应了她。我们离了婚。可因为没有房子住，我们还在一起。两室一厅。她住一间，我住一间。可厨房和卫生间都公用。说好谁也不管谁的事。她做到了。我做不到。我还爱她。我怎么能不管她的事呢？我没有管的权利，我有管的心情。她有什么动静我都知道。她换什么衣服，用什么香水，吃什么菜，我全都知道。她是谁？她是我从骨头到肉都画过的女人啊。她是我从骨头到肉都爱过的女人啊。只要看她一眼，我就会明了她的一切。就连她有没有谈新男朋友，有没有和新男朋友上没上过床，我都是知道的。这世界上，没有人比我更了解她了。没有。

所以，后来，我在摄像头里看到了她和那个男人做爱的样子。是，我是装了摄像头，偷偷地，在每个房间都装了。可我只是为了录她在家时的情形。你知道，当着人的时候，人的情态总多少会有些作态，如果只有一个人，那才是最自然的状态。我就是为了看她最自然的状态，才偷偷装了摄像头。我没想到，那天，我从镜头里看到了她和那个男人做爱的情景。真是疯狂啊。真是疯狂。

“没有。我一直没有告诉她我已经知道了这件事，我只是更换录像带。后来我发现，他们大约每周要约会一次。看着他们做爱的录象，我渐渐平静下来。你知道，我和她做爱时，是不能理智看到她做爱时的表情的，但现在，我能了。我不能看得很清楚，但我能像一个刽子手一样清晰地分析其中的情绪和色彩了，我能用画来表现我最熟悉的这个女人做爱时的情态了，这也算是有失有得吧。我是不是已经变态了？

爱如沉默。有些毛骨悚然的冷。

男人接着讲下去：

“我以为我会一直平静下去，直到彻底厌倦。没想到让我不能忍受的一天来临了。在这前一天，我刚从邮局取回妈妈寄给我的包裹，包裹里全是山楂。山楂就放在沙发旁边。我从摄像头里看到，他们碰洒了山楂，然后就把山楂铺在身下做爱。山楂滚满了整个客厅，我们的客厅红彤彤的，色彩艳丽，触目惊心……

“我不能忍受了。仿佛他们在用我的大山做爱，用我母亲和姐姐的身体铺在身下做爱，我不能忍受，不能忍受……”

男人哭泣起来。低低地哭泣起来。爱如坐起身。列车喀嚓喀嚓地向前走着，仿佛在有节奏地剁着什么。它在剁着什么？爱如觉得自己的心脏也随着一声声重重地击打着自己的胸。浪一波高过一波。她的皮肤都是疼的。

终于，她跳下来，坐在他的身边。他把头靠在她的腋下，渐渐地安静下来。

软卧间的门哗地一下子开了。一束雪亮的手电光射进来。是那位女乘务员。

爱如和他依然保持着那种姿势，一动不动。

“来抓人吗？”许久，男人说。

“我管不着你们的破事儿。”女乘务员说，“检，检票。”

爱如和男人把票拿出来。把票递给女乘务员的时候，从手电光的映射中，爱如清晰地看到她毫不掩饰的鄙夷。

“你们，进来。”乘务员用手电筒照照身后，“一个13上，一个14下。”

“等等”。男人说。

他从口袋里又摸出两张票，递给乘务员。乘务员用手电筒照了一下，口气缓和下来。

“怎么买这么多票？你？”

男人不说话。收起了票。

“可以卖给他们么？”她指指身后。

“不。”

乘务员沉默，带着那两个人走了出去。

“神经病。”她一边重重地带上门，一边说。

“对，就是神经病。”男人说。

卧铺间里又黑下来。

“为什么？”爱如道。

“因为不想见那么多人。如果你晚一步的话，我也会把你的票买走。”他说，爱如能感觉到他脸上的微笑，“不过我很高兴能遇见你。我会终生难忘。”

八

天亮的时候，爱如看到了那些画。

一棵白色的花树下，背立着一个少女。蓝紫色的背景衬托出玫瑰色的裸体。背影的曲线很典雅。人体姿态自然扭动，线条圆润优美，肢体稍显丰腴，她的左肩和上身构成一条斜线，与右侧的曲线产生了巧妙的对应，柔中有刚，曼妙无比。

一条小溪旁，幽深的丛林背景下，白色的被单上，卧着一个女人，她的神态安详，似乎在全神贯注地倾听溪流声，色彩饱和，凝重，充满质感，流溢着浓郁的古典风情。女人的手里，握着一棵小小的山果，半青半黄，似乎可以闻到那酸甜的清香。

一堆乱石，初看毫无章法，有一种合乎情理的真实之感。仔细一看，才会发现这一堆乱石其实是一个斜躺的人型。从一些关键部位可以看出，这是一个男人。而一边的真实少女如梦似幻般地偎依在男石边，有生与无生，有机与无机，组成了怪诞的呼应。远处的背景是黑色的群山。

一片原始气息的花草丛中，坐着一个女人，她的双唇微微张开，似乎想要为什么事物吃惊。构图是平面化的，但细致的线绘却是非理性的。整幅图画神秘而自由，纯净而野性。

一对乳房在碧绿的草地上绽放开来，这种强烈的意象也只有这种奇特的构思才能达到：这是凌空俯画的，女人微微张开双臂，面庞朝上，天真无邪。脸庞下就是她突出的双乳。双腿和双脚全被丰满的双乳遮盖。乳头深红。这幅画简洁奇特，不落俗套。大面积的浅色背景和深色的身体基调相得益彰，既现代又古典。

一扇山林小屋的窗子被打开了，幽暗的窗洞里，裸露出一个女人的身体。阳光照在女人的身体上，粗糙的墙面，不规则的窗户边框，和光滑如丝的女人体形成了鲜明的对比。窗内的黑使阳光更亮，人体更明，平面感被打破，空间感突现出来，一切都那么丰富和干净。

两个女人出现在这幅画里。但其实是一个女人。画面上有典型的超现实主义风格：把两个不同状态的同一个人放在一个空间。一个状态是女人全裸，只有乳房和下体隐秘处被双臂遮挡。

另一个状态是女人全身红衣，乳房和下体隐秘处却被撕裂了口子，裸露出来。两个人都面孔严峻，似乎在询问什么，又在思考什么。

呵，还有这样一幅画呢。是山里那种不知名的长长树叶，女人顺着其中一条树叶的曲线弯下去。而她身体的前方，还有一片长长的树叶顺着她乳房的曲线弯下去。女人成了植物的一部分。黑白两色，契合单纯。

这便是那个怀孕的女人了吧？被画得意韵朦胧。也许这样正好可以说明生命萌芽的源头就是一片混沌？混沌才能初开？初开后又归于混沌？仅仅是朦胧的身体，女人没有面目。可以感觉到她的呆板和迟滞，也可以感觉到她的卑怯和神经质，更可以感觉到她的木然和警惕。

爱如看着这个女人，许久。

最后一幅画没有完成。那幅画里没有女人。只有鲜红的山楂。山楂成了一个女人，但只可以隐隐约约看出是个女人。一粒粒的山楂聚集在一起，像无数颗小小的花朵。这绚丽的色彩把爱如的眼睛都刺痛了。爱如伸出手，轻轻地抚过画面。坎坷不平的画面掠过爱如的指尖，如微型的山峦。

这幅作品的编号是八十九。

爱如合住画夹，拿出手帕纸。她真担心自己的指尖会流出血来。

九

爱如该下车了。

远远的，爱如就看见了晓光，他拿着一张报纸，安静地在站台上站着，偶尔看一眼列车开来的方向，偶尔看一眼报纸。

爱如拼命地向晓光挥挥手。晓光顺着列车追过来。

“你爱人？”男人问。

“是。”

“多好。”

爱如笑笑。

列车渐慢，爱如整理好行李。

“再见。”

“你知道的，不能再见了。”男人笑着说。

在男人的目光中，爱如下了车，晓光迎上来。

“顺利吗？”

爱如答应了一声。

晓光把报纸插进口袋里，接过爱如的行李。

“看什么报？接我都不专心看火车。”爱如说。她想埋怨他一下，亲切的埋怨。她需要这个。这尘世的温暖。

“我们山里人的案子。一个青年画家，斗水出来的，把他妻子和妻子的情人都杀了。正在畏罪潜逃。”晓光递过来一瓶水，“满可惜的。”

爱如不说话。也不接水。她一动不动地看着晓光。

火车起动了。爱如感觉到那个男人的目光正一晃而过。

“你的脸色很难看。”晓光终于觉出了异样，诧异地看看爱如，“怎么？坐软卧还不舒服吗？”

“舒服。舒服极了。”爱如说，“就是想你。”

爱如的眼泪流下来。

失语症

一

离婚的念头像一只越长越大的鸟，早就展开了两个翅膀，在尤优心里盘旋。可是它飞不出去。尤优开不了这个口。无法开口往往有两种情况：一是没理由。二是理由太多。起初，尤优不清楚自己是哪个。后来她才明白：自己是二者兼有。而之所以既没有理由又理由太多，是因为她没有大理由，有的都是无数斑驳混杂的小理由。这些小理由虽然琐屑，却很壮实，而且四处蔓延爬动，咬噬得她浑身痛痒，让她越来越不堪忍受。

如虱子。

虱子的萌生是从李确踏入仕途之后。

当年，她和程意决然分手选择李确，与其说是迫于母亲的高压威逼，不如说是对母亲的隐蔽投诚。她的理智在母亲反对程意的同时其实也早已开始悄悄背叛着程意：程意虽然浪漫，但是过日子就不太靠谱了。天天厮缠又怎么样？海誓山盟又怎么样？至情至性至真至纯又怎么样？拥抱着她吼叫着说绝不罢休又怎么样？仅仅是个被聘用的朝不保夕的健身教练而已。殷实的家业和优裕的工作是一幅厚锦，所谓的爱情不过是花。父亲去世之后，备受溺爱的哥哥尤良紧接着倾尽家里的积蓄成了家，她守着寡母过着孤女的日子，越来越看重的，就再也不是锦上的花，而是花下的锦。

相比于程意，李确的优势就是有锦。工作稳妥——云城市人事局公务员，性格稳妥——不苟言笑端庄平和，家世也稳妥——李确父亲生前曾任地方高官。稳妥乘以三，就是一幅三层的厚锦。程意的花她享用够了。现在，她需要的就是这锦。

“优优，这不是最后的晚餐。”吃分手饭时，程意手握筷子，如握一把刀，脸上的神情坚若磐石，“我决不会放弃。”

“我们有缘无分，”尤优压抑着程意痴情让她心头泛起的甜蜜虚荣，尽量让自己显得沉静成熟，“你还是把我忘了吧。”

后来，李确从人事局调到政府办秘书科，又从副科长、科长、副主任到镇长、镇党委书记，两年前又回城当上了水利局局长，一路走来，步步着锦，直至在云城这个百万人口的县级市成为一个举足轻重的官场新贵，尤优才发现：他的锦已经让她越来越窒息。

李确对她是好的，但那种好是有棱有角有边有沿有分有寸的那种好。他觉得该让她知道的事：人情礼事，眉高眼低，他会不厌其烦地对她谆谆教诲，在这种教诲中，李确对她说的最常用的词就是两个：要和不要。要从猫眼里看清来客，不要随便开门。要仔细甄别一下来电显示上的号码，不要随便接电话。接了电话之后要过过脑子，不要随便说。如果送东西，除非他事先有叮嘱，否则不要随便接纳。有人朝她打听他，不要说得太多，最好能含糊过去。在任何场合都不要打听闲事，也不要传闲话……他觉得她不该知道的，就会对她严丝合缝闭口不谈，不让任何信息越出嘴唇半步。有时候尤优在外面听到什么风声回家问他，即使是路人皆知，李确也是那四个字:“我不知道。”

“是人都知道!”尤优气愤之极。

“随你怎么说。反正我是不知道。反正你知道的途径不是从我这里来的。”

尤优静默片刻。

“我们是夫妻么?”

“怎么了?”李确问。

“我们是不是最亲的人?”

“当然。”李确笑。

“那你为什么对我还藏着掖着?”

“就是因为我们是最亲的夫妻，我才不想让你知道那么多。这才是真的对你好。”李确说，“好奇心不要太强。这不是个优点。”

“在你的那些要和不要条约之外，我能做主的事情是什么?”尤优道。

“做好你的工作，当好一个家庭主妇，相夫教子，这就够了。”李确说。

“对你来说是够了，对我来说，还不够。”

“没办法，委屈一下你吧。谁让你是我的老婆呢。所作所为对我前途影响最大的那个人，只有你。”李确安慰地抱着尤优，“我知道你还记恨我停了你的那个舞蹈培训班，等退休了，我们好好办一个。

“到那时候，恐怕我只能去练太极拳了。”尤优说。

在调进统战部工作之前，从师专艺术系毕业的尤优是云城市第一实验小学的老师，教两个年级的音乐，全校学生的体操，另外还在课外办了一个自己的小小实体——“优优舞蹈培训班”，专门培训小女生们的舞蹈。——也就是在办舞蹈班的时候，尤优认识了同一个楼层的健身俱乐部教练程意。音乐和舞蹈都是尤优的特长，相比之下，舞蹈是特长中的特长。师专毕业时，全系汇报演出的舞蹈类节目都是她编排的。培训班一开班就招了四十多个学生，经过尤优的细心调教，孩子们表现都很出色，年终和文化局联办了一场专题汇报演出，震动全城。尤优的事业顿时风风火火，名声大噪。和程意分手跟李确结婚后，李确通过关系将尤优调到了市委统战部，尤优本以为可以有更多的时间来办舞蹈班，不料却麻烦重重：李确介绍了不少领导的子女、外甥和侄女进来，学费全免不说，还都争强好胜。年终汇报演出，几乎每个领导的关系学员都要求上独舞，群舞里也要求站到最前排的“舞尖”位置。按李确的意思，是泥都上墙，抹匀便罢。可那些孩子的水平高低不齐，尤优实在无法一一照顾到。于是她不管不顾，按自己的意思排了节目。没过几天，李确郑重地和尤优谈心，说：“优优，停了吧。”

“为什么？”

“为了我。”李确说。他说尤优办舞蹈班太累了，他很心疼，这会让他在工作中分心；他说惹人容易为人难，本来是收人情的事反而成了欠人情，不划算；他说领导们的心都很骄傲，哪个他都得罪不起，整天为此提心吊胆，不如不做；他说有领导和他聊天时谈到政府官员家属做生意会影响官员的升迁，他如果还想进步就不能给人留把柄……

“我办班和你进步有什么关系？！”尤优诧异极了，“怎么会成为你的把柄？”

“我们不结婚，就什么关系都没有。一结婚，就什么都有关系了。”李确说，“你难道不清楚么？你不是和我一个人结婚，你是和我的一切结婚。”

“既然这样，我们离婚吧。我不想和你的什么都有关系。”这句话突然从尤优的心头跃出，直奔向她的喉头。就要冲出去的一霎那，她起身跑到卫生间，吐了。

她怀孕了。

往往如此。每当她想要出口的时候，总有什么东西会把这句话给压下去，或者有什么东西会代替这句话顶出来：哥哥尤良的工作，同学想要一个额外的职称名额，朋友想要从银行贷款，同事买房想多压下几个点……都需要关系。都需要李确。李确不是她一个人的，渐渐以他为圆心，形成了一个无形的利益集团。无论情愿不情愿，她都被裹挟在了这个利益集团里面。这个集团的很多部分都和她丝丝缕缕粘粘连连，如果没有一把足够锋利的快刀，她就无法下手去斩断这团乱麻。有时候，尤优甚至暗暗期望李确能花心一些，能在外面有一个女人。为此她特意让自己神经过敏了很久。可是，没有。李确的身上从来都没有特别的香水味，连一根长点儿的头发丝都没有。李确这个稳妥的人，稳妥得使她找不到任何充足破绽能让她有力量提出离婚——李确除了工作忙之外，对她确实也还不错。再说，还有儿子。

尤优不知道自己什么时候能说出口。或许，永远都不会说出口了。

无聊之极的时候，尤优也会想：如果当年选择了吴可非，恐怕做个官太太也会比较有趣吧？吴可非是她的师专同学，个子高挑，性情机敏，言语诙谐。在学校时追过她，她对他毫无感觉，立马拒绝。毕业后两人都回到了云城，吴可非直接分到了市政府，和李确做过一段时间的同事，现在已经成了机关事务管理局局长，前些时和李确一起被提名成副处级干部后备人选。他左右逢源，八面玲珑，谈笑之中处理事情游刃有余，贪污受贿的笑话常挂嘴边，给人的感觉却是清爽无辜。他不像李确那样周吴郑王，如果和他结婚，或许会既不古板又不夸张，既疼她又懂她，即有原则又有情调……当然，也只是想想罢了。每当真的碰到吴可非，尤优表面上不动声色，心里却知道：作为同一年龄段和同一级别的地方官员，他是李确潜在的政敌，而她是李确的妻子，她对他，一定要撇清，再撇清。警惕，再警惕。

二

又下雪了。尤优坐在80路公共汽车上，拎着大大小小一堆袋子，看起来像个服装批发商。每年年末的这个时候她都要趁个双休日来省城“黄河路服装市场”大逛两天。一般是周五下午到，周日下午返回。住在姨妈家。正好顺便看看姨妈。

“真是搞不懂，怎么说都是一官太太了，出门还坐大公交，还来这种批发市场采购打折货。”表姐笑她，“是装穷还是会过？还是在我们这里也搞形象工程？”

尤优笑笑。不解释。有什么好解释的呢？她在省城打车，花的是自己的钱，那干吗要打？至于打折货，质量花色都不比大商场里的差，价格却要低上两三倍，那她干吗要和自己的钱袋过不去？要她主动去跟李确说报销的票和购物发票，那等于在用刀子割她的嘴。她决不沾李确这种光。至于官太太这个词么，她从来就都不觉得和自己有什么关系。什么是官太太？她忽然想起自己陪市委书记陈书记太太吃的那一顿饭来。那是陈书记刚到任不久，请手下的要员们简餐。因书记携带太太，要员们便也都带了家属。说是简餐，怎么可能会简？自是美酒溢杯，佳肴满目。但气氛是简的——和一把手吃饭，谁都不敢乱说，谁也不敢乱动。除了书记两口，所有人的手机都自觉调成了震动。男人一桌，女人一桌。尤优冷眼看去：男人们围着陈书记，女人们围着书记太太。书记如同皇上，书记太太如同皇后。相比之下，女人这一桌要好些，不时有人说些家长里短，胭脂绸缎，还不致于太过冷清。忽然，书记太太伸手去拿水果的时候把手边的果汁碰洒了。坐在她左侧的财政局长太太连忙去扶杯子，坐在她右边的人事局长太太则连忙去擦桌上的果汁。眼看着果汁就要滴到书记太太身上了，坐在尤优身边的城建主任太太噌地一声窜到了书记太太身边，把自己的袖子按了上去。而书记太太任由人们忙碌着，淡淡的面色里还隐约流露出些微不悦，连个谢字都没有。

那才是官太太啊。

而自己呢？尤优想起不久前自己去逛商场，水利局的一个副局长也和老婆在逛。和尤优邂逅后，副局长连忙支使老婆跟着尤优，但凡尤优在哪个衣服前稍稍一站，那个察言观色的副局长老婆都立即拿出钱包，摆出一幅要付账的架势。尤优实在是忍无可忍，只逛了一会儿便借口有事匆匆而逃。

——不喜欢巴结别人，也不喜欢被别人巴结。尤优承认：官太太这个身份放到自己身上，实在是一种不折不扣的浪费。

当然，就是再没有官太太的意识，有一些身为官太太的光她也是不得不沾的：她常常免费坐李确的专车，时不时还会有超市的储值消费卡供她买油盐酱醋，过年过节的时候总有人送牛奶、饮料、水果、蛋糕和鲜花之类的东西上门。

“都不能久放，坏得快。”尤优看着这些东西就发愁，“还不如送个板凳呢。能多使两年。”

“嗤。”李确笑她，“收礼就已经过分了，还挑剔人家送得好不好。你可得在脑子里给自己绷根儿弦，别学那些官太太，自己被惯坏了，还连累老公犯错误。”

“你有成绩就是党给的，有错误就是我连累的？”尤优没好气，“我不敢当。”

但这些东西确实是尤优的负担。礼品数随着李确职务的升迁水涨船高，在李确当镇长的那一年就让尤优的心理容量抵达了饱和——家里的储藏间和二十平米的地下室全满了。起初她仔细查看着保质期，挨个儿送了朋友和哥哥尤良。后来尤良直接开车来她家拉，说是帮他们腾仓减压。李确知道后大为光火，说东西倒是无所谓，如此张扬的效果似乎是他收了无数礼似的，影响实在恶劣，以后统统内部消化。尤优说可以低价卖给小卖部和超市，李确更严厉地警告说早就有媒体报道过这种事，一旦被人发现，就是丑闻。于是尤优就只有更仔细地查看着保质期，把牛奶当白水，把果汁当茶水，有计划分步骤地慢慢享用。而其实她最习惯喝的还是白水。实在喝得恶心的时候，她也会趁着黑夜把饮料一点一点地丢在小区里的垃圾箱中。像做贼一样。

和尤优的心态截然不同的是婆婆。老太太当惯了老太君，对收礼很有心得。过年过节，从不急着买礼物。一次，老太太带孙子逛超市回来，儿子向他学舌："我想吃火龙果，奶奶不让买，说过两天就有送的了。"——一周之后就是中秋节。母子俩对待礼品的态度非常一致：自己吃，除了李正家，绝不外送。实在吃不了的，老太太就会毫不犹豫地把它们扔掉。尤优曾和老太太聊过，期望她能提供个比较好的渠道把东西送出去一些，老太太当即说："有些善心发不得。有些福气得留着。"尤优郁郁道："我姥姥说过，福气太多了也是罪过。"老太太向李确告状，说尤优咒家。尤优从此沉默。她知道如果自己再说这种话，在这个家里面临的将是更多的敌人。

眼看又是一个新年来到，牛羊猪肉自不必说，鸡，鸭，鱼，兔，肯定也是应有尽有。卤肉和炸丸子各一大筐，各种荤素饺子馅也必是色色齐全，蔬菜们一定会群英荟萃，水果们更是七彩缤纷：西瓜是红瓤黄瓤有籽无籽若干种，苹果是青的黄的绵的脆的若干种，梨是酥的蜜的新疆的砀山的若干种……储藏间和地下室里的中秋礼品经过四个多月的艰苦服用刚刚腾出的位置，很快就又得满满当当了。前面的座位上有人在看报纸，报纸举得很高，大标题映入尤优的眼帘：市民政局给福利院老人送来“大红包”。如果可以的话，尤优想：我也真想把那些“礼”都送给那些老人啊。

旧雪不净，新雪又蒙，路面很滑。公交车开得很慢。将近下午四点，尤优终于磨蹭到姨妈家的小区。李确说车下午三点就过来接她。果然，一进小区门口尤优就看见小董在车边抽烟。小董原来给局党委书记马书记开车，后来李确调任局长，马书记力荐小董，说小董的技术好，在水利局快十年了也没轮到给局长开车，该给解决解决了。——给局长开车不仅是车好的问题，作为局长的贴身亲信，各种各样的好处也是很可观的。因此是一个紧俏的差事。李确看着老书记的面子，不好意思拒绝，也就用了。看见尤优，小董连忙迎上来接东西。从车里出来了一个人，作势去接尤优的坤包，尤优定神一看：戴着黑边眼镜，微微笑着的那个男人，不是吴可非又是谁?

“你怎么来了？”尤优诧异。

“接你啊。”吴可非说。

“那岂不是折杀我？”尤优笑，“到底是怎么回事？”

“我来办事，车坏了，趁李确的车过来，顺便接你。”他笑，“俺们乡下人，好久没进过省城了，想过过眼瘾。”

说话间已经上了车，出了城。吴可非和尤优寒暄了两句，便陷入了沉默。尤优也不再说什么。同学数年，他们是很熟的熟人，一向懒得多说废话。而那些不是废话的话，有司机在一边听着，也还是免了为好。

视线逐渐开朗起来。城外的雪意更浓。路面上的雪虽然已经被清扫干净，但都堆至了两旁，如厚厚的羊毛滚边。两边的田野由近及远，全都是一片皑皑白色。路边隔离带的树木枝杈上，雪在任何一个平处和凹处都白白胖胖地安卧着。都是雪。哪里都是雪。雪在这个冬天下疯了。为什么会有这么大的雪？想不通。这是老天爷的事。可尤优还是忍不住要想。她不由得想起曾经写过的关于雪的词句：千里冰封；万里雪飘；玉宇琼枝；粉妆玉砌；忽如一夜春风来，千树万树梨花开；晚来天欲雪，能饮一杯无？……还有另类一些的：雪，你这虚假的纯洁。大地穿着孝衣，在和什么永别？

尤优摇摇头。仿佛要把最后一个句子从脑海中摇去。这是个凛冽的晦气的句子。车正在高速上飞奔，还是不要想了吧。

有短信进来，是一个房地产广告，尤优删掉。接着又是一个号码陌生的来电，尤优不接。铃声又起，是程意的电话，尤优再次挂断。她不能当着吴可非的面儿接程意的电话，她怕自己的声音会露出破绽。短信铃声再次响起，是程意："雪大路滑，注意安全。"

尤优微笑。昨天，她刚刚和程意见过面。

"谁的短信？谁的电话？"吴可非的语调有些敏感。

"要你管。"尤优道。暗笑他的紧张。他有什么可紧张的？自己又不是他的什么人。——但是，且慢，尤优的心突然一揪。他今天的出现还是有些蹊跷。到底是怎么回事儿？机关事务管理局那么多车，他到底为什么要单单趁李确的车？

她马上给李确拨电话。李确关机。

"李确干什么呢？"她问小董。小董不语，回头看了吴可非一眼。

尤优冰寒。把目光转向吴可非："怎么了？"

“没什么。”吴可非迅急地说。因为过于迅急，反而显得心虚。他显然也意识到了这一点，口气犹豫起来，似乎这是个让话出口的契机，但这话又实在让他难以出口，“……有一点点儿事。”

“什么事？李确怎么了？”

“你要镇静。”吴可非的眼睛在镜片后闪烁着软弱的光，“你要镇静。”

“李确怎么了？”

片刻静默。

“出车祸了。”

尤优觉得自己仿佛被什么猛击了一下，向后靠去。停顿瞬间，又坐起来。

“他现在哪里？”

“梅新市二院。”梅新市是一个地级市，辖管云城。

“情况怎么样？”

“处理得很及时。”

“我问的是他的情况！”

“因为用了很多镇静药物，他现在……在睡觉。”

尤优沉默。

“医生说，”吴可非说，“应该没有生命危险。”

然后吴可非自顾自地介绍：就是今天上午，李确准备到各乡镇水利所拜年，小董母亲突然打了个很急的电话让小董回去，说他父亲突然被雪滑了一跤，可能是骨折了，得马上送医院。李确就给小董放了假，坐着局里的一辆破面包下了乡。返回途中，一个小货车迎面而来，躲雪堆打方向时因为冻雪而失去了控制，车横到了路中央，李确坐的面包车也因为雪滑刹车无效，便撞了上去。司机撞断了鼻梁，头部外伤。李确的外伤很了了，内伤却很关键：左脑外囊受伤出血，也就是脑外伤引起了脑出血。

尤优听着。似乎又没听。她的脑子里没有了清晰的意识。她把脸转向窗外，突然觉得白色就是刀刃上的寒光。再也没有比白色更狰狞的颜色了，她想。

“没事。你不用太担心。”面对尤优的寂静，吴可非仍旧空空地安慰着。

尤优持续沉默。吴可非今天的角色显然是工作角色，话语也都是工作话语。她知道自己和吴可非无话好说。她忽然想起，那年一个同事的丈夫车祸去世，李确的二哥李正因为在市交警队工作，第一时间知道了消息，就通知了她，她赶到医院时——也是梅新市第二人民医院，同事还没有到，她就在大门口候着，远远看到同事匆匆忙忙走来，她就开始颤抖。同事走到她面前，还慌慌地笑了笑，问她：“怎么样了？”尤优一把抱住她，说着：“没事。没事。”然后两个人便相拥痛哭起来。

没事。没事。她知道这是谎言，但她却还是不由自主地要这样说。用这样的词语来安慰对方，安慰自己，安慰那个巨大的事实。仿佛用一层轻纱来遮掩一个裸奔的人。那时候的她，人都死了也还可以对当事者说“没事”，吴可非的“没事”又能解析出多少真相？

电话和短信接二连三地进来，尤优都没有看，也没有接。她只想赶快飞到医院，看见李确。她知道这个时候吴可非的话不可信，任何人的话都不可信，最可信的，是自己的眼睛。

三

到了住院部楼下，李正已经在那里等着了。他的眼睛虽然红肿着，但是表情只是凝重和肃穆，并没有想象中可怕的悲怆，尤优稍稍放了些心。李正告诉她：老娘和儿子都已接到他家。他对他们撒谎说李确夫妇都已经去外地出差开会了。怕外人向家里打听情况，把家里电话拔了，说坏了。又派他女儿在家装病，他老婆陪着老太太带着两个孩子。“老太太一忙活，就顾不上寻思了……”

“李确呢？”尤优打断李正的话。李正说他住在神经外科308房，一会儿上去之后她得先到医生办公室一趟，和领导们见个面。

“他们见我干什么？”

“你是家属啊。慰问家属是例行规矩。”李正说。“他们等了很久了。有的领导还跑来了两趟。”

尤优无语。云城不过是个县级市，但是越到小地方，领导就越像领导。到了三楼，吴可非抢先一步出了电梯，喊道：“来了来了。”走廊里聚的都是人。凭感觉尤优知道都是认识的人，可她谁也不看，只是从人群中目不斜视地穿过，走进医生办公室，一股浓烈的烟味儿，领导们都站了起来，礼貌地，节制地朝尤优笑着。尤优走过去，一一机械地握手：副市长，副书记，副主任，副主席……两个大院的正职陈书记和范市长端然立于众人中间。陈书记高瘦白，范市长低胖黑，两个人站在一起，就像是说相声的搭档。

“李确是我们的好干部。”陈书记严肃地说，“我已经和院方打过招呼了。叫他们不惜一切代价救治李确。”

“现在运用的是这个医院最好的技术力量，措施很得当，你不要太担心。”范市长语调温和地补充。

“尤优，李确的抢救很及时，多亏了领导们的关心和爱护。”李正说着，几乎是恳求地看了尤优一眼。尤优知道：自己的沉默已经给他造成了极度的不安。

“谢谢。”尤优生硬地吐出两个字，“我现在去病房。”

走到医生办公室的门口的时候，一个短发女人抓住了尤优的手。

“尤优，事情已经发生了，只有面对。”她说，“你一定要坚强。”

她个子不高，穿着黑呢子短大衣，很精干。尤优知道她是常务副市长苗青。苗青原来是梅新市教委的副主任，调到云城有三年多了，她刚来的时候，李确还在一个乡镇当党委书记，她不摸基层的行情，闹了几处笑话，被那些乡镇干部们到处传诵。最出名的一个典故是：几个镇长接二连三地去找她批经费，她叫苦道：“没钱啊，早就吃了明年的米啦。你们谁也不体谅我，只会一个一个来折腾我，都不知道我这儿的窟窿有多大。”这话被荤意双关之后，引为笑谈。李确看不过去，推心置腹地向她谏言，她先是大怒，反省过后便悉数采纳，并从此对李确另眼相看。

尤优朝苗青点了点头。

“谢谢各位领导，领导们都辛苦了，请回去好好休息吧。有什么情况我们及时向领导们汇报……”不用回头尤优都能判断出李正说话时的样子。他说出的每个字都和他的腰一样谦恭地弯着。

尤优一直走到308，推开了门。李确的呼噜声马上进入耳膜。他果然一副正在睡觉的样子。白色的被单盖着他的身体，只露出脸，头发已经剃光了，脑袋左边插着一根管子，管子连着一个软袋。里面都是猩红的血水。鼻子上是氧气管。手脚上全扎着针，挂着输液管。

病房里坐着马书记和小董，两人一起站起来。尤优俯身看着李确的脸。

“李确。”她喊。

李确的回答是一声声呼噜。看着李确仿佛酣睡的面容，尤优的心头突然涌起一个词组：我的男人。李确是我的男人。这个躺在我病床上的男人，是我的男人，是和我结婚生孩子和我做过爱的男人。她这么想着，忍不住又喊：

“李确。”

“睡呢。”马书记说，“你先喝点水。”

“我不渴。”尤优说，“我要见医生。”

医生说出血部位不是很关键，——大脑里没有不关键的部位，所谓的不关键只是相对而言。出血量也不能算少，目前是通过打引流管正在往外排里面的淤血，下一步治疗要等过几天再做过CT之后才能确定。现在只能这样了。

“最重要的是出血要止住。”医生说。

“他什么时候能醒？”

“他现在是昏迷。”医生更正，“昏迷期一般都得三四天。”

尤优默坐至深夜一点，李正要尤优去睡觉，说马书记派四个人来轮班，加上他和她，一个家人配单位的两个人组成一班，每天分成两班轮值。因此尤优现在的任务是休息。他们已经在医院旁边的小旅馆定了房间。尤优执意不走，李正沉默良久，道：“去吧。以后的日子还长着呢。”

尤优起身，不再争执。

黑漆漆的天空，雪地却那么白。尤优小心翼翼地踩到雪上，每走一步她都对自己说：“不能滑倒，不能滑倒。李确还在病床上，我要是滑倒就不能好好照顾他了。”

走进小旅馆。她一进房间就扑倒在床上，泪水滂沱。畅快地哭泣中，她一遍遍地低声骂自己：“都是你，都是你。都是你害的李确。”——也知道这事其实和自己没关系，可她就是想骂自己。泪水里，无边无际的愧疚汹涌而来，离婚的念头再次显露，却已是尸横遍野。她知道：如果李确不出事离婚还有指望的话，此时她如果再想离婚，不但万夫所指，自己都得把自己杀死。

短信铃声响起，仍是程意：“是否安全抵达？睡了吗？”

程意在省城定居已经一年了，她和程意的偷偷见面也已经进行了一年。当年他们分手之后，程意失魂落魄地辞去了健身教练的工作，南下闯荡。程意告诉她：为了有一天能在给她爱情的同时也有能力给她足够的安全感，他这些年摸索了不少路，吃了不少苦，终于有了丰厚的积蓄，也有了足够的人脉，这些人脉里最重要的关系就是省里一个重要领导的公子。于是他衣锦还乡，和该公子在省城合开了一家高档健身俱乐部，俱乐部非常奢华，全是德国原装的进口设备。有很多高干子弟都是专属会员，某种意义上，他这里几乎成了一个变相的高级社交场所。

“那你就在里面找个公主或者格格，结婚吧。”

“曾经沧海难为水。”

“还是，让那水干了吧。”尤优笑。

“水自己不干，我也没办法。”程意的眼神执著。

尤优低头看着杯子：“对不起。”

“孝字当头，我知道你当初也是不得已。其实，伯母也是对的。如果那时我们结婚，以我的状态，肯定不能给你幸福。”

尤优心头荡起一阵暖流。多年过去，激烈的程意也变得如此豁达，这是岁月的礼物。

“但是，现在我能。”程意又说。

“可是，我已经……”

“你知道么？”程意打断尤优，“没见面的时候，我很怕你会变成一个肥头大耳珠光宝气的官太太。一见面我就放心了，你还是以前的那个优优。”

“我不是……”

“我认为是。”

尤优微笑。不像个官太太。她喜欢这种赞美。

他们基本上每月见一次，尤优去省城的少，程意来梅新市的多。——云城太小，梅新的安全系数要大很多。起初相见时也非常君子，无非是说说话，聊聊天，吃个饭，程意半真半假地和尤优开开玩笑。他从不急着让尤优表态。

“离婚是件大事，你又有了孩子。你一定要想好了再决定。我等你。”他说。

“谁说我要离婚？我和李确很好，不会离婚。”感动之余，尤优又为他的判断莫名其妙地赌气。

“你知道么？这根手指用来遮眼睛最方便，”程意举起食指道，“因此有哲学家曾经说：自欺就是食指，是我们用得最多也最顺手的食指。”程意突然郑重道，“你和他之间，真的还有爱情吗？”

尤优沉默。这种问话通常都是女人的台词，被程意这么一字一字地问出来，总有些怪异。但也是沉甸甸的怪异。仿佛是秤砣在压着稻草。尤优意识的刻度在李确的名字里摇晃。还有爱情吗？这话多么残酷。但更残酷的还不是这句，而是：你和他之间，曾经有过爱情吗？

冰冻的记忆还是被一次次的见面捂热起来了。他们去唱过歌，去野餐过，也进行过几次当日即返的短途旅行。昨天，他们在程意的办公室喝着咖啡，程意忽然聊起了一些极细节的往事：“那时候，你喜欢用手拢头发，一拢，一拢，手指头像个小梳子似的。有一次，你有一个黑发卡没戴好，甩头发的时候落在了地上，我像宝贝一样把它藏了起来，现在还放着呢。是最普通的那种黑发卡，一面是平的，一面是波浪线，上面的漆都有些掉了……”

尤优听着听着，有些毛骨悚然，却又心旌摇荡。她窝在沙发上，神经渐渐松弛，感觉到程意的气息越来越近。然后，他握住了她的手。他的手很大，一根根棕黄色的指头，硬糙得像风干的柴禾。尤优的手衬在他的手里就像白玉一样，只是这玉是软的，绵的，暖的，润的。尤优突然发现，已经很久没有觉得自己的手是这么好看了。已经有很久，李确没有这么握过她的手了。仿佛在程意的手里，她重新生长了一遍自己的手。

然后，程意的吻就来了。在近乎麻木和迟钝的表情掩护下，尤优任由自己的唇舌开始了疯狂的漫游和奔跑：那里面有一座森林正被长风吹起，那里面有一个乐队正在琴鼓合鸣，那里面有一片繁花正开得七色缤纷，那里面有一条大江正吼得如狮如虎……

“优优，”程意耳语呢喃，“我们悠悠吧。”——“悠悠”曾经是他们之间的秘语。

“不，”尤优断然拒绝，“不好。”

——那是昨天。

尤优擦拭一下泪水，将程意的短信删去。想了想，又将程意的手机号从手机的电话簿里删去。如果可能，她恨不得也将昨天的记忆从大脑里删去。在这个房间里只有自己，即使如此，她也无比羞耻地觉得：哪怕只有一吻，自己昨天放纵的快感，也对不起李确今天的灾难。

四

已经是腊月二十三。二十三，祭灶官。年气越来越重了，来看李确的人从早上八点钟开始，川流不息。尤优知道：这些人都是来梅新市置办年货的。一向如此：村里的人去镇上办年货，镇上的人去县城办年货，县里的人来市里办年货。人们趁着办年货的时节过来看李确，公私兼得。

李确仍然在昏迷中。医生叮嘱说不要让人随便进病房，免得太多细菌交杂引起李确感染。病房有前后两条走廊，前廊供正常出入，后廊供洗晒采光。尤优和李正商量了一下，前后门都锁上，前门只对护士医生开放。后门只供自己人出入，对于所有探望病人的人，只让他们在后窗玻璃看一下。

“谁都不让进？”来人往往会问。

“是的。医生说的，怕感染。对不起。”尤优机械地重复着语言和表情。

“怎么一直在睡？”

“用了大量的镇静药，医生说这样会强迫他多休息，对恢复脑伤有好处。”尤优说。李正同她商量过，不能再用昏迷这个词了。说昏迷听起来很严重，造成的影响不好。

一天十九瓶液体。只要有片刻闲暇，尤优就会坐在床前，盯着输液管里的液体，一滴，一滴，又一滴。小小的药水的河在李确体内冲刷着，它们长着小小的牙齿吗？它们会吞噬掉那些可恶的病菌吗？事实上它们自己也是病菌，病菌和病菌打架，以毒攻毒，看谁凶得过谁……透亮的清水一样的液体在体内循环了一遭，成为尿液汇集在储尿袋里。尿袋鼓涨，鼓涨，快满了，尤优轻快迅捷地拔去下面的塞子，“哗”，温热的液体排进了便盆。只要尤优在，她绝不让别人碰尿袋和便盆。李确最污秽的东西只应该和她有关。她就是这么想的。

有人送东西，也有人送钱。送钱的人都是李确素日提过的比较亲密体己的人。他们将信封塞在尤优的包里，尤优没有点也没有看，更没有记名字。信封上肯定有送者的亲笔签名，没有人会愿意当个无名的送礼者。她知道。相比于送钱的，送东西的人要多一些。——置年货顺便给他们夹带一份？给现金还得找发票补账，不如东西来得利落，好交代。更多的人则是什么都不带。“听说还不能吃什么，等他醒了，看看他想吃什么再买。”有人这么解释。还有人说：“听说出了事，我们就慌了，先想着跑来看看再说。没顾上买东西。”

尤优一律表示感谢，然后将他们送走。也许这些理由是真的，但尤优知道要全去相信的话也未免天真得配不上自己的年龄。更大的可能是他们不想浪费自己的钱物。如果李确不再醒来，他们在丧仪上付一笔礼金就可一了百了。曾经，李确的一个领导车祸重伤，在医院里只熬了一夜。李确本来打算去买礼品的，第二天早上听说那人已经死了便直接用白信封包了礼金去了火葬场。——当然，如果李确……他们也甚或就会根本不来。来慰问她这个没有用的遗孀干什么呢？

病房和前廊都不让放东西。尤优将东西归整在了后廊上。看着这些东西，尤优忽然想：如果李确不是伤了脑子，而是伤了胳膊腿儿的话，东西肯定会比现在多吧？伤重了收的东西少，伤轻了收的东西多——这一点儿也不奇怪。明摆着的：伤轻的话这个人还有用，伤重了这个人很可能就没用了。

尤优闷闷地看着这些东西。以前收的东西比自己想象中的多，尤优看着闷。现在收的东西比自己想象中的少，尤优看着也闷。为什么自己总是感觉这么闷？想了想，尤优明白了：以前李确当官，她是以老百姓的态度看待李确。现在，李确躺在病床上了，也许以后就不是官了，她又开始以官太太的态度来看待那些送礼的人。她的态度，总是那么不合适。和李确不合适，和送礼的人不合适，和官里官外的人都不合适。

不少看客的眼神里有忍不住的兴奋和好奇，有的甚至是幸灾乐祸。尤优的眼睛像雷达一样灵敏，她将这些眼神的成分一一分辨，储存在自己的内心。我要记住。她对自己说。可是，记住是为了什么呢？她不知道。她知道的只是：我要记住。我要记住。我要记住。

李正经常过来和她探讨病情。他们俩说话的时候，李正一定要把李确单位的人差遣出去。李正说：谁知道谁操着什么心。正是关键时候。

“什么关键时候？”

“年后就要动李确他们这个级别的干部了。他还是副处级的后备人选。对了，吴可非也是。本来他们俩还有一拼……”

尤优沉默。动干部是官场常事。只要是个有点儿能耐的干部，就会不断地被人动。有时动得好，有时动得坏，有时动得一般，有时动得惊人。有时从平地蹬了天，有时从天上摔到了平地，甚至会直接摔到谷底里去。一般来说都是年后动干部。于是每到那时候，云城大大小小的机关就会雷隐隐，雾蒙蒙。

“年后动干部是不是就是为了年前收礼？”尤优曾这么问过李确。

“领导如果想收礼，随便找个由头就行，不在乎年节。”李确说，“我想更重要的原因是时间合适。上年度工作已经盘点结束，新年度工作还没有开始，春节大假之后换了领导，一切就都是新气象了。适应一段时间正好就能赶上春季的工作高峰。”

“可是煎熬得多少人年都过不好呢。”

“我提拔的这几次，你的年过得不都挺好的？”

尤优笑。她承认这些年李确虽然一帆风顺，官场对她来说却是个空白。一来是李确从不对她讲，二来对此她也没有任何探究和了解的兴趣和欲望。

很快，尤优就发现李正往病房里带人了。她问李正，李正说都是领导，还有的是他最要好的熟人。

“遵守原则也得看情况。”李正说，“你说是不是？”

“只要是对李确好就得坚决遵守。”尤优说，“都什么时候了，还看人情！”

李正一语不响地离开，尤优听出了这沉默中的愤怒。李正在交警队的领导岗位工作多年，虽然在家里收敛了很多，但说话做事还是不自觉地会带出人民警察的强悍作风。但尤优也很决绝。为了李确，她绝不退让。哪怕是李确的同胞哥哥。

手机响了，是尤良，打电话问李确的情况。这两天他没少打电话给尤优，询问得很仔细，不厌其烦，似乎他是个出差在外的主治医生。尤良说自己工作很忙，过不来，只好在电话里了解一下情况，解解心焦。尤良在邻县一所乡卫生院当医生，一直想当院长，曾经跟尤优提过几次，要她和李确好好说说。尤良的业务水平不是普通的一般，一下班就知道推牌九，多多少少总要欠些赌债，为此夫妻两个时不时就会闹得鸡飞狗跳，实在是让人不省心也说不得嘴。因此尤优只是敷衍地提了提，李确便也含糊地应了应。后来尤良又提出想调回县局里去当个中层，李确也一直拖延着，对尤优说人要是不争气，安排的地方越好将来丢的人就会越大。空空期待了很久尤良才算是彻底明白了李确的态度，对李确连带尤优都心生罅隙，两家就此有些不睦。

“我也很忙。”尤优心烦着这种电话的负担，“你要是实在想知道，就在百忙之中抽出点儿时间亲自过来看看吧。”

下午的时候，尤良夫妇两手空空地来到。尤良问了情况，看了片子，说：“其实很严重。”尤优心里一沉，说医生说过不会那么严重，尤良哂笑道：“他当然不会说严重。那是为了给你心理安慰。”

尤良毕竟是医生。他说的应该是真的。尤优觉得自己的心直直地朝深渊里掉去。忽然想：他真是愚蠢。如果我是他，即使真的比较严重我也不会这么对妹妹说。我会用食指，用程意说过的那根善良的食指来遮盖一下妹妹的眼睛……尤优正懵懂着，尤良又问尤优需要他帮什么忙，是客套的语气，尤优又突然萌生希望，道："你在这里呆一晚上，教我一些护理知识吧。"尤良却又犹豫了，说单位还有事情没有处理完。必须得走。再说他老婆儿子都怕放炮，今天晚上祭灶，他得负责放炮。

"那你走吧。"尤优再也不看他一眼，转身欲进病房。

"优优，那些东西……"尤良有些讪讪道，"我有车。"

尤优用后背顿了一顿，关上了病房的门。手机一直在响，尤优挂断所有的来电，关机。心非常冷。尤优却简直想笑起来了。当然，尤良的无耻有他的道理：她不能把他怎么着。而李确单位的那些人之所以乖乖地听从马书记的指派在这里值班，就是因为李确是个能把他们怎么着的领导——是个可能醒来也可能醒不来不过到底有可能醒来的领导。

手机如死亡一般平静着。尤优的心却闷得一节一节到了喉咙。她又打开手机：她想在此刻找个人依靠。哪怕仅仅是语言上的。她查看着手机里储存的号码，一页一页翻下去。同事，领导，邻居，会议上认识的会友，飞机上认识的飞友，翻到姓程的一列时，她又想到了被删去的程意……不，都不能说，不能说。说了又怎么样？即使是自己的亲哥哥，也连一个晚上都不肯调剂出来。——因为他除了很忙之外，还要负责放炮。

尤优再次关机。她突然意识到：自己已经没有了朋友。以前，曾经，她有那么多朋友，有那么多可爱的、有趣的、生机勃勃的朋友，但是，不知从什么时候起——也许就是从和李确结婚起，渐渐地，她的朋友越来越少，直至全无。有李确的缜密筛选，也有她的主动灭绝。因为她渐渐发现：即便是少女时代最清澈如泉的闺密，每隔或长或短的一段时间也都会有或大或小的事情来转托李确帮忙。更不用说其他所谓的朋友。如果是友情是一件华衣，李确就是衣服的主体，她不过是这衣服的一道蕾丝花边。既然如此，那就干脆把花边撕了吧，她喜欢简洁。

不久，李正赶到，批评她说这个时候关机极为不妥，会被人猜测李确很严重，这种猜测引起的影响也会很严重。尤优又打开手机，开始接电话。按照李正的吩咐，只说越来越好。当然口气要有所区分。对待高于李确的领导，是感谢的，恭敬的。对于平于李确的领导，是亲切的，松弛的。对于李确的下级，则是节制的，简约的。对于亲戚们，则是温暖的，宽慰的。一遍又一遍，不同的声音，不同的语调，微妙的谨慎的措辞……李正的手机也是一样。此起彼伏。看着李正憔悴的脸，尤优忽然想起那句最平常不过的俗话："打虎还是亲兄弟。"可这亲兄弟，打的是什么虎呢？

"哥，"尤优喊。她想说声谢谢，话出口的一霎又消退了这个念头。对于李正，谢谢这两个字过于轻浮了。于是她道："那些东西，你看怎么办？"

"家里是没地方。"李正沉吟片刻，"处理给医院附近的超市吧。"

"李确以前说过……"

"是，我知道这么做影响不好。但是放在这里，影响更不好。"李正又想了想，"两弊相比，取其轻吧。"

第二天，尤优拿到了小董交来的第一笔款：三千六百二十七。她拿着这叠钞票，走进了医院对面的邮局。

五

因为插了导尿管，尿道口很容易感染，需要及时清洗。尤优按照护士教的，用棉签蘸着温水，慢慢地，轻轻地擦拭。尿道口分泌出的粘液却越来越多，越来越多。"怎么办呢？"尤优问，护士说："可以冲一下。"

李确仍在睡着。睡得那样沉，连给他最敏感的地方冲洗他都不知道。塑料布铺在他的臀下，护士用针管抽了温水，尤优扶着李确的阴茎，护士一遍遍给李确冲着，有水珠落到了尤优的手上和李确的大腿上，护士给尤优递去毛巾，尤优把水珠擦干净，然后护士继续冲。尤优的脑海里控制不住地闪现出她和李确一幕幕做爱时的情景。这是男人的命根子，这是男人的标志，男人以此成为男人，女人以此成为女人。初历时尤优以为它是丑的，后来才感觉到它的美。而现在，它柔软，无助，黯淡，清洗过后甚至还有些肮脏。它还可以吗？尤优的心一阵深痛。也许对于李确这个奇妙的器官来说，性爱已经成为难以企及的高端游戏，它主要的功能就是排泄出黄澄澄的尿液，让李确能够膀胱舒适，安然入眠。尤优又不合时宜地想起有一次在歌厅唱歌，一个男同事点了《把根留住》，一个看不惯他的女同事马上叫服务生："我要《一剪梅》。"——没有比这更刁钻的接曲了吧？

"你笑什么？"护士问。

"没什么。"尤优诧异。自己笑了吗？她想了想，又说："李确要是醒过来的话，肯定觉得你在身边挺不好意思的。"

"病人在我们眼里从来都不分男女。"护士说。

清洗完毕，护士上卫生间洗手，尤优把被子给李确盖上，掖左边被角的时候，突然，李确伸出左手，轻轻地握了握尤优的手。尤优几乎是惊喜地去看李确的脸，他已经睁开了眼睛。他的眼神很亮，却是有些滞的那种亮。

尤优连忙俯到他的脸上。

"李确。"尤优喊。

李确点点头，从喉咙里吐出了气息："优优。"

尤优的眼泪一下子涌出了眼眶。在心上最悬的那点儿东西，眼看时时都会把自己的心砸得一团模糊的那点儿东西，终于放下了。她知道，哪怕李确将来残废，将来要坐一辈子轮椅，她最想要的那点儿东西，保住了：她的李确神智还清楚，还有记忆，还记得她的名字，这是最重要的。这不至于让他以前所有生命的影像成为空白，而只要以前的不成为空白，以后的也不会成为空白。“记忆没有任何力量”。——这是谁说的话？有时候，记忆就是全部的力量。

然后李确不再说话，他左看右看，最后他只看着尤优，非常认真地看着，探询地看着，很明显地在等着尤优说着什么，尤优明白了：李确在等她解释。解释自己为什么躺在这里。他还记得出事之前的事吗？他除了自己的名字之外还记得多少？

“我们哪一年结的婚？”

“一九九五年。”

尤优落着泪笑了。

“你，有病了。”尤优说，她轻轻地抚着李确的额头，“咱们啊，有病了。”

她一五一十地给李确讲了起来，讲了积雪，讲了车祸。李确摇摇头，笑着，听着。很快，李正和局里值班的人也过来了，大家你一言我一语的和李确讲着。可以看出，李确还接受不了这么多的信息，他看看这个，看看那个，听了一会儿，似乎很累，然后双眸一闭，接着睡去。

尤优只觉得自己浑身的骨头都松了。是微松，松了一节。就这也好。然后她也倒在另一张床上睡去。三天了，她一直没有真正地睡着。

她是被李正的电话吵醒的。李正告诉她：“马上收拾一下病房。苗市长和两个老一都要来看他了。”尤优马上明白他说的是陈书记和范市长。等她打仗似的将病房收拾齐整，两位领导已经各自带着秘书和司机到了。院长和副院长也闻声过来，顿时浩浩荡荡站了满屋子人。尤优将矿泉水一瓶瓶打开递过去，陈书记和范市长一边接水一边分别和尤优握手，陈书记问尤优："醒过没有？"

"醒过来两次。"李正马上说。尤优看了李正一眼，明白了，补充道："刚刚半小时前还醒了一次，说了几句话，又睡了。"

"哦？"陈市长饶有兴味，"说了什么？"

"他问自己是怎么回事，我告诉了他。我还特意考了考他我们是哪一年结的婚，他的答案非常标准。"

陈书记和范市长朗声大笑，满室皆欢。

"他还提到了工作，说恐怕要耽误一段时间工作了。"

"什么工作！"范市长大手一挥，"他出事就是为了工作，现在么，把病养好就是他最重要的工作。只是这段时间要辛苦你了，好好照顾我们李确。治疗费不用担心，我和马书记说了，水利局下属这么多单位，还供不起一个局长看病？李确的身体你也不用担心，他年轻，肯定扛得过去，是不是陈书记？"

"当然，"陈书记说，"我也出过两次车祸，比他的还要严重。结果出一次就被提拔一次。我看，李确也是到时候了。"

众人知趣地又笑。

他们走后，李正表扬尤优，说她悟性很好，很知道该怎么应付场面。尤优自己也惊奇自己，仿佛是无师自通似的，就替李确说了谎。也许，这算不上说谎。如果李确正好醒来，他一定会这样表态的。尤优确信。

六

有时候醒来，李确的眼睛亮晶晶的，像个孩子。有时候醒来，李确的眼神又非常空茫，像个老人。可以肯定的是，李确清醒的次数越来越多，清醒的时间也越来越长了。他一段时间一段时间地清醒着。慢慢地，也能坐起来了。清醒的时候，他基本不说话。坐起来后的第一个动作就是去找自己的右臂。他的右臂因为脑部淤血压迫的缘故不能动。完全不能动。李确就拿着自己的左臂摸着自己的右手，一个手指一个手指地反复数着，反复看着。医生过来查房，从口袋里拿出一个尖利的叉子一样的东西使劲儿挖他的右手心，他"滋滋"地嚎叫着，下意识地将右手臂蜷缩起来。也只是在这种强刺激的情况下，他的右臂才会蜷动。平时就那么一动不动地在那里呆着。对于右侧的肢体，护士统统称之为患肢。她们嘱咐尤优：多按摩他的患肢。睡觉的时候，不要压迫患肢这一侧。在给他扎液体的时候，也尽量不要扎在患肢上。

"只要会动，不就能证明将来没问题么？"尤优问。

"不一定。这只是强刺激下的反应，不是自主运动。"医生回答。又朝李正和尤优笑笑，"你们不是说要保命么？现在，我肯定他没有生命危险了。"

第六天，李确头部的引流管和血袋终于被撤掉，看起来没有那么瘆人了。李正也才把老太太接来，告诉了她真相——老太太在家里早就急得跳脚，已然是瞒不住了。看到母亲，李确清晰地叫了一声："妈。"

老太太落了泪。

儿子也过来了，怔怔地看着李确，仿佛不认识了一样，又仿佛吓傻了一样。尤优把他推到李确跟前，李确伸出左手，摸摸儿子的头，笑了笑。他的右面部肌肉像石头一样僵硬，嘴角看起来明显歪斜，笑过片刻，一丝清亮的口水从他的嘴角缓缓流出。

时满一周，李确的输液量由十九瓶减至十一瓶。医生说李确该插胃管了。插上胃管给他输送流质，用食物补送营养要比用药物补送好得多。

尤优没想到胃管的下法那样直接，看着医生将一根长长的管子朝他的鼻子里插去，他挣扎着，仿佛被电击着了似的，但他挣扎得是那么无力，无效，无用。管子还是斩钉截铁地插下去，插下去，插下去，插下去，插下去。医生插管的速度很快，在尤优眼里却漫长无比。李确终于安静下来，尤优却早已经偏过了头，大口大口地喘着气，泪水从眼眶里憋了出来。她抬起胳膊蹭掉，不让任何人看见。在李确昏迷的时候，这些折磨都不算什么吧，但是现在李确醒了，这些小小的折磨也醒了。

接着尤优就学会了用胃管给李确打饭，医生说会有胃出血，叮嘱尤优，每次在给李确打水和打饭之前，都要先抽一下胃液，如果有咖啡色的絮状物出现，那就是胃出血了。尤优问为什么会胃出血？医生说：一，脑部出血之后，胃部很容易就会出现应激性出血。二，下胃管给胃造成的创伤一般会让胃稍微出血。

尤优于是就先用温水抽胃液。胃液是透明的，尤优放了心，开始给李确打小米粥，大米粥，加上芹菜汁，果汁，有时候是鸡蛋花，牛奶。有时候是面条。每次给李确打饭的时候，他都不说话，只是睁眼看着。尤优说："吃饭了。"然后便用针管打给他。不经过味蕾的研磨，食物在这个过程中没有任何可以享受和品味的因素，只是充饥，但吃还得吃，打还得打。尤优还特意买了特粗的针管给他打面条。打过之后，将胃管用纱布扎好，对他说："扎好咱的大象鼻子啦。"——都是笑着做的，也是笑着说的。

天仍然不时下着小雪，尤优打发李确吃了饭，自己再去外面吃。在医院西侧的一个小巷里，卖着各种各样的吃食：米线，烩面，炒凉粉，炒面，包子，烧饼夹肉，饺子，胡辣汤……尤优踩着积雪，一步一步地朝那些小摊走去，小贩们都热情地招呼着尤优："来点儿什么？""进来坐吧。"

走在这里，谁知道我有一个病人呢？谁知道我的丈夫正重病在床呢？谁知道我这样一个笑着的女人在想着什么呢？马上就是春节了，这些为了赚钱而在街上做着生意的人们，这些笑着招呼我的人们又都在想着什么呢？尤优慢慢地走着，朝他们笑着，无边无垠的寂寞在心里铺开匀染。

——尤优的笑确实多了起来。尤其是在人前。尤其是人多的时候。也不知道为什么要笑，就只是一种强烈的意识：必须笑，一定要笑，只有笑才最适合。她笑着接人待物，笑着和医生护士寒暄，笑着跟相邻病房的人打招呼……她也越来越能吃了，那天，李正去吃早饭的时候，问尤优给她带点儿什么。

"一屉包子，两份小米粥，一份豆芽菜，一份腌萝卜条。"尤优说。

"哦。"李正看了尤优一眼，"是得多吃点儿。"

尤优笑笑。李正一定在心里骂她没心没肺吧？这个女人，丈夫重病在床，她早饭还有心情吃这么多。可我就要吃。尤优对自己说：我就要吃。我要多多地吃。我绝不能让自己在照顾李确的时候倒下。粮食会通过我的肠胃化成力气，支撑着我。我再去支撑我的李确。我的李确。我的李确。她在内心重复。是的，是我的李确。她从没有如此真切地感受到：李确此刻不属于工作，不属于职位，只属于她。这个最弱最弱的李确，这个破绽百出的李确，此刻，只属于她。

按照习俗，大年初一之前都得洗个澡，用来除去一年来的积尘。大年三十上午，尤优抽时间回了趟家，洗了个澡，换了换自己的贴身衣服，简单看了看儿子的功课，又搜检出儿子近期要穿的衣服，说："你过年穿不上新衣服了，没时间给你买。"

“没关系。爸爸生病了，要花钱的。”儿子懂事地说，“总共要花多少钱？”

尤优想解释一下不是自己家拿的医疗费，想了想，还是觉得不解释为好：“不知道，要爸爸出院的时候才知道。”

“那已经花了多少钱了？”

“大概三四万吧。你打听这些干吗？别管那么多。”

“报销吗？”

“你爸爸是在工作岗位上负的伤，当然应该报。”

“应该报？那就是说，还没有报？”

“你刨根问底的干什么？”尤优真是奇怪这个九岁的孩子，“你不用操心。”

“妈妈，”儿子沉默片刻，又说：“我不太喜欢吃肉。”

“怎么了？”

“你以前老是给我买鸡腿，其实我不太喜欢吃。我也不太喜欢吃排骨。你往后少给我买吧。一星期吃一次就行。”他顿顿，“最多两次。”

尤优抱紧儿子。

“还有，金针菇又贵又不好吃，我也不想吃了，以后也不要给我买了。”

尤优痛哭起来。

“妈妈，别哭。”

尤优将满是泪水的脸贴近儿子，狠狠地亲吻着。

婆婆说要她上街买些鞭炮和春联。鞭炮要买一万头的，“去去晦气。”

尤优怔了怔。已经有很多年，她没有买过这些东西了，都是李确的司机或者办公室的人买好送到家里来的。她环顾了一下冷冷清清的家，往年这个时候，即使只有一个老人在家，家里也有一种丰足和满乱，现在，只是一个老人而已。

她带着儿子上了街，刚买了一幅春联就发现儿子不见了，想去找又不敢找，只好站在原地等着，儿子终于姗姗出现。她狠狠地打了一下儿子的头，问他哪里去了，儿子噙着眼泪道："妈妈，我去问了问别人买的价，你的春联买贵了。你买五块，人家三块五都买了。你得跟人家搞搞价。"

除夕之夜，短信爆满，尤优不回复，统统删去。程意的短信她多看了一会儿，也删了。但那几个字还是深深地印在了她的记忆里：

"春天如爱，爱如春天。春节快乐！"

仿佛确实如此。因此，爱和春天是一样的短暂啊。尤优想。

十二点钟敲过，全城鞭炮骤响。尤优独自站在医院空旷的花园里，和着震耳欲聋的炮声，冲着深蓝的夜空声嘶力竭地长啸了一声："啊——"

七

李确能朝窗外的探望者们挥手致意了，来看李确的人也越来越多。有的是第二次来，第三次来，——几乎都拎着东西了，也都表示想跟李确说说话。但这不过是十天时间，还需要格外小心。尤优便不同意。然而还是有特别强势的人硬闯进来。一次，有个人几乎是挤进了门，到床边大声地和李确寒暄，尤优怒目着他，直到他讪讪离去。李确点着尤优的额，说："凶。"

"生怕你不知道他们来看过你似的。"尤优道，"真正为你好的人，不会进来。"

李确笑笑。

大年初五那天，梅新市的百货大楼全体商品打三到五折，来看李确的人也多到了顶峰。正赶上医生给李确下了张CT单，去拍CT的时候，李确躺在推拉床上，帮忙的前呼后拥，如同伺候皇上出巡。有一些人只能勉强搭上一只手。上电梯，下电梯，从这个床移到那个床上……走廊上的行人纷纷驻足，议论："是谁家的亲戚，怎么这么多人啊？"

谁家的亲戚呢？尤优自问。她跟在队伍的后面，茫然的，微笑地走着。

做梦一样，和尤优早已毫无联系的一些人都过来看李确：小学同学，初中同学，高中同学……曾经的班花同桌已经彻底成了黄脸婆，离了一次婚又结了一次婚，做了后母。让尤优曾经动过一点小春心的数学课代表也成了一个大腹便便的中年男人。最让尤优意外的是高一时的班主任也来了，他说他多年前也遭遇过一次车祸：他骑摩托车被一辆卡车撞到，他后座上载着的人死了。

对他们的到来尽管感到意外，尤优还是客客气气，礼数周全。心里虽然也不时泛起微薄的感动，但最强烈的还是厌恶：她厌恶这种不着边际的安慰。她打心底里不希望他们来。一来无用，二来要应酬，再就是她不愿意欠他们无谓的人情。她在处世经营方面一向疏淡，不相信自己会有这么好的人缘。那么这些人到底为什么来？想来想去，最主要的由头或许就是：这件事的主角是李确——堂堂的水利局局长，车祸受到重创，这种本埠新闻的后续报道多少都会令人有些好奇。另外一些由头就是借此积累一些交情：万一他将来好了呢？万一他好了之后还是局长呢？万一以后用得着他呢？……是这样吧？所以她厌恶。当然，她知道精明、势利、算计等等中也有厚道和善良，但是厚道和善良夹杂在这些东西里，也让她一起厌恶。

没多久，姨妈又打电话说要和表姐一起过来，尤优不让。姨妈年龄已经年过七旬，再这么过来，她还得担心她。姨妈却执意要来，尤优终于崩溃，滔滔不绝地斥责道："你们来干嘛？来干嘛？我知道你们想要尽尽你们的心，可是你们只想尽你们的心，想过我吗？你们要来了我还得接待你们，我多累你们知道吗？你们就想尽你们的人情，没有想到我的感受！人怎么都这么自私啊？怎么什么时候都想的是自己啊？"

姨妈被吓住了一样，说那就不去了。尤优道："你好好的，让我放心就行了。"

姨妈乖乖地说："知道了。"

放下电话，尤优眼睛一阵酸涩。但她没有哭。

很奇异的，李确在关键的时候总是表现得很好。一次是苗市长过来。

"最近怎么样？"她问。

"可以。"李确说。

"要安心养病，不要担心工作。"

"好。"

李确的话不多，但字字都答得有劲道。最后苗市长走的时候，他的口齿格外清晰地说："慢走。"

"我看你快好了！"苗市长惊喜地说，"好好养着，再见！"

"谢谢！再见！"

苗市长走了，李确久久地沉默着，终于问尤优，"谁？"

"苗市长。"

"哦。"李确恍然。

"不认识了？"

"认识。名字，不行。还有，谁？"

尤优明白他是在问其他来过的人，于是尽力搜刮自己记得的：赵局长，秦局长，武局长，薛局长，金局长……

“陈？范？”

“来了。”

李确点点头：“半个月，上班。”

“什么？”尤优瞪大眼睛。

“上，班。”

“不行！”

“你不懂。”李确的眼神突然变得鲁直起来，如同湖水干涸，露出了凄厉的湖底。他白了尤优一眼，想说什么却说不出来，就指了指自己的头。

“头发？”尤优楞住，“会长出来的。”

李确摇头。

“想戴帽子？觉得冷？”

李确依然摇头。

尤优似乎明白了什么：“怕自己的位置保不住？”

李确满意地点头：“要占。”

这样坦白，这样赤裸。如果不是他的神智还没有完全恢复，以他素日的低调和内敛，他是无论如何也说不出这样的词的。尤优既难过又震惊。

“别想着这个了。”尤优终于说，“身体是个一，其他都是零。你先把身体养好再说。”

“那，就，迟了。”李确吃力地说，“傻！”

然后他要过自己的手机，用左手熟练地开机，——尤优都要怀疑自己的眼睛了，这么重的病，几乎没有妨碍他使用手机的流畅性。手机仿佛是他的另一只手。然后李确拨通了手机，对着手机响亮地叫道：“陈书记，你好，我是李确！”——那声音如此明晰，如此正常，仿佛他以往的病态都是一种假象。

尤优看着他，如同看着一个奇迹。

“……我很好……谢谢领导关心……我半个月……能上班……对……对……好……好……谢谢领导……再见……”

放下电话之后，李确的额头满是汗水。

李正过来，李确已经睡了，尤优马上把李确刚才的表现告诉了李正，李正道：“胡闹！还不会下床走路，就想去上班！”寻思了一会儿，道，“这样也好，让领导知道李确没有那么严重。等我和主治李确的副院长说一声，他和陈书记是党校同学，说不定陈书记会问他李确的情况，让他只能朝好处说。没办法，必须得全力以赴，好歹熬过了动干部，李确就能松了劲儿好好治疗了。”

又垂着头垂了半天，道：“李确努力了这么多年，这个节骨眼儿倒了霉，咱只能尽力，不能让他功亏一篑。”抬头看着尤优，突然笑了，“他在领导们面前表现得这么好，也算争气，是不是？”

尤优无语。

“还有，我明天开始给医生们送过年礼，院长就不送了，主治的副院长，科主任，主治医生，护士长，一共四个，分别是四千，三千，两千，一千，一共一万。你觉得怎么样？”

“好，我明天就取钱给你。”尤优说。

沉吟片刻，李正要尤优去超市给李确买拖鞋和袜子。

“医生说要穿了吗？”尤优惊喜。又有些疑惑。李确不是还不会下床走路么？

“肯定要穿的。”李正说，“肯定。”

尤优明白了。李正这是在用鞋子给李确“冲喜”。他要让鞋子和袜子给李确带来一个确凿的盼头。

“好。我现在就去。”尤优勉强笑笑，走到卫生间。看着镜子里的自己。她看到自己的眼睛里满是陌生的东西，让她觉出隐隐的恐怖。

偌大的超市里，这边是七匹狼棉袜，那边是洁婷卫生巾，这边螺旋楼梯式的衣架上是色彩缤纷的花雨伞牌内衣，那边化妆品展示台上是玉兰油琳琅满目的赠品……尤优在人潮中站立着，觉得自己离周围的人是那么远，离这个超市是那么远，离这个世界是那么远。她握着一双深灰色后包跟的男棉拖，终于泪如雨下。

八

李确的语言越来越显示出了问题。最主要的问题是两个。一是用词错误。要电视机的遥控器，他说是要电脑。要碗，他说是筷子。要枕头，他说是被子。大方向是对的，就是精准程度不行。叫最熟悉的人的名字，也得要想半天。常常看着尤优叫“妈”，过后马上自己明白过来，但下次叫的时候，还是脱口而出。二就是逻辑混乱。哪怕再短的句子，等他说出口也都变成了无序倒装句：纸，给我，优优。水，优优，我要。

“脑外伤并发症。”尤优去问医生，医生回答得很干脆：“他脑出血的点儿恰好在语言中枢上，肯定损伤了一些语言神经。”

“多长时间能好？”

医生笑笑，沉默。

“能好吗？”尤优自觉退步。

“一般来说，随着时间的推移应该会好转一些，但是好转到什么程度很难预料。听说如果进行那种专业的语言康复训练，把握可能会大一些。”医生看着尤优的脸色，“术业有专攻，这方面我是外行。网上有相关信息，你可以查查。”

果然是术业有专攻。网上资料显示：做语言康复训练最好的地方是中国康复研究中心，在北京。尤优上网查出电话号码，打电话过去咨询，一位姓李的教授告诉她：他们在全国各地培训了很多语言康复训练师，梅新市第一人民医院康复分院有一个姓杜的女医生就在他们那里培训过，做得很出色。他们直接去找杜医生即可。尤优马上又查得杜医生的资料：毕业于省医科大学，除了曾在北京进修过语言康复之外，还曾经在日本专修过语言和听力康复。现在市第一人民医院康复分院任听力语言科副主任，副主任医师带有研究生。

尤优很快和李正商量了一下，立马带着李确的片子去找杜医生。他们到的时候，杜医生正在给病人进行训练。他们等在训练室门外，清晰地听到了整个训练的过程。听来无奇，就像妈妈在教小孩子说话。杜医生语调安详，耐心地数落她的病人："鸡蛋碰石头的后半句是什么？是什么？自——不——量——力！下次问你的时候，别再跟我说：一——碰——就——碎——，好吗？"

尤优忍不住笑起来。

"有那么好笑吗？"李正不满地看了尤优一眼。尤优顿时明白了他的弦外之音：真是个没心没肺的女人啊。

和她的资历比起来，杜医生显得很年轻，三十五六岁的样子。鼻子略带些鹰钩，有些异域风情。头发烫的是不大不小的卷儿，看起来更像个外国女人了。她的神情非常自信，很喜欢笑。也许是职业的关系，她很爱说话，都显得有些饶舌了。病人结束训练，她跟人朗声道着再见，道完再见又道拜拜，然后将那人叫住，纠正他的发音。再重复告别的过程。送走了病人，她一转脸就训旁边的实习生："你们怎么老问一些没有质量的问题？我们的语言训练是说废话吗？"

看了李确的片子，仔细询问了李确的语言情况，她马上起身："我跟你们去二院看看病人，他现在的情况应当马上介入语言治疗。越早效果越好。"

"可是我们那边的治疗还没有结束啊。"李正说。

"没关系，我可以天天去。"

“太好了，我们车接。”

“没车的话我可以打车，”她笑，“不过你们得报销车费。”

“杜医生，他会说简单的话，为什么还是叫失语症？”在车上，尤优问。

“失语症是指由于神经中枢病损导致抽象信号思维障碍，从而丧失了一部分或者是大部分口语、文字的表达和领悟能力的临床症候群。患者虽然失去了一部分或者是大部分的语言能力，但并没有完全丧失，所以叫失语症。”杜医生认真地向她解释，“如果完全不会说话，那就不叫失语症了。”她有些天真地笑起来，“那叫无语症，也就是哑巴。”然后她又告诉尤优，失语症分很多种：运动性失语，感觉性失语，失读症，失写症，还有命名性失语症。按照他们介绍的情况，命名性失语症这一款肯定已经是李确的了。

到了医院，和李确聊了一会儿之后，杜医生当即下了诊断，说李确是运动性失语症和命名性失语症并存。前者的症状是损伤了表达的逻辑性、流畅性和丰富性，后者的症状是损伤了对事物命名的准确度、精微度和记忆力。幸运的是受损程度比较轻，应该能康复得比较理想。她告诉尤优，从明天起就开始正式治疗。

“按你说的，如果康复得比较理想的话，会是什么情形？”送杜医生出门，李正在走廊上叫住她，“会不会影响他的工作？”

“要看个体情况而定。”杜医生的眼神非常坦白，“我的病人康复之后，几乎都换了工作岗位。能胜任原职的人，只有百分之五。”

尤良又打电话问李确的情况，尤优回答冷淡。尤良无视她的冷淡，顽强地又提出了要李确帮他调动的事，意思是李确很可能出院之后就保不住职务，不如就趁现在，一来别人会格外看重一个病人的面子，另外是有权不用过期作废，赶紧给他解决了算了。尤优的太阳穴怦怦地跳着，脱口而出道："你虽然这么想，别人却保不住会那么想：他这个样子，很可能也干不长了，干嘛还要给他人情？何况现在李确的语言状态很不好，恐怕辞不达意，反而会误了你的大事。你还是另想高招吧。"尤良顿时暴怒道："你夹枪带棒的，是什么态度？别人家里有个官，不知道能捞多少好处。我是早就该得的，却得不到，用李确的面子不过是给我一个公平，就这么难吗？我要是提拔了，日子好过了，能不想着你们吗？我是你哥哥啊，你懂不懂什么叫亲情？"

尤优把电话挂断。是，我是不懂你所谓的亲情——亲情这时候过来挑我的刺！亲情在我最需要的时候，让医生出身的你在医院陪我一天你都不肯，因为你很忙，因为你的老婆儿子不敢放炮！

尤优非常恶心，非常。

所谓的兄妹亲情，从来没有让尤优觉得安全，觉得温暖。在她还是个小孩子的时候，就很少能感觉到哥哥是个依靠。自从上了班，更是这样。从她开始赚第一个月工资起尤良就开始向她借钱，直到李确病前。她曾经还抱有幻想：幻想他总会长大，等到他长成长兄如父的时候，他总会主动代替父母的一部分职能来爱她——不，她会挣钱，她不需要他给她钱，只要他不向她借钱就属万幸。她只要他能偶尔关心关心她，打个电话问一下寒暖。但是，没有。他的电话从来都是因为有事，从来都是在提要求。尤优忽然明白自己原来是这么怨恨尤良。没错，就是怨恨：如果不是尤良的缘故，她或许不会觉得一个男人的稳妥那么重要——甚至如果不是尤良，她就不会和程意分手，和李确结婚。

九

程意发来短信，说他要过来。尤优算了算，也是，他是该过来了。已经有将近二十天，他们没有再见过面。除夕之后，他又发来几次短信，她也没有回复过。他后来的语气都有些焦虑了。

那就见面吧。了断，必须了断。已经一年了，享受了一年，也煎熬了一年，又碰上了李确这个坎儿，是该了断了。

程意预定的约会地点是在梅新市最好的英锐宾馆，房号是606。以前他们在梅新市见面都是在咖啡馆或茶馆。这次为什么要定在宾馆？难道上次接吻之后，他以为会有什么进展？想到程意兴兴头头的样子，尤优突然觉得十分难过。他没想到自己是打着结束的牌吧？但她不想把李确的事情告诉他，不想。她非常清楚：这是自己的事情，这是自己的家事，和程意没有任何关系。

程意穿着一件银灰色的休闲毛衣，起着暗花。郑重中又带着一种活力。她进门之后，他就伸开胳膊抱住了她，然后想要亲吻，尤优不肯，说："我想喝水。"程意轻笑："先喝我的水。"唇便压下来，尤优想说不要，却挣不开。她抬眼看见程意火热的眼睛，那么健康，那么澎湃，突然就感到自己内心有什么东西在坍塌开来，于是任他吻。他一直把她吻到床上，开始解她的衣服。她才开始抗争。最后他终于停手，笑道："你的防御战争又取得了阶段性胜利。"

"程意，"尤优看着程意的眼睛，"我们分手吧。"

"这话你曾经对我说过一次。"程意敛住笑容，"我不想再听到第二次。"

"但是我必须说。"

"为什么？"

"不为什么。"

“你必须说。”程意抱住尤优，死死的：“别说你对我没感觉。我不傻。”

尤优沉默。

“说！”程意命令。

沉默。

“李确发现了？”

尤优继续沉默。忽然想：如果李确有能力发现，那倒好了。

“那也没关系。”程意以为尤优已经默认，“正好可以帮你斩立决。和他分开吧，你已经凑合得可以了。孩子不要担心，我会对他好的……”

“李确……在医院。”尤优理性决堤。艰难地说完，她靠在程意的胸前，嚎啕大哭。她知道程意是自己的初恋情人，现在又是自己的婚外情人，无论如何对他讲述李确的事情是最不合适的。可是，此刻，她别无选择。她不能选择。在这个世界上，他就是她最亲的亲人。当然，李确也是她最亲的亲人。她在一个最亲的亲人的怀抱里，为另一个最亲的亲人泪流成河，而这两个最亲的亲人又因为她而不共戴天。这是荒谬的。但她觉得又无比自然。

程意轻轻地拍着尤优的背。不知过了多久，尤优收住了泪。

“过去了。过去了。最坏的时刻，已经过去了。”程意像抚摸一只小猫一样抚摸着尤优的头，“他现在不是越来越好了么？”

“是。”尤优又想哭了，“可不知道将来会怎么样。”

“肯定也会越来越好。相信我。”

“我们之间，”尤优道，“还是到此为止吧。”

“优优，不要因为他的意外而愧疚，这和你没关系。”程意缓缓地说，“你需要我，我也需要你。我们都是受苦的人。不过受的苦不太一样。让我们共苦吧。”

尤优忍不住再次啜泣起来。程意低头亲她的泪。“我爱你。”

他说。然后，他又亲她的唇，亲她的耳朵，亲她的脖颈，亲她的手，手臂，再然后他站起来，把她抱到床边，掀起她的衣服，亲她的乳房。没有病的身体多么好。没有病的气息多么好。不在医院多么好。不守着病房多么好。在这清新温暖的房间里多么好……尤优一边知道自己要崩溃了，一边又觉得是程意带来的一切是那么好，同时也知道自己该拒绝。程意想做爱。是的，他想做爱。——那就做吧。尤优突然想。守什么呢？有什么好守的呢？她想起病床上李确的身体，那曾经和自己做过爱的身体。人活着是多么不容易，李确不容易，眼前这个男人不容易，自己也不容易。谁都不知道自己面前是什么。那就去做吧。她对自己说。既然都是在受苦。既然这是苦途中小小的欢乐。

但是，尤优停住。

"程意，"尤优说，"我真无耻。你不觉得我很无耻么？"

"不。"程意坚决答道。

尤优把脸贴在柔软的被罩上。

"优优，你不想么？"程意替尤优把身体盖好，"没关系。"

尤优沉默。程意不说话，任由尤优沉默。

"这么多年过去了，我们都变了……"尤优终于说，"我不能相信你的爱。不知道为什么，我就是不能相信。"

"可你想相信，是吗？"程意受伤地沉默了一会儿，终于俯身贴着她的脸，"不然你不会一直和我见面。"

"……是的。"

"那就相信吧。"

尤优沉默。

"你呢？你相信我爱你吗？"她终于问。

"我相信。"程意不容置疑。

尤优看着程意："你也经历了那么多的事情，为什么还能相信？"

“就是因为经历了那么多事情，我才更要去相信。因为我知道，去相信，我的心可能会死。但不相信，我的心就一定会死。”程意的嘴角微微抽搐着，“我太想相信了。太想了。我一定要相信。尤优，就让我相信吧。”

尤优沉默。在她的沉默中，程意开始给尤优穿衣服，从里到外，一件又一件。

尤优默默地看着程意。程意笑了。

“别那么看我，我决不勉强你，也决不乘你之危。我给你叫点儿吃的。你泡个澡，垫垫肚子，回医院去吧。我不想让你身在曹营心在汉。”他贴贴尤优的脸，“我会经常过来的。有什么需要的地方，尽管说。”

尤优顿了顿，轻轻地抱住程意：“谢谢你。”

十

大年初十这天，李确的身体表现让尤优一喜一忧。喜的是他在李正和小董的搀扶下下了床，走了三步。他的右腿明显发软，仅仅三步，他的额头大汗淋漓。忧的是这天中午抽他的胃液时，发现了咖啡色的絮状物：他的胃出血了。随之他排出的大便成了黑色，更证明了胃出血的症状。

尤优马上让人去叫医生，医生迅即带着一个护士过来给尤优示范如何进行胃冲洗。尤优正记着动作要领，手机响了，是吴可非。他说是问候李确的，李确手机关着，他就打到了尤优的手机上。聊了几句，尤优告诉他说李确胃出血了，自己正忙着给他冲洗，吴可非先是一惊，然后叹息说自己忙，没时间，不然就去看他了。尤优听着就不耐烦起来，语气僵硬道：“谢谢。非常感谢。就这样吧。你那么忙，别耽误你的重要工作。”吴可非诧异起来，说："对我有情绪？"尤优道："哪敢有什么情绪？领导肯腾出时间打电话来问候就已经很好了，我不知趣点儿我说什么？"——自己也觉得自己像只刺猬。吴可非无奈道："尤优，你还是那个脾气，真是被李确给惯坏了。那你让我说什么好？说我有的是时间，就是不想过去？"

尤优沉默片刻，挂断了电话。没错，她就是觉得那些客气话太假。和好听的客气假话相比，她更愿意听难听的真话，哪怕是吵架。"宁和聪明人吵一架，不和傻瓜说一句话。"她想起这句老俗话，忽然觉出了它的精辟。闷了这么多天，她多想和人吵一架啊，可是正因为聪明人太多，满世界都是聪明人，因此没人和她吵架！

第二天上午，苗市长给李正打了个电话，询问李确的情况，紧接着李正一五一十地向尤优转述了苗市长的电话。

苗市长道："听说李确的语言问题很严重？"

"不严重，正在进行针对性很强的语言训练，很快就会正常。"

"听说他的胃出血了？"

"您怎么知道？"李正看了尤优一眼，马上说："已经不出了。好了。"

"好了就好。"苗市长说，"陈书记都知道了。这种来得快去得快的无谓消息你们还是控制得严密一些，免得领导们跟着操心。"苗市长顿了顿，"你知道，马上就到关键时候了，不要让这些东西影响领导们的判断。"

"苗市长对李确真是好啊。"李正说，"尤优，你说话要注意一些。昨天我亲耳听见你对吴可非说李确胃出血了。"

"我是说了没错。"尤优涨红了脸，觉得自己委屈，"我怎么知道他会对范市长说？"

"他们俩都是副处级后备干部人选，李确的状况越差，竞争力就越小，他就越有希望。这你都不明白？”

“那，万一要不是吴可非说的呢？小董也在。”

“不管是不是小董，吴可非都不能不防。”李正说。

尤优来到走廊上，不假思索地给吴可非打了个电话。她知道自己很可能冤枉了吴可非，可她就是想问个清楚。她克制不住自己的这个念头，什么警惕，什么防备，去他妈的吧！她就是要和这个聪明人吵一架，哪怕他把她看成一个傻瓜！

“不是我，尤优。”电话里，吴可非的声音里有着细小的疙瘩，却还尽量保持着整体语调的润滑。尤优知道：他在忍耐自己的诘难。“我知道你怎么想的。可我和李确再有利益之争，也不会趁他这个时候落井下石。一来不是我做人的原则，二来我也犯不上，三来也不见得有作用。”

“那你说是谁？”

“不知道。”吴可非说，沉默了一会儿，再次开口，“应该是那种认为这么做很有用的人，且对他有直接利益的人。”

“我不会猜谜。”尤优道，“直说吧。”

吴可非又沉默片刻。

“李确和苗市长很近。”

“这我知道。那陈书记呢？”

“我不知道。应该是不远也不近。”吴可非说，“不过，我听说，马书记的爸爸和范市长的爸爸是老战友。我还听说，”吴可非顿了顿，“李确现在的司机原来给马书记开过车。”

晚上，小董过来值夜班，李正过来，说自己手机没电了，借小董手机一用。很快，李正回来了，阴沉着脸，把小董叫了出去。很久，小董脸色苍白地回到了病房。

“你对小董说了些什么？”尤优问。

“我对他说：你以后就铁定不指望李确了？要是李确还能

干呢？你就不给自己留条后路？马书记给你什么好处，我都能让李确给你。我对你要求不高，只要你不再对任何人说李确的咸淡话。”他看着尤优，“我已经向医生请示了，他说明天就可以给李确拔掉胃管。”

“好。”尤优说。

李确的胃管去掉之后，慢慢地喝了第一口水。说：“真舒服。”

这一天，李确第一次架着尤优的肩膀上了卫生间。

又过了三天，李确走到了走廊上。护士见了李确纷纷笑着打招呼。

“李确，可以啊。”

“李确，不要累着了，慢慢来！”

无论是多么年轻的护士，对李确都是直呼其名。李确都很乖地答应着。

第五天，医生下了做高压氧舱的通知单。李确坚持要走路去。高压氧舱室在病房楼的后面，走过去大约有五百米远。李正不同意，要他坐轮椅，李确坚持不坐，最后尤优想了一个折中的办法：派人推着轮椅跟着李确，一旦他体力不支，就让他坐在轮椅上。

轮椅是从隔壁病房借来的。用了一次之后，小董讨好地说：“干脆我们买一个吧，随时可以用，多方便。”

“什么意思？”李正怒目圆睁，“这个东西我们也就是现在偶尔用一下，谁会长远用它？犯得着买吗？！”

小董吓得灰溜溜地躲了出去，背着李正，尤优和李确四目相对，做了个鬼脸。

十一

探望者太多。语言训练很难不受干扰地进行。能够行走之后，李确每天坐车去杜医生那里做训练，顺便也看看街景。语言训练的房间很小，也就是十平米左右，素白寡净。一桌三椅，杜医生和李确对坐，尤优打横旁听。最初只是认物。杜医生拿一个大大的本子，一页一页掀开。

“这是什么？”

李确挠着头，想了半天，只是抱歉地笑笑。

“蔬菜的一种。黄——”

“瓜。”

“对了。”杜医生合住书，“再给我说几种蔬菜可以吗？”

李确思寻良久，继续笑笑。

“没关系，我们一起再来说说这个。白——”

“菜。”

“茄——”

“子”。

“豆——”

“角。”

……只是半个。不能完全想起，又没有完全忘记。这就是李确对事物名称掌握的现状。都说这样的病人会损伤身体的一半功能，从李确的情况来看似乎确实如此：右脸颊，右胳膊，右手，右腿……就连词语都是一半。尤优忽然又想：他的性能力呢？会不会也是一半？发病这么多天，她给他清洗了这么多次，没有见过一次勃起。难道……

尤优晃晃脑袋，摇走自己的浮想。继续倾听。

“这是什么？”

“轮船。”

“好极了。轮船在哪里航行？”

“水里。”

“哪些水里？”

“河。”

“只有河吗？还有哪些水？”

沉默。

“江，湖，海。可不可以？”

“可——以。”李确慢吞吞地答应着。

“当然可以了，是不是？水有很多种呢。比河水小的呢，有溪水，塘水，泉水，池水，比河大的呢，就是江水，湖水，和海水。你喜欢比河小的水还是比河大的水？”

“大的。”

“当然，当然要喜欢比河大的。水面越来越宽阔，视线越来越宽阔，心胸也越来越宽阔，多好啊。”

是啊，多好啊。就像那么多人，那么多条路好走，为什么一定要做官？为什么？尤优听着，想着，记着，神思慢慢地晕染开来。

突然，尤优听见李确不以为然地笑了：“这，有用？”

“哦？没有用吗？这都是你日常生活中经常要用的啊。”杜医生说：“我知道你们这些当惯了领导的人是怎么想的，你们会想，这和我的工作有什么关系啊？没错，这些训练看着是和你的工作没关系，可是你知道吗？和你作为一个平常人是有关系的。只有先做好了一个平常人，你才能做好一个领导。如果你觉得这些没什么，好，你顺顺溜溜全给我答好了，我就不跟你费这个事儿了。”

尤优停住笔，想起有一次她跟旅行团去韩国旅行，团里有一个秃头男人，据说是一个刚刚退休的厅级领导。大约是很不习惯没有下属伺候，他总是一副无所适从的模样，无论是买东西还是看景点都东张西望全无主意，最经典的是那天在一个地摊上，团里的人纷纷购买韩国的筷子，秃头男人突然从口袋里拿出一张银联卡，用浓重的方言对老板说："恁这儿刷卡中不中？"成为全团人一路的笑料。

杜医生的课程看似安排得很随意，但过一段时间就能感觉得到她的训练程序非常严密：名词训练，动词训练，连词训练，词语逻辑训练，词语联想训练，短句训练，句式变换训练……

"李确，随便给我说出十种水果的名字吧。"

"苹果。"李确说着回头看了尤优一眼，朝尤优一笑。尤优明白：他在说她的苹果脸。尤优的心一热。

"还有呢？"

李确摇头。

"那说说交通工具吧。说说我们日常的交通工具。"

"车。"

"对。什么车？"

"汽车。"

"什么汽车？"

"小，汽车。"

"还有呢？"

李确沉默。

"公交车，自行车，三轮车，是不是？"

"是。"李确道，"只坐，小汽车。"

杜医生笑了："是，你们这些领导啊，从来不摸三轮车，长年不坐公交车，早就丢掉了自行车，是不是啊？"

李确也笑。

有时候，看李确的语言状态不错，杜医生也会让李确来一段自由发言。

“说吧，说说你是怎么得病的？也就是你得病的过程。”

“我，我们的病……”

“不是我们的病，是我的病。”

“对，对，是我们的病……”

——杜医生说过：比较轻的失语症患者就是这样，基本的词汇和语法虽然都有，但是因为缺失对虚词、代词和冠词的运用，说话的时候一来往往语言瘦干，构成电报式语言。二来会很容易陷入语言重复，即一个词或音节说出后，会强制地自动地进入下次语言产生的过程。

尤优静默，看着笔记本上的横格。

“是我的病。说：我，的。”

“我，的。”

…………

十二

给医生们的过年礼由李正送出去之后，按照李正的计划，尤优负责送第二次的巩固礼，就是送超市卡。范围要比李正送的稍广一些，额度要比李正送的稍低一些，有的三千，有的两千，有的一千，有的五百。送的过程是难堪的。尤优从来没有给别人送过礼——这种有意识有目的的送礼。她没想到会是这样。她想起那些给自己送礼的人，不，准确的说，是给李确送礼的人。在李确的默许下，过年过节，她常收的就是这种超市卡。除了这些，她还会收到一些专门给她准备的女性礼品，比如首饰，香水，口红，丝巾，化妆品，美容卡。当那些人把这些东西硬塞给她的时候，尤优的第一反应当然是拒绝，但对方那么顽固地要给她，推让之中，仿佛尤优是她们的敌人，是她们必须要攻克的一个堡垒。推让了一会儿，尤优就甘拜了下风。她承认她受不了这种折磨：接受是一种羞辱，推让也是一种羞辱。为了让这个漫长的推让过程赶快停止，尤优就收下了礼品，于是尤优又感受到了一种更大的羞辱。她为对方难堪，也为自己难堪。一瞬间，尤优心里淤积了一堆肿块，难过极了。

现在，尤优也加入到这个行列里来了，她完全明白了当初给李确送礼的那些人的感受。她多么想对方赶快收下，赶快收下，赶快收下！

还好，基本都很顺利地送出去了。除了两个人。一个是针灸的胡医生，她说："我是借调。别这样。"意思是自己现在还经不起犯任何错误，必须小心行事。尤优也就罢了。另一个就是做语言训练的杜医生。杜医生挺着鼻子，躲着尤优的手，看也不看尤优一眼，特别高傲地说："我只看病，只收一节课三十块钱的训练费，其他的东西一概不收。这是我的职业道德。你放心，我一向对所有的病人都一视同仁。"

尤优又仔细观察了一下杜医生，她的神情确实是明朗而又骄傲的，有一种奇异的纯真和大气。这真是一个奇迹。尤优想。在这样的环境下，不收礼简直是一种勇气，而她居然做到了。尤优不由得对她肃然起敬。当然，她知道自己也没有资格鄙视那些收礼的医生。自己勾引人家在先，再去谴责人家，自己都觉得自己不厚道。不过她还是更喜欢杜医生。她知道：那些收礼的医生和自己一样都是人，而杜医生，她接近于神。

探病者送食品的高峰过去之后，送鲜花的就越来越多。护士说病房空间有限，而且花香会对空气造成影响，不允许在病房里摆放鲜花。尤优就把花都堆到了后廊上。有些非常漂亮的花篮，尤优直接就送到了护士站。这些漂亮的小护士，这些青春如玉的女孩子，整天呆在医院这样的地方，当着所谓的白衣天使，看着一茬一茬的人在眼前生老病死，伟大和勇敢这些词且不谈，最起码是一件残酷的事。尤优觉得：从某种意义上讲，她们的工作比殡仪馆更残酷。殡仪馆是一切都结束了，是安宁的余韵和收稍。而这里的一切都是正在进行时，是乱七八糟的现状，甚或说是高潮。——即使是余韵也是余韵的高潮，即使是收稍也是收稍的高潮。尤优怀疑：这些阅尽世态的女孩子的心，比她们的面容不知道老了多少。

她们应该多看看花。

满是鲜花的后廊，成了这个病区的一道风景。经常有病人推着轮椅过来看花，惊喜地闻着那一股混合的并不新鲜的花香。尤优的事情便又多了一样：整理着这些花。她把那些枯萎的花都抽走，只剩下新鲜的。又把那些花少的花篮打并到一个花篮里去，或者合并同类项：将康乃馨和康乃馨插在一起，将百合和百合插在一起，将满天星和满天星插在一起。为此又买了两三个花瓶，天天换水。

“你这些花篮还要吗？”一天，邻房一个双鬓斑白的老太太走过来小心翼翼地问。

“不要。你要你就拿走。”尤优说。

“那就太感谢了。”老太太说，“你们家人是当官的吧？”

尤优笑笑，不知道该怎么回答。

“要不怎么会有这么多人送花。”老太太自顾自地说着，“往这花篮里衬一层塑料彩纸，用来放糖果可喜兴着呢。”

“阿姨，”尤优说，“你喝牛奶吗？我这里有，给你一箱。”

“我不喝牛奶。喝不惯。”老太太说，“一喝就拉肚子，消受不起呀。”

闲下来的时候，尤优就一个楼层一个楼层地逛着，只当散步。各个楼层有各个楼层的内容，有些像超市：蔬菜区，水果区，洗化区……而在这里，五官科，牙痛的人张开大嘴。妇产科，女人褪下裤子，展示隐秘。被命令接受打针的，露出臀部黄白的皮肤。做心电图的人，一张漫长的窄纸上显示出神秘的波峰曲线。眼科的患者将眼睛放在复杂的镜器下，小儿科里，孩子们在哭泣，玩耍，连伤痛的表情都是那么新鲜和生机勃勃。而在老干部病房里，一切都是肃穆的，沉寂的，洁净中也蕴藏着死亡的气息。或强或弱的心跳，或红或黑的肺叶，X光下白森森的骨骼，B超液透视出腹腔里的山川沟谷。手术室，医生手握寒光凛凛的刀，无比冷酷，却又无比慈悲。此时，他是魔鬼，也是上帝。他是地狱，也是天堂。

304病房昨晚送来了一个病人，今天早上就抬了出去。尤优看着花格子被单裹着的那具身体，默默地被他的亲人们推送远去。走廊里不知不觉出来了很多人，大家目送着那个人。后来她知道：那是个年轻的男人，才二十七岁。有一个面颊粗红的农妇一样的女人拿着塑料的小便壶和脸盆，身边的男人让她把这些东西扔掉，她不肯：“都是钱买来的呀。”

307病房经常传来“啪，啪”的声音，像是乡村女人在捶衣服。李正出去看了看，说：“是32床在拍背。”

“哦。”尤优说，“拍得也太勤了吧？”

“可是我听说，这个病区所有的病号里就属那家护理得好。你该去学学。”

那是个很瘦的女孩，是从邻县的乡下来的。她说她妈妈身体一向很好，突然就犯了病，开始病情并不严重，他们在县医院治疗，妈妈恢复得很快，后来因为天气变化，妈妈感冒了，同时肺部粘连感染，发了高烧，病情迅速恶化。来到这里已经又住了三个月了。因为妈妈的病，她婚事暂停，在县棉纺厂的工作也丢了。

“你拍得是不是太频繁了？”

“我生怕她肺部再粘连。在县里住的时候，要是医生早告诉我这么拍拍就不会粘连的话，妈妈也不会再受这么长时间的罪。”女孩苦笑着说。

“就你一个人照顾吗？你爸爸呢？”

“他还得招呼家里呢。”女孩子说，又指指外面走廊上一个正抽烟的男孩子，“他可顶事了。婚事得往后拖，可一点儿也不埋怨我。他说：谁没有爹娘啊，谁的爹娘到老了不生病啊。”

“人家这么通情达理，你可得对人家好。”

“我跟他说了，等我妈稍微好些，就跟他结婚，啥彩礼也不要。”

在杜医生那里做训练的时候，尤优有时候也不旁听，她在医院里逛。康复医院里最多的就是轮椅。中心花园里，经常有一些人坐着轮椅在那里聊天。那天，尤优听到他们在比较各自的轮椅：“海天”的材质比较轻快，“新世界”的坐起来相当舒服，“康美”的脚踏板设计得不错，“迅驰”虽然笨些，却是很耐用的……一个身体胖胖的中年女人，说自己的轮椅才花了四百多块钱，仅仅是个进价，因为自己的侄子有门路，能买到便宜货。其他的人一片赞叹和羡慕。

尤优默默地看着这一切：能走路的人比的是鞋子，站不起来的人了，坐在那里还要比轮椅。为什么要比呢？活着就要比吗？尤优不懂。本来她以为自己已经快老了，李确生病之后她才发现自己其实是个老婴儿，身体已经长满了皱纹，脑子里却还是那么恍惚，迷惘，虚弱，白痴，对这个世界一无所知。

十三

每天晚上，李确都要念几段课文。是儿子的旧语文课本，杜医生说小学生的旧课本最好：字号大，语言规范，内容健康，读起来朗朗上口。

开始是短的词语：绿色。邻居。田野。美好。丑恶。故意。经常。反正。永远。瞬间。

然后是长一些的，最多的是成语：合抱之木，生于毫末。信言不美，美言不信。千里之行，始于足下。

“祖宗。”李确念完，说。

尤优笑。她明白李确说的是老子。这些话都是老子说的。老子姓李，可不就是李确的祖宗么?

再长一些就是对联和古诗。

“松竹梅岁寒三友，桃李杏春风一家。”

“飞流直下三千尺，疑是银河落九天。”

再复杂一些的就是诗歌和课文了。

“曾是妈妈怀里，欢唱的黄鹂，曾是爸爸背上，盛开的野菊。捉一只蝴蝶，能编织美丽的故事，含一片草叶，能吹出动听的歌曲。挖一篮野菜，撑圆了小猪的肚皮。逮一串小鱼，乐坏了馋嘴的猫咪……哦，乡下孩子，生在阳光下，长在旷野里……”

“真好。”读完了，李确由衷地赞叹。

尤优起身给李确倒水。有人敲门，尤优打开，门口立着三个穿着黑棉袄蓝棉袄灰棉袄的老头，一个提着一只鱼鳞袋，一个提着一个塑料袋，里面装着杀好的鸡，还有一个提着一壶油。也不和尤优打招呼，看见李确就叫着：“李书记！”夺门而入，坐在李确床边就说开了。说他们在山上，不知道信儿，是下山串亲戚才知道李确受了这么大的罪。鱼鳞袋里装的是上好的山核桃，鸡是山上地道的柴鸡，油是自家油坊出的小磨香油。“都是补身子的，让你媳妇好好给你做。”黑棉袄老头说。听着听着，尤优就明白了，这是李确原来当党委书记的那个镇上的几个村支书。那个镇有三分之一的地盘是在山区，这些支书都是从山上下来的。

“从山上下来挺快的。现在我们那里也通公共汽车了，票是贵了点，四块五，不过山货好卖了，也不在乎票钱了。要不是你在那里帮我们可劲儿修路，那还是老日子，不中呢。”

“去年我婶犯了急病，我小子三下五除二开着个小四轮就把她送到了镇医院，她得了条命，没少念叨你的好。”

“我一个人，哪修得出，路，还是大家，凑钱的，凑钱，出工的，出工……”

“咦，要不是你领头，谁能组织起恁大一个工程？为我们村修路，我们再不凑钱出工，那还算个人？”

…………

热火朝天地说了将近一个小时，三个人才依依不舍地离去，临走前往尤优手里塞了一把钱：“这是我们的一点儿心意，不多，你看着这大城市里有啥时兴的东西给我们李书记买些，我们不懂，也不敢乱买。”

尤优推辞着，李确也斥责着他们，他们却逃也似的跑了。尤优数了数，一共四百五十块钱。

“一人凑了一百五？”尤优笑，“有零有整的。”

“容易吗？自己家的，闺女，添了孩子，当姥姥姥爷的，去给外孙子，看钱，最多，也不过才，五十。”李确说。沉默了半天，又说，“我都离开那里，四五年了，他们可以，不来的。”

尤优看见：李确的眼睛湿润了。

出了正月，李确已经恢复得有模有样了：双腿在楼梯里上下自如，胳膊已经能够平举，手部的力量也已经恢复到以前的三分之一，可以和来访者潇洒握手了。不过，语言在各项机能里还是属于最落后的部分。书面阅读虽然进步不小，但口语表达状态却极不稳定。状态好时也不能顺如丝绸，状态坏时更是磕磕巴巴，。

这一天，马书记走后，李确的脸色很难看。

“怎么了？”尤优小心翼翼地问。

“出院了，我得。”

“医生还没说呢。”

“市里，马上要开，水利工作大会。年度的。出席，发言。我必须得。”

尤优给李正打了电话，李正赶过来，三人商议。动干部的风声越来越紧，这个会开得真是要命。如果李确不参加，那就等于说默认自己目前还是没有正常的工作能力，只能把机会让给马书记，给范市长以口实，让自己处于劣势中，会很被动。而一旦参加就必须得发言，一年一度的大会，李确的语言又是如此不稳定的状态，怎么能够保证百发百中，万无一失？若有任何差池，都会功亏一篑。

“我，上。”李确道，“一定。”

还有十五天时间。而杜医生说，十五天时间里，要想让李确的语言水平飞快长进至行云流水，根本不可能。

“客观规律，不能违反。”她的神情斩钉截铁。

“就是读现成的发言稿，也不可能吗？”

“不可能。”

“你再想想，有没有其他办法？你肯定有的。”尤优倔强地说：“肯定。”

杜医生笑了。

“稿子写好了吗？”

“还没有。”

“写好了马上拿给我看，我把句子处理一下。如果只是针对固定内容反复练习的话，读短句子对李确来说应该问题不大。”她看着尤优，“我建议，他只在会上读读稿子就行了。应该回避其他任何需要他脱稿发言的场合。”

“只要能把稿子读好就行了。”李正的声音十分动情，“谢谢你！”

一周之后，发言稿送到了医院，李确开始在杜医生的指导下读发言稿。

“在市委，市政府的正确领导下……”

“这一句要在‘政府的’后面再停顿一下。”

“团结带领全局，广大，干部职工……”

“这句可以改成‘团结带领，广大干部职工，’‘全局’去掉，容易发音不清……”

“深入开展以‘水利发展我光荣，我为水利献计谋’的活动……”

“这样调整一下：‘水利发展，我光荣，我为水利，献计谋’，这是我们，深入开展的，一项活动……”

“我们，进一步，加大，对重点水利工程，的监管力度……”

“‘对于重点水利工程，我们进一步，’停一下，再说：‘加大监管力度’……”

…………

事实证明，效果很好。

大会过后，李确正式出院，只上半天班，处理一些紧要事情，另半天去杜医生那里上语言课，风雨无阻，雷打不动。一个月后，李确换了司机。小董因服侍周到，劳苦功高，被提拔为某乡水利所的办公室副主任。新司机是李正内弟的一个拐弯亲戚，小伙子眉清目秀，二十多岁，名叫小白。

十四

动干部的风声越来越紧了。这一天，李正打电话给尤优，确认李确已经去梅新市上语言课之后，便让尤优立马回家。尤优前脚到，李正后脚到，进屋后连水都没有喝，掏出一张纸递给尤优。

纸是A4复印纸，上面是一串数字，数字后面是相应的日期。

“这是什么？”尤优纳闷。

“你该知道的。”李正语气沉痛。

“我不知道。”

“来看李确的那些礼品换来的钱。”

尤优大悟，之后大惊：“你从哪里拿来的？”

“苗市长给的。”

李正几乎要哭出来，说是有人给纪检委写了匿名信，状告李确趁着生病大量收受礼品，还将礼品送到附近超市，转换成了赃款。苗青神情严肃地和李正谈了话，要他和尤优两个商量解决。说这事不能告诉李确，他毕竟还没有痊愈，脑部血管还很脆弱。以李确现在的情况，最怕的就是情绪激动再次引发脑出血。

“苗市长说，这种事情虽然不大，但影响十分恶劣。我就是大意了，大意了。”他说着说着捶起了自己的头，“我怎么这么大意啊！”

“哥，别这样。”尤优把他的手抓住。眼前腾起一阵烟雾。

“优优，你快想想怎么办啊。”一向威武的李正此时无助地像个孩子。

“超市那边还可以再做工作么？”

“不能。”李正抬起发红的眼睛，“对方肯定是把超市的工作做好了才会出手的。我们已经迟了。要策反超市，难度太大了，几乎不可能。”

“那么，我们的致命点是什么？”

“我们收了钱。东西放坏了都不要紧，可我们把东西变成了钱。还拿在自己手里。这就是我们的死穴。”

尤优突然微笑。

“如果，如果我们没有把钱拿在自己手里呢？”

“这哪能说得清？”李正苦笑。

尤优起身来到卧室，拿出一叠单子，递给李正。李正看着看着，突然止不住地呵呵笑了起来，他拍了一下尤优的肩膀——如果自己不是他的兄弟媳妇，他肯定就要抱自己了，尤优想。

“优优，你简直是，简直是太，太……”一时间，李正找不到合适的形容词来赞美尤优，“太聪明了！”

“可以跟苗市长交代了么？”

“当然，而且是个再好不过的交代！”李正说着拨通了手机，“冯部长吗？是不是我们云城最杰出的笔杆子宣传部冯大部长啊？有没有时间赏光和我这个粗人一起坐坐？叫上老柳陪你，哪个老柳？就是民政局的柳局长啊……”

两天之后，《梅新日报》二版头条发了一篇通讯，题目是《大爱无声——身卧病榻的水利局局长心系福利院老人》。当晚，李确拿着报纸回家，一进门就给尤优一个大大的拥抱。

“谢谢你。”他贴着尤优的耳根说。他的气息让尤优觉得十分陌生。他们已经很久没有这么亲热过了。

“如果我没有把这些钱寄出去，你是不是就会杀了我？”尤优道。

“哪里。”李确笑。

“我寄出去的时候，根本没想到会派上这种用处。”

“我知道。瞎猫逮了，死耗子。你。”

“我看见那些东西，心里就堵……”

“我知道。”

“李确，你放弃吧。”尤优突然在李确的怀抱里抬起头，无论如何，她想努力一下，“就是再当几年局长又能怎么着？劳心费神，提心吊胆，战战兢兢，就是能坐不掏钱的车，吃不掏钱的饭，喝不掏钱的酒，沾说不得嘴的光，却亏着自己的身体，压抑着自己的本性，连个痛快话都不敢说，看着是人上人，越当官越活得不像个人了……咱们好好过自己的日子吧。不当也罢。”

“尤优，你还记得，那，那几个去医院看，看我的支书么？”李确道，又强调，“山里的。”

尤优看着李确的眼睛：“记得。”

“尤优，我，不是说，太喜欢当官，非要当不可，不是。”李确的神情十分诚挚，“原因很多，一是到了，这个份上，不干，人家就说，你出，出问题了。二是确实能沾，沾那么一点儿光。三是有一点儿，个人的成就感，和虚荣心。再就是，还能做一点儿，事情，有用的。我不是说，我多有能耐，多有才，但是，扪心自问，和很多人，比起来，我还算，努力，也还算，称职。当这个官，我良心，不亏。不然，那些支书也不，不会来看我了，你说是，不是？”

尤优点头，沉默。尤优知道自己只能沉默。寂静的空气中，尤优知道：此时自己的沉默对尚未痊愈的李确来说，是一种基本的职业道德。

晚饭过后，李正夫妇过来闲坐，又说起这件事情。听着他们回味着有惊无险的心路历程，尤优只是端茶倒水，不发一言。李确去上卫生间的时候，李正收起笑容，悄悄地叹了口气。

“不到那一天，这心里就是不能落底儿啊。”

尤优看着茶杯里袅袅升起的热气。这热气也就是一股轻烟，它升着，升着，升得越来越高，然后，就散了。

“还会有什么事情吗？”尤优终于问。

“谁知道呢？”

“事情的关键是不是就在陈书记身上？”

“当然。”李正的口气让尤优觉得自己就是个白痴，“现在是苗市长帮李确，范市长帮马书记，就像老师带着各自的学生，陈书记呢，就是考官。看哪个学生成绩好，就用哪个。相对来说，咱们目前的优势不大。一来苗市长是副职，顶不过范市长，二来李确又病着，顶不住马书记龙马精神能闹腾。要是陈书记站在我们这边，我们还费什么劲儿？整天睡大觉都成！”李正点燃了一根烟，“男人么，到了这一步，工作就是他的精气神儿。尤其对于李确来说，要是能保住，就再好没有了，可以说，能保住位置，对李确来说就是得到了一味最好的神仙药啊……”

卫生间传来一阵冲水声。李正停止了说话。

尤优静静地看着地板。

李正走后，尤优来到卫生间，拨通了程意的电话。

两天后，尤优收到了程意的短信：“已托人和陈打过招呼，放心。”

动干部的那天下午，尤优陪着李确正在杜医生那里做语言训练。李确手机关机。尤优接的电话。电话里李正的声音有些喘。

“常委会刚刚开过了。”他说。

“是么？”尤优淡淡地问。

“李确没动。副处级后备人选的名额也没有取消。”

“哦。”尤优道，“好。”

训练结束，尤优把消息告诉了李确。

“按说呢，也不应该动我。”李确的神情也很笃定，“我是因为工作受的伤，到了这个坎儿，要是把我闪到一边儿，哪个干部不寒心，谁还会好好干活儿？”

无数话语奔涌到尤优嘴边：范市长，马书记，小董，李正，吴可非，苗市长，还有程意……尤优终于咽下。

有什么好说的呢？就让李确这么认为吧。

“你说的有道理。”尤优说。

十五

动干部之后，尤优和程意的第一次约会地点仍然是在英锐宾馆606房间。尤优一进门就被程意抱住：“放心了吧？”

尤优沉默片刻：“谢谢。”

“为李确谢我？”程意紧紧用胳膊裹住尤优，“其实我是自私。如果这样能对李确的康复有好处，如果这样能让你的负罪感减轻，能让你将来顺利地离开李确，那么，也就是为了我自己好。”

“花了多少钱？我给你。”

“不过是几张年卡。下面的人看着难似登天的事，对那些纨绔子弟来说，也就是一个电话。”程意顿了顿，“我不稀罕钱，我要人。”

尤优再次沉默。不知道自己该说什么。

“我对你，真的那么重要么？”

“还不相信么？”程意道，“我爱你。”

程意深吻下去。这次，尤优没有抗拒，程意也没有中途停止。他压到尤优的身上，他急切地进入了她，然后疯狂地抽动起来，嘴里发出含混的声音。有一瞬间，尤优睁开眼睛，看到他几乎是痉挛的脸。到后来尤优不由自主地叫起来。她下意识地去捂自己的嘴巴。程意将她的手拿开，任她叫。尤优这才想起：起初和李确做爱的时候，她也这么叫过，被李确惊惶地捂住了嘴巴。后来每当想叫的时候，她就主动去捂自己的嘴巴，再也没有让叫声飞出自己的喉咙，直到今天。

尤优肆无忌惮地大叫起来。

“优优，我们一定要结婚。”结束后，程意躺在尤优的胸膛上，“你想要什么样的生活，我全力以赴给你。”

我想要什么样的生活？尤优默默地重复着这句话，自问自答：不用见不三不四的人，不用说不疼不痒的话。我想穿什么衣服就穿什么衣服，不必顾忌自己是谁的太太不必顾忌自己和自己的爱人在哪里上班。我想吃青菜就吃青菜，想吃鱼就吃鱼，而不是鱼肉等在冰箱里强迫我去吃。——不，我没有那么贪婪，我没想让自己什么都如意，孩子会淘气，我会和老公吵架，我上班会迟到，会被扣奖金……会有烦恼，会有伤痛，但都是明明白白可以说的。即使不告人，也都可以清清楚楚地告诉自己。我想要的，就是那种生活——真实的，不装的，可爱的生活，是哪怕卑微的但是有趣的生活，水一样柔软和流动的生活，春天的树叶一样的生活——除了法律这条最基本的禁忌之外，以最大的可能和程度让自己去肆无忌惮生活的，那种生活。

“别的我都有信心，除了不能让你当官太太。”程意道，“你不介意吧？”

尤优含泪而笑：“严重不介意。”

“尤优，你爱我，”程意的眼神忽然如孩子般无邪，“是么？”

尤优确凿地回答："是。"

是的，亲爱的人，我爱你。我爱我用爱情的名义给你的伤害，我爱我们分手后你对我的思念，我爱你为我再次回来，我爱你带我来这宾馆和我做爱，我爱你对我说我爱你，我爱你仍旧想和我结婚，我爱你面对一个已为人妻的女人也不退后的脚步，我爱你对我褒有的哪怕是兑了水的热情，甚或只是复仇之心……我爱你，我爱你，我爱你呈献给我的这些往昔的激情和纯真的狂想，我爱你你作为一个最平凡最普通的真正的人的那种最正常的生活，我爱你意味的这一切。

——我爱你。我相信你的爱。我要相信。我要相信。你有什么不可信？你能骗我什么？我有什么值得你如此处心积虑地欺骗？我所有的，不过是一具并不年轻的身体，和一颗干瘪的心。

黄昏时分，尤优走出了宾馆。在一个商店里的橱窗前，尤优停下来，默默地注视了一会儿自己的脸。她看到自己的神情是那么平静。那种平静，是从里到外的平静，是哪怕知道程意对她不是真心，哪怕知道程意是个演技高明的恶棍是个善长感情游戏的浪子也不能改变的平静——是将一切都探到底的无比深切的平静。

忽然，尤优仿佛清晰如水地看到了自己的卑劣、阴险和狠毒：没错，她爱程意，但目前的她还是无法完全相信程意的爱情。她暂时还没有这个能力相信。而她对程意的爱和她对程意的不相信都并不妨碍她去利用程意的爱情。在更深的意识里，程意的爱情此时对她来说更像是一个不错的工具。她以和他做爱来回报他为自己做事，也以和他做爱来逼迫自己，从而让自己有力量离开李确。她是想要以对不起李确的形式来抵达抛弃李确的实质。——以恶攻恶。恶到不能自圆其说。如若不然，她也许永远没有充沛的动力来摧毁这一切，这和李确有关的一切。

这么多年，她看到的硬越来越多，自己的心也变得越来越硬。她看到的丑越来越多，自己的心也变得越来越丑。她看到的浑浊越来越多，自己的心也变得越来越浑浊。她看到的可疑越来越多，自己的心也变得越来越可疑。她看到的脏越来越多，自己的心也变得越来越脏。

对不起，李确。她默默地李确说。

对不起，程意。她默默地对程意说。

对不起，尤优。她默默地对自己说。

看在我们都很可怜的分儿上，请原谅我吧。她默默地对所有的人说。

十六

“我是没什么好教的了。”最后一节训练课上完后，杜医生笑道，“从今以后，多找人聊聊天，找个话题议论议论，就都算是训练了。”

于是李确半天上班，半天找人聊天。随着时间的推移，李确的语言功能确实也越来越好了，主动请缨陪他聊天的人也越来越多。晚上也经常有人来家里找他聊。当然围绕的也都是李确喜欢的话题，于是李确常常是兴致盎然，滔滔不绝。尤优只是默坐一边。万不得已才会提醒李确一句：“再喝点水吧。”

李确摇摇头。继续说。

“你喝点儿水吧。”尤优说，“一会儿还得到下面走一圈，今天你走得太少了。不能偷懒。医生说了……”

“知道了。”

“知道了就得去做，不然……”

“你怎么这么啰嗦？我都这么大的人了，请你相信我的自觉性，不要像管小孩子那样管我，行不行？”李确不耐烦道，“我是哑巴吃饺子——心里有数。”

尤优沉默。静静地看着李确。

“你看你，真受不住话。”李确马上就明白了自己的错误，笑道：“对不起啊。”

尤优笑起来。

尤优买了一台最新款的九阳豆浆机，每天早上打新鲜豆浆给李确喝。每天中午，她都要精心给李确做菜：两荤两素。晚饭也是她亲自熬的五谷杂米粥。饭后一定得散步。散步后必陪着他跟着影碟机唱歌半小时，锻炼音长和声力。早、中、晚监督他各做口舌操一遍，以便将面瘫的残余驱除干净……那天晚上，尤优照例帮助李确洗澡，给他打浴液的时候，李确突然抓住她的手，放到自己的大腿间。尤优握住一炬坚实的灼热，然后尤优松开。

“时间还短。”尤优说，“再等等吧。”

“也好，等我恢复得再好些。”李确湿漉漉的手揽住尤优，吻了吻尤优的脸。

他还好。他没问题。尤优出了浴室，松了口气。即使将来和李确离婚，她也希望李确在这方面没有任何问题。这个问题对于许多男人来说，太重要了。——他好得越好，他好得越完全，她将来跟他提离婚的时候就会越没有心理负担。

常常的，尤优就会觉得自己似乎是个养猪的人，精精腻腻地养着一头白白胖胖的猪。而她之所以要把这头猪养得那么精腻，就是为了有一天能够干净利落地杀死它。

我要离婚。在给李确做饭的时候，尤优对自己说。

我要离婚。在给李确洗衣服的时候，尤优对自己说。

我要离婚。在帮助李确做语言训练的时候，尤优对自己说。

我要离婚。我要离婚。我要离婚。我要离婚。我要离婚。我要离婚。……

尤优一遍一遍地对自己说。

所有的人都把他们看成是伉俪情深。

夏天很快就来了。那天天气很好，很暖和，但是一点儿都不燥热。尤优和李确正在小区花园里慢慢地散着步，手机铃响，来了短信。两条。尤优查看，一条是尤良，很简短：六一快乐！自从那次吵崩之后，这是他第一次和尤优联络。这是求和的前兆。准是又想说什么事了。尤优明白。另一条是程意：你身穿红色小肚兜，头戴黄色小菊花，嘴咬白色小奶嘴，双手抠着大脚丫，问你今天怎么了，你害羞地说："人家，人家今天也想过六一嘛！"小朋友，儿童节快乐！

"谁的短信？"李确问。

"尤良，今天儿童节。"

"哦。等会儿带儿子逛趟商场。"李确笑了，"这一段时间你辛苦了。今天也给你个机会，想要什么尽管讲，我全部无条件满足。"

"真的？"

"真的。"李确说，"说吧。"

尤优看着李确的脸，深深地吸了一口气。